**GABRIELE DIECHLER**

# Geheime Liebe auf Sylt

**EIN ASTROLOGISCHER IRRTUM** Obwohl Mathilde Meysen die Beschaulichkeit Sylts über alles liebt, bricht sie aus ihrem alten Leben aus und verlässt ihr hübsches Haus und Ehemann Bastian – laut Horoskop der »Mann ihres Lebens«. In der Anonymität Hamburgs beginnt sie eine überstürzte Affäre mit dem Schuhfabrikanten Jonas Hüsch, der auf Sylt ihr Nachbar war. Dieser ist verheiratet und hatte immer wieder Affären, muss jedoch feststellen, dass er sich mehr aus Mathilde macht, als ihm lieb ist. Bastian, der ihr Verschwinden anfangs auf die leichte Schulter nimmt, fängt währenddessen an, über ihre scheinbar perfekte Ehe nachzudenken. Während Mathilde ihrem Leben eine neue Richtung gibt und einen Job als Grafikerin bei ihrem Schulkameraden Markus annimmt, findet sie endlich die Kraft, noch einmal den Brief zu lesen, den sie seit Langem in ihrer Tasche trägt. Die Diagone: Krebs. Doch wo der Tod lauert, da ist auch das Leben. Mathilde spürt das Leben und will die ihr bleibende Zeit nutzen. Aber gibt es ein Anrecht auf Glück?

*Gabriele Diechler ist 1961 in Köln geboren und lebt in Seewalchen am Attersee. Sie ist erfolgreiche Drehbuchautorin und schreibt für ARD/ORF. Zudem verfasst sie Kinderbücher, auch Kinderkrimis. 2010 erschien mit »Engpass« ihr Krimidebüt im Gmeiner-Verlag.*

Bisherige Veröffentlichungen im Gmeiner-Verlag:
Vom Himmel das Helle (2012)
Glutnester (2011)
Glaub mir, es muss Liebe sein (2010)
Engpass (2010)

GABRIELE DIECHLER

# Geheime Liebe auf Sylt

*Roman*

GMEINER *Original*

*Ausgewählt von*
*Claudia Senghaas*

Besuchen Sie uns im Internet:
www.gmeiner-verlag.de


Im Ehnried 5, 88605 Meßkirch
Telefon 0 75 75/20 95-0
info@gmeiner-verlag.de

1. Auflage 2013

Lektorat: Claudia Senghaas, Kirchardt
Herstellung: Julia Franze
Umschlaggestaltung: U.O.R.G. Lutz Eberle, Stuttgart
unter Verwendung eines Fotos von: © iStockphoto.com/Lars Johansson
Druck: GGP Media GmbH, Pößneck
Printed in Germany
ISBN 978-3-8392-1343-8

Die Wogen des Wassers, der Beginn einer Liebe – it's for you!

# Erster Teil: Der Brief

*Nicht die Dinge selbst verstören und beunruhigen die Menschen, sondern ihre Meinungen und Fantasien über die Dinge.*

Epiktet

# 1.

Obwohl viele Inselbewohner Sylt der horrenden Preise wegen verlassen, um auf dem Festland ihr Leben zu bestreiten, haben Mathilde und Bastian es umgekehrt gemacht. Sie haben ihre Wohnung im quirligen Schanzenviertel in Hamburg gekündigt, um ans Meer zu ziehen.

Eines Montagabends erreichte Bastian der Anruf eines Anwalts, der ihn über den Tod seiner Tante Paddy in Kenntnis setzte. Bastian führte das Telefonat in der Küche, den Gemüseschäler und eine Stange Spargel in der Hand. In seinem Gesicht war nicht die kleinste Regung abzulesen. Doch kaum war das Telefonat beendet, ließ er Schäler und Spargel fallen, barg sein Gesicht in den Händen und begann zu zittern, als friere er fürchterlich. Mathilde beugte sich erschrocken über ihren Mann. So aufgewühlt hatte sie ihn noch nie gesehen.

»Was ist denn los?« Sie hob sein Gesicht vorsichtig mit ihren Händen und zwang ihn sie anzusehen.

»Paddy ist tot!«, sagte Bastian mit brüchiger Stimme. Dann sank sein Kopf in seinen Schoß.

Patricia, die von allen Paddy genannt wurde, war seit jeher Bastians Lieblingstante. »Ihr schrulliges Wesen und ihre hartnäckige Ehrlichkeit sucht man heutzutage«, behauptete er oft und klang stolz dabei. Bastian mochte Menschen mit Charakter. »Ecken und Kanten sind mir weit lieber als Herumgeschleime. Da weiß man wenigstens, woran man ist.« Mathilde fand Paddy unkonventionell, großzügig und immer für einen guten Witz zu haben. Die ganze Familie schätzte sie. Und das, obwohl man einige ihrer Entscheidungen nicht nachvollziehen konnte. Vor allem ihre regelmäßigen Fluchten nach Sylt blieben vielen ein Rätsel.

»Was glaubst du, steckte hinter diesen Auszeiten, zu denen niemand sie begleiten durfte?«

»Gute Frage, auf die ich leider keine vernünftige Antwort weiß«, seufzte Bastian jedes Mal. Doch Mathilde ließ nicht locker.

»Hast du wenigstens eine Ahnung, wieso wir lediglich ein unscharfes Foto ihres Hauses zu sehen bekommen? Und keine genaue Adresse wissen? Ich kann kaum etwas darauf erkennen, und vermutlich würde ich an dem Haus vorbeifahren, wenn ich danach suchte.« Mathilde knabberte versunken an ihrer Nagelhaut.

»Vielleicht ist das der Sinn der Sache. Paddy wollte ungestört sein.«

»Aber warum? Was hat sie zu verbergen?«

»Könnte doch sein, dass vor ewigen Zeiten Piraten einen Schatz auf ihrem Grundstück vergraben haben, den sie alleine heben will?« Mathilde unterbrach Bastian.

»Nein, ernsthaft«, forderte sie. »Ich tippe eher auf eine heimliche Affäre. Was hältst du davon?« Bastian schüttelte abwehrend den Kopf.

»Jetzt geht die weibliche Fantasie mit dir durch. Paddy und eine Affäre? Meines Wissens hat sie nie viel von Männern gehalten. Sie war immer Single.« Er fuhr Mathilde liebevoll mit dem Finger über die Nase. »Aber da Paddy uns freiwillig nichts sagt, schlage ich vor, wir lassen sie beschatten. Um Klarheit zu haben.« Nun lachte er fröhlich auf und Mathilde schenkte ihm einen warmen, zustimmenden Blick.

»So abwegig ist der Gedanke mit dem Beschatten gar nicht«, sagte sie später, als sie zu Bett gingen. Aber es war natürlich klar, dass es nur als netter Scherz gemeint war.

In ihren letzten Jahren war Paddy herzkrank. Man musste mit allem rechnen. Doch wie meistens, schaffte es der Tod auch dieses Mal, die Menschen zu überraschen. Bastian war ehrlich erschüttert, als er von ihrem Ableben erfuhr.

»Ich weiß, sie hat dir viel bedeutet und war immer für dich da. Aber der Tod ist sicher auch eine Erleichterung für sie gewesen.« Mathilde versuchte alles, um Bastian über den ersten Schmerz hinwegzuhelfen.

»Es war ihre Art für jemanden da zu sein. Ich bildete da keine Ausnahme. Unter anderem machte sie das ja so liebenswert«, sagte Bastian und lächelte bei der Erinnerung an viele schöne Momente. Mathilde nahm ihn in den Arm und küsste ihn sanft. Viele tröstliche Male.

Nach einer Weile blickte er hoch, schluckte trocken und sah sie mit einem Blick an, der an Energie gewonnen hatte. »Sie hat uns ihr Häuschen am Meer vererbt. Stell dir vor, jetzt kriegen wir es endlich mal zu sehen.« Mathilde konnte es kaum glauben. Das Haus war seit jeher ein Mysterium. Ein Ort, der vermutlich eine Geschichte barg, die Paddy allerdings für sich behielt. Und da niemand je nach Sylt eingeladen worden war, hatten die meisten irgendwann vergessen, dass sie an ein Geheimnis gedacht hatten. Bis zu Paddys Tod.

»Wieso hat sie ihr sagenumwobenes Haus ausgerechnet uns vermacht und niemand anderem aus der Familie?«

»Ich weiß nicht«, sagte Bastian ehrlich. Er hob fragend die Schultern, ließ sie wieder sinken und sprach weiter. Offenbar ging ihm etwas durch den Kopf. »Lass uns eine Spitzhacke mitnehmen, wenn wir auf die Insel fahren. Um nach dem Schatz zu suchen, den die schrecklichen Piraten im Sand verbuddelt haben.« Der Zorn war aus seiner Stimme verschwunden. Mathilde lächelte, froh darüber, dass es Bastian besser ging. Im Laufe des Abends entspannte sich die Situation immer mehr. Bastian gab lauter nette Begebenheiten rund um Paddys Leben zum Besten. Und so wandelte sich ein Tag, der den Tod gebracht hatte, in einen, der emotionale Erinnerungen hervorholte, die Glück und Freude beinhalteten.

Geradezu über Nacht wurden Mathilde und Bastian also Besitzer eines Hauses am Meer.

Schon wenige Tage nach der Beerdigung fuhren sie nach Sylt, um das Haus, das nun ihres war, in Augenschein zu nehmen. »Ich hab nie ihre Beweggründe verstanden, sich in dem Haus einzuigeln. Im Grunde war sie doch gastfreundlich und zugänglich. Zumindest, wenn sie in Hamburg war«, grübelte Mathilde, während sie die Straße, die unweit des Meeres entlangführte, nach Paddys Haus abfuhren. »Das Haus war nun mal ihr Heiligtum. Vielleicht finden wir irgendwo ein Tagebuch und erfahren endlich, weshalb sie dort so zurückgezogen lebte!«

Als sie das Haus fanden – es lag geschützt zwischen Dünen und Meer –, und es stumm begutachteten, waren sie gleich hingerissen. »Es ist ein kuscheliges Nest am Meer.

Altmodisch und reizend zugleich.« Mathilde sah Bastian fasziniert an. »Weißt du was?«, sprach sie aufgeregt weiter. »Vermutlich hat Paddy es aus einem romantischen Grund wie ihren Augapfel gehütet. Jetzt, wo ich es sehe, bin ich mir ziemlich sicher.«

»Das ist allerdings eine kühne Behauptung. Ich für meinen Fall tippe noch immer auf den verborgenen Schatz.« Bastian öffnete schwungvoll das weißlackierte Holztor, das den Vorgarten von der Straße abschottete, und Arm in Arm schritt er mit Mathilde auf die einladende Haustür zu. Dort angekommen, kramte er nach dem Schlüssel und schloss auf. Mathilde konnte ihre Ungeduld kaum bezähmen. Aufgeregt wie ein Kind rannte sie ins Wohnzimmer, wo verwelkte Rosen und ein Zettel auf dem Tisch auf sie warteten.

»Komm her, Bastian«, rief sie laut. »Hier ist eine Nachricht von Paddy.« Bastian stürzte herbei, lugte über Mathildes Schulter und gemeinsam begannen sie zu lesen.

›Liebe Mathilde, lieber Bastian.‹ Mathilde hielt den Zettel fest in ihrer Hand. ›In diesem Haus habe ich die Liebe gelebt. Nicht irgendeine, sondern die einzige, wahre, von der so gern in Romanen und Filmen die Rede ist. Sein Name spielt keine Rolle. Lasst ihn bitte in Frieden ruhen und meine Geschichte auch. Nur so viel: Er war verheiratet, was ich toleriert habe, und nun ist er tot und ich bin es, wenn ihr diese Zeilen lest, vermutlich ebenfalls. Ich habe mein Ende kommen sehen, mein Arzt hatte mich gewarnt, oder sollte ich sagen, getröstet? Das Ende kommt schließlich für jeden von uns. Irgendwann. Ihr fragt euch sicher, warum ich über mein Glück geschwiegen habe. Ich fand es besser so, denn ich wollte mich nicht ständig irgendwelchen Fragen aussetzen, und noch weniger den darauffolgenden Urteilen. Aber nun solltet ihr wenigstens dieses Bisschen über mein Leben und dieses Haus, das nun eures ist, wissen. Vergesst mich nicht. Ich liebe dich seit jeher, Bastian. Du hast ein großes Herz und bist ein feiner Bursche. Manchmal stehst du dir allerdings selbst im Weg. Aber ich bin mir sicher, du arbeitest daran. Und dich liebe ich auch, Mathilde. Du bist einfach wunderbar. Eins noch zum Schluss: Traut eurem Leben ruhig etwas mehr zu. Ihr habt alles Glück dieser Welt verdient.‹ Bastian blickte mit fragenden Augen, die nun wächsern wirkten, ins Leere.

»Es ging also tatsächlich um einen Mann. Wie ich vermutet hatte«, sagte Mathilde tonlos. »Paddy wollte ihre große Liebe all die Jahre schützen. Oh Gott, ist das romantisch – und tragisch ist es auch.« Sie musste sich zusammenreißen, um nicht laut loszuheulen, weil Paddys Geschichte sie so rührte. Bastian nahm ihr den Brief aus der Hand, blickte auf die markante Schrift seiner Tante und drehte das Papier um.

»Hier steht noch was«, sagte er. Ohne zu zögern las er weiter. ›Für mich war es eine unmögliche Vorstellung, dass dieser Ort befleckt werden könnte, weil jemand über meine Gefühle richtet.‹ Bastian sah seine Tante plötzlich vor sich, den Zeigefinger forsch in die Luft gereckt. Mit einem Blick, der bestimmt war, aber keinesfalls unangenehm. ›Streit oder schiefe Blicke gehören nun mal nicht in diese vier Wände. Und zum Schluss, als der Mann meines Lebens von mir gegangen war, wollte ich hier allein sein, um der Vergangenheit nachzuhängen. Das war alles, was von meinem Glück übrig blieb.

Ich hoffe, ihr versteht mich ein bisschen. Aber natürlich ist es euch überlassen, alles aus eurem Blickwinkel zu betrachten.

Ich liebe euch sehr,

Eure Paddy.‹

»Ich weiß, wie wichtig Paddy dir war, aber darf ich den Brief behalten? Ich möchte einfach ab und zu einen Blick hineinwerfen. Er ist so schön, weißt du!« Bastian ergriff Mathildes Hand und drückte sie fest. »Also gut. Wenn es dir wichtig ist, behalte ihn«, erwiderte er. Und dann weinten sie beide stumm vor sich hin.

Endlich verstanden sie, was Paddy die ganzen Jahre über mit sich allein ausgemacht hatte. »Ich verstehe sie so gut, Bastian. Sie wollte nicht, dass jemand sie wegen ihrer Liebe verurteilt. Deshalb ist sie immer allein hierher gekommen. Vielleicht hätte ich es genauso gemacht.« Mathilde schaffte es kaum, ihrer Stimme Festigkeit zu verleihen.

»Ich geh mal hinaus, vor die Tür. Luft schnappen«, brachte Bastian nur heraus. Mathilde nickte stumm. Sie wusste, dass er ein bisschen Zeit brauchte, um sich zu beruhigen.

Nachdem sie eine Weile im Haus herumgekramt, aber nichts Wichtiges gefunden hatte, ging sie ebenfalls in den Garten. Bastian stand an der Rückseite des Hauses, die dem Meer zugewandt war. Er blickte auf den üppigen Wald an Dünengras und die grauen rollenden Wellen dahinter. Ein imposantes Naturschauspiel. Mathildes Haar wehte verwegen im Wind, als sie näher kam, und während sie den Arm um ihn legte, fragte sie: »Geht's dir besser?«

»Ja!«, er drückte erneut fest ihre Hand und fühlte sich

seiner Frau ganz nah. »Paddy hat immer zu mir gesagt, man muss das Leben lieben, auch, wenn es nicht perfekt ist. Jetzt verstehe ich, was sie damit meinte.«

»Das passte zu ihr und wenn man's recht sieht, hat sie es auch getan.« Nach einer Weile fragte Mathilde: »Möchtest du das Haus heute noch in Augenschein nehmen? Vielleicht gibt es den Schatz, von dem du gesprochen hast, ja als Draufgabe?« Bastian sah sie an, dankbar für ihre Zuversicht und seine Augen blitzten kurz auf, als er zustimmend nickte.

»Die Spitzhacke liegt im Kofferraum«, erwiderte er und zwinkerte dabei mit den Augen.

## 2.

Das Haus hatte ein reetgedecktes Dach, das eine Sanierung nötig hatte, und einladende Sprossenfenster, durch die schräg die Sonne schien. »Die Räume sind klein, aber charmant. Wenn wir einen Wintergarten anbauen, könnten wir es zu einem behaglichen Zuhause machen«, schlug Mathilde gleich am nächsten Morgen vor. Ihre Stimme klang entwaffnend optimistisch.

Sie waren früh aufgestanden und mit ihren Bechern Kaffee in den Händen nach draußen gegangen, um das Haus zum wiederholten Mal von außen und innen zu begutachteten.

»Nach der ersten Freude über all das halten vermutlich zähe Verhandlungen mit den zuständigen Ämtern Einzug in unser Leben. Hier ist man penibel, was Bauauflagen und Denkmalschutz anbelangt.« Mathilde sah Bastian noch immer zuversichtlich an.

»Keine Sorge, das stehen wir zwei Dickschädel durch«, versprach sie.

Als die Genehmigung zum Um- und Zubau erteilt und der Kredit aufgenommen war, erschien ihnen alles nicht nur respektabel, sondern immer mehr wie ein Wunder. Ihr Leben war nun ordentlich und planbar. Die Last auf zwei Schultern verteilt. Monat um Monat wurde das Haus schöner und Mathilde fand das Ergebnis, als alles fertig war, großartig. »Siehst du, wie perfekt es geworden ist, Paddy?«, murmelte sie stolz vor sich hin, als sie durch die Räume ging. Vor den Fenstern hingen nun cremeweiße Vorhänge, und es gab überall bequeme Sessel, die mit robustem gelbem Stoff überzogen waren und in denen helle Kissen schlummerten. »In denen mache ich es mir am Abend, beim Lesen oder Fernsehen, gemütlich. Sicher hast du das auch getan.« Mathilde seufzte zufrieden.

Überall im Haus standen nun Vasen mit Blumen. Meist Anemonen und Ranunkeln, und im Kamin loderte oft ein Feuer, das Füße und Herzen wärmte – ja, Mathilde war glücklich.

Das Haus wurde zu ihrem Heim, es bot eine wunderbar schützende Hülle für ihr Glück. »Es bleibt ein Liebeshaus, ganz im Sinne Paddys«, sagte sie, als sie endlich eingezogen waren.

Mit der Zeit füllten Mathilde und Bastian das Haus mit ihren eigenen Erinnerungen.

Im Frühling ging Mathilde morgens an den Strand und saugte den würzig-kräftigen Geruch des Dünengrases ein. Es roch nach Salz und Meer und ein bisschen nach Abenteuer und ungeplantem Leben, wie es die Jugend zu bieten hatte. Einige Jahre lang machte sie es sich zur Angewohnheit, sich mit einem Schlauchboot mit den Gezeiten weit nach draußen treiben zu lassen. Wenn sie bei den Seehundbänken ankam, einige Kilometer vom sicheren Strand entfernt, durchflutete sie jedes Mal ein Gefühl unsagbaren Glücks, nach dem sie geradezu süchtig wurde. Die Seehunde sahen sie mit großen Augen fragend an, und Mathilde musste sich zusammenreißen, um nicht haltlos loszuheulen. Um sich herum entdeckte sie riesige Taschenkrebse und Muscheln, alles beschirmt von der Unendlichkeit des Himmels. Die Seehunde wurden Mathildes Lehrer. Sie brachten ihr bei, dass es keine Zeit gab. Mathilde wusste nicht, weshalb, aber wenn sie bei den Seehunden war, fiel jedes Zeitgefühl von ihr ab. Sie begann die Tiere im Kopf zu malen und konnte sich kaum vorstellen, dass Bastians Urgroßvater sie einstmals mit einer Harpune gejagt und ihnen das Leben gestohlen hatte. Solange es warm war, hielt sie sich bei den Seehunden auf. Erst nach Stunden ließ sie sich von der Flut zurück an den Strand treiben.

Eines Tages, nach einer hartnäckigen Blasenentzündung, verlangte Bastian, sie möge mit den Ausflügen aufhören. »Du ruinierst deine Gesundheit. Und das ist nur meine kleinste Sorge. Niemand ist so lange draußen bei den Seehunden, wie du. Es ist gefährlich. Was glaubst du, passiert, wenn du mit dem Boot kenterst?« Bastian kaufte Filme und prächtige Bildbände über Seehunde. Er besorgte sogar CDs mit Seehundgeräuschen, um Trost zu spenden. Mathilde rührte sein Tun. Sie gab das Versprechen ab, nicht mehr zu den Seehundbänken aufzubrechen. Sie wollte vernünftig sein. »Du hast recht. Ich höre auf damit«, sagte sie tapfer.

Im Sommer schwamm sie nun in der grauen Brandung. Doch die Strecke bis zu den Seehundbänken nahm sie nie wieder in Angriff. Wenn sie aus den Fluten stieg, hüllte sie sich in einen riesigen Frotteebademantel, der ihr zwei Nummern zu groß war, und rubbelte sich die salzige Nässe und den Sand vom Körper.

Bei schlechterem Wetter joggte sie den Strand entlang. Schwere Schritte über matschig-feuchten Sand, jeder einzelne hart erkämpft.

Mathildes und Bastians Leben schien in Ordnung. Wenn nicht die stetig wachsende Leere gewesen wäre, deren Existenz Mathilde sich kaum einzugestehen traute. Sie wusste weder, wann sie angefangen hatte, noch, woher dieses Gefühl kam, es fehlte ihr etwas Entscheidendes zum Glück. Was sie allerdings wusste: Dieses Gefühl war ein gefräßiges Tier, und wenn es hervorkam, sorgte es dafür, dass das Feuer der Leidenschaft verglomm.

Vor vielen Jahren hatte alles mit einem viel versprechenden Start, mit ihrer Hochzeit, begonnen und nun fühlte es sich an, als käme ihr Leben nicht mehr in die Gänge.

Immer öfter dachte Mathilde deshalb, sie müsse ihr Glück zurückerobern.

Wenn Bastian sie küsste, schaffte sie es nicht, ihren Körper zu spüren. Es war, als küsse er bloß ihre Seele. Doch so schön es auch war, seine Seele zu spüren, es fühlte sich an, als sei sie abgetrennt von ihren Lippen, dem Vibrieren ihrer Härchen auf den Armen und dem Sehnen danach, Bastian fest an sich zu ziehen. Das Küssen war zur Gewohnheit geworden. Doch es war keine friedliche, süße Gewohnheit, an die sie gern dachte, sondern eine beängstigende, die sie erschreckte.

## 3.

In den ersten Januartagen des neuen Jahres – es war nun zwölf Jahre her, dass sie nach Sylt gezogen waren –, ahnte Mathilde plötzlich, was sie dem Leben die ganze Zeit über abgenötigt hatte: Vorhersehbarkeit. Gottverdammte einlullende Sicherheit. Mit dem Eingeständnis kam ein ganzer Schwall schmerzhafter Erinnerungen zurück, die sie lange verdrängt hatte.

In einer dieser Erinnerungen war Mathilde fünf. Sie saß am Tisch in der Küche und starrte mit großen Augen auf das ausladende Gesäß ihrer Mutter, an dem die rote Schleife ihrer Schürze baumelte. Wie aus heiterem Himmel verwandelten sich die Pobacken in die Mähne eines Ungeheuers und die Schleife in ein aufgerissenes Maul. Mathildes kleine Finger begannen voller Unmut auf die Stuhllehne zu trommeln – dum, dumdum, dum, dumdum – und um dem Ungeheuer zu entkommen, blickte sie auf die Zeitung, die aufgeschlagen auf dem Tisch lag. Mathilde begann mit ihrem kleinen Zeigefinger hastig über die Buchstaben unterhalb zweier gezeichneter Fische zu fahren. »Fi … Fische«, las sie laut vor. Regine, ihre Mutter, schob sich mit der Hand eine Haarsträhne aus dem Gesicht und lächelte gerührt, als sie sich umdrehte. Vom Löffel, der wie ein Degen aussah tropfte es klebrig auf den Küchenboden. Plötzlich wurde Mathilde ein energischer Kuss auf die Wange gedrückt, und dann war das Ungeheuer weg und nur noch Mama war da.

»Du liest mein Horoskop?« Regine freute sich, als wäre Weihnachten. »Im Zentrum rotierender Planeten spielt sich das Leben von uns allen ab, weißt du? Was das bedeutet, erkläre ich dir, wenn du größer bist.«

»Ich bin schon groß. Ich bin bald sechs«, krähte Mathilde. Sie verstand nichts, wovon ihre Mutter sprach, doch nun lächelte Mama und hatte endlich Zeit für sie.

Als Mathilde älter wurde, begriff sie, dass ihre Mutter die meiste Zeit mit dem Erstellen und Analysieren von Horoskopen verbrachte. Sie zeichnete sie per Hand, rechnete, deutete und glaubte fest daran, dass das Leben vorherbestimmt war. War ein Horoskop fertig, fand ein Ritual statt. Regine trug Lippenstift auf und toupierte sich die Haare – und hergerichtet, als handle es sich um einen Festtag – war sie flugs in einer ihrer Missionen unterwegs. Die Ephemeriden fest unter den Arm geklemmt und den Radix einer ihrer vielen Freundinnen im Hinterkopf, stapfte sie, sommers wie winters, durch die Stadt, um in einer der vielen Wohnungen als Astrologin tätig zu sein. Alles gemütlich bei Kaffee und Kuchen im Wohnzimmer. Mathilde war oft mit von der Partie, obwohl sie sich Spannenderes vorstellen konnte, als ihre Mutter zu lauter Erwachsenen zu begleiten. Sie saß an einem Tisch in der Küche oder im Büro und zeichnete, während sie darauf wartete, dass man ihr einen Riegel Milka-Schokolade oder Gummibären zusteckte, bis Mama mit dem fertig war, was sie tat. Doch wenn Regine mit Händen und Füßen und Schweißtropfen auf der gepuderten Stirn von Achsen und Häusern, Sektoren und Zonen, von Tierkreis und Erdraumfeld redete, konnte das dauern. »Als Tierkreis beinhaltet ein Sektor immer 30 Grade, gezählt ab null Grad Widder. Je 30 Graden der Sonnenlaufbahn wurde ein Name gegeben, der Tierkreisname. Ähnlich, wie man seinem Kind bei der Taufe den Rufnamen gibt«, erklärte sie den interessiert dreinblickenden Zuhörern.

Als Mathilde ins Gymnasium kam, begann sie sich ernsthaft Gedanken über Horoskope zu machen. Mit einer Mutter wie Regine kam man darum nicht herum. Sollte sie sich dem Faszinosum Astrologie mit Haut und Haar verschreiben oder war es vernünftiger, sich dem ganzen Hokuspokus gänzlich zu entziehen?

Schon in jungen Jahren war es also mehr als reiner Zeitvertreib, dem Lauf der Planeten zu folgen. »Oft lauern in den Ecken des Lebens seltsame Überraschungen, die man nur mit Hilfe der Astrologie bewältigen kann«, hörte Mathilde ihre Mutter oft kryptisch ins Telefon sprechen. Ratsuchende Menschen gingen ihr offenbar nie aus.

Alles, was das Leben Regine selbst und damit auch Mathilde an Überraschung bot, war einige Jahre später die Scheidung.

Wenn es nach Mathildes Vater gegangen wäre, hätte Regine etwas Vernünftiges gearbeitet. »Astrologie ist im besten Fall ein netter Zeitvertreib. Kein logisch denkender Mensch nimmt das Ganze ernst. Hast du dir je darüber Gedanken gemacht, wie dieses verrückte Hobby sich auf unsere Tochter auswirken könnte?« Nach einer ernsten Aussprache bemühte Regine sich, ihre Leidenschaft für Astrologie zu reglementieren.

Eines Abends, als Mathilde am Schlafzimmer ihrer Eltern vorbeihuschte, hörte sie, wie ihr Vater auf ihre Mutter einredete: »Seit wir uns kennen, lieben wir uns ausschließlich in der Missionarsstellung. Wieso habe ich ständig das Gefühl, wir hätten alles schon hinter uns?« Zwei Wochen später belauschte sie unfreiwillig ein Telefonat ihrer Mutter. »Wir haben jetzt öfter Sex«, vertraute Regine einer Freundin an. »Aber was mich angeht, ist es ein Bemühen ihm zuliebe. Und ja, ich glaube, er spürt es und es macht ihn verlegen.« Mathilde liebte ihre Eltern. Warum konnten die beiden nicht einfach glücklich miteinander sein?

»Weißt du, Mathilde!«, sagte Regine nach der Scheidung. »Der Astronom und Wissenschaftler Halley hat zum großen Isaac Newton einst gesagt: ›Ich verstehe nicht, dass sich ein großer Geist wie Sie für einen solchen Blödsinn wie Astrologie interessiert.‹«

»Und was hat Newton geantwortet?« Nun glitt ein triumphierendes Lächeln in Regines Züge.

»Er entgegnete: ›The difference between you and me is, I studied it and you didn't.‹« Da war er, der Satz, den sie sich nie getraut hatte, ihrem Mann zu sagen und den nun Mathilde zu hören bekam.

Nach der Scheidung entwickelte Regine sich zu einer geradezu verbissenen Astrologin und Mathilde zu dem Typ Mädchen, das gern auf Partys ging und sich durchs Leben rockte. Ohne groß nachzudenken. »Das Leben ist meiner Meinung nach grundsätzlich ein suboptimaler Entwurf, dem ich mit Vehemenz meine eigene Vorstellung von Spaß entgegenhalte. Wer für den Spaß verantwortlich ist, ob irgendein Planet oder der Zufall, interessiert mich nicht die Bohne.« Solche Sätze spuckte sie plötzlich aus.

»Wo hast du nur diese schrecklichen Einsichten her? Kannst du das bitte für mich übersetzen?«, wunderte Regine sich. »Du hältst was von Sekundär-Progression und Sonnenbogendirektion und ich halte was vom Leben«, erwiderte Mathilde dann achselzuckend.

Es dauerte nicht lange, bis Regine klar war, dass ihre Tochter an Rum-Cola, Partys und einem jungen Mann namens Bastian Meysen interessiert war. Mit dem probierte sie aus, wie Sex funktionierte. Richtiger Sex.

Als Mathilde 21 wurde, zog sie mit Bastian zusammen, und kurz vor ihrer Verlobung stürmte Regine die Küche ihrer Tochter, breitete ein Blatt Papier vor ihr aus und deutete auf Mathildes Radix. Mathilde sah einmal mehr viele bunte Striche und Linien auf dem Blatt und kleine Zeichnungen, die die Planeten darstellten. »Du hast fast alle wichtigen Planeten im Schützen stehen, Kind«, erzählte Regine aufgeregt. Mathilde wusste nicht, wie oft ihre Mutter diesen Satz schon ausgesprochen hatte. Und sie wusste ebenso wenig, ob sie aufgrund der Häufung ihrer Planeten im Schützen zu beneiden oder zu bemitleiden war. Der Mann, mit dem sie in den sicheren Hafen der Ehe einlaufen wollte, Bastian, passe wie angegossen, hörte Mathilde ihre Mutter plappern. Zur Bestätigung legte sie Bastians Horoskop vor, das nicht minder ein Wirrwarr an roten und grünen Strichen, an Dreiecken und Kreisen war. »Bastian hat die Sonne im Widder stehen, was Geist und eifriges Wollen, sprich Begeisterung bedeutet, Kind. Das wird, klopf anständig auf Holz, eurer Beziehung enorme Stabilität geben. Ich sehe keine Scheidung in deinem Leben.« Das Wort ›Stabilität‹ und vor allem ›keine Scheidung‹ beflügelte Mathilde. Sie dachte an Bastians Ausdauer im Bett und nickte schmunzelnd. Ausnahmsweise behielt ihre Mutter recht, Bastian war begeisterungsfähig. Und wie. Regine murmelte noch etwas von einem Planeten, der sich in der Waage spiegele und gleichzeitig einen 150-Grad-Aspekt auf Waage werfe. »Zur Feier des Tages öffnest du jetzt aber eine Flasche Prosecco, gell?« Regine war krebsrot angelaufen, während sie Mathildes Horoskop deutete und lächelte nicht nur, nein, sie strahlte. An einmal getroffenen Aussagen hielt Regine stets eisern fest. Einzige Ausnahme: das Scheitern ihrer Ehe, das sie vorm Altar selbstverständlich nicht eingeplant hatte und das sie in den unbarmherzigen Malstrom des Lebens hineinzog.

Das Schicksal tat sich plötzlich wie ein riesiger Canyon vor Mathilde auf. Das Glück schien berechenbar – alles wegen ein paar Planeten – und lachte Mathilde fröhlich an. Spaßeshalber machte sie sich trotzdem ein paar Sorgen. Ob, zu einem leistbaren Preis, wohl ein anständiges Hochzeitskleid zu finden sei? So was in der Richtung. Ein paar kleine Sorgen hier und da seien zwar durchaus drin, aber ansonsten sehe sie Friede und Freude, prognostizierte Regine zwischen etlichen Schlucken Prosecco. »Ein Leben wie ein Soufflé«, kicherte sie. »Gelungen, auch, wenn's nicht leicht herzustellen ist.« Mathildes Mutter war schon immer eine miserable Köchin gewesen. Der Vergleich mit dem Soufflé hätte Mathilde deshalb stutzig machen sollen.

Alles kam anders, als ihre Mutter es versprochen hatte. Zwischenzeitlich hatte der gute Bastian kalte Füße gekriegt und fremdgeküsst.

Es geschah eines Dienstagabends, vier Monate, bevor sie heiraten wollten. Bastian war mit seinem Freund Kai in einer Kneipe im Schanzenviertel verabredet. Doch Kai hatte an einer Ampel einen Auffahrunfall verursacht, und so stand Bastian zum verabredeten Zeitpunkt allein an der Theke. Er bestellte sich ein Bier, sah auf die Uhr, und danach schaute er sich gelangweilt um und kam mit einer hübschen Brünetten ins Reden, die faszinierende Augen hatte. Als das zweite Bier ausgetrunken war, bestellte Bastian Wein nach. Und futterte Chips. Schließlich hatte er sich erfolgreich davon überzeugt, dass er noch immer und durchaus flirttauglich war. Seit sie ihre Hochzeit planten, gingen ihm alle möglichen Gedanken im Kopf herum. Ob er sich genügend ausgetobt hatte oder noch einiges auszuprobieren sollte. Ob er überhaupt bereit war, sich für immer zu binden. Er kämpfte gegen die Gedanken an, aber sie schienen resistent gegen seine Versuche sie zu unterdrücken zu sein und belästigten ihn geradezu.

Die hübsche Brünette hieß Inka und hatte sich auf den Hocker neben ihn gesetzt. Für die anderen im Lokal sah es ganz danach aus, als habe er beste Chancen bei ihr. Was folgte, war wenig rühmlich. Die beiden steuerten den Mönckebergbrunnen an, um Currywurst zu essen und sich ein letztes Bier zu genehmigen. Später gingen sie in Inkas Studentenbude und schliefen miteinander. Tage später gestand Bastian seinen Fehltritt, weil ihn das Gewissen plagte. Wie zu erwarten, kam es zum Streit mit Mathilde und Bastian gab sich die Kante vor Kummer wegen des Desasters, in das er geraten war. Als das Intermezzo mit Inka abgeschlossen war, war es Jahre später.

Doch das Schicksal war noch nicht fertig mit Mathilde und Bastian. Seit dem Streit wegen Inka hatten sie nicht mehr miteinander gesprochen, bis sie sich eines Tages völlig unerwartet in einem Kaufhaus in die Arme liefen. Wie Bastian so vor ihr stand, immer noch das Unbehagen im Gesicht, das ihm aus allen Poren drang, musste Mathilde völlig unerwartet lachen.

Nach Bastians Affäre, hatte sie anfangs sehr um ihn getrauert. Dann war eines Tages ein Anästhesist namens Erik dahergekommen und hatte ihr klargemacht, dass es nicht lohne um einen Frauenverschleißer, wie er Bastian mit viel Emotion titulierte, zu weinen. Mathilde hatte ihre Tränen schweren Herzens getrocknet, ihre Mutter und ihre im Schützen stehenden Planeten verteufelt und Eriks Lippen zwischen die ihren gelassen. Doch das mit Erik war ebenfalls zum Scheitern verurteilt, weil seine Eltern dazwischenfunkten. Sie hielten Mathilde für nicht gut genug für ihren Sohn, und eines Tages sagte Erik einen verhängnisvollen Satz: »Tut mir leid, Süße, aber seit ich mit dir zusammen bin, stockt meine Karriere. Irgendwie gerät mein ganzes Leben aus dem Tritt!« Welche Sternenkonstellation wohl damit zu tun hatte? Jupiter, Saturn, Mars oder Venus? Egal, irgendeiner dieser Planeten stand wohl ganz, ganz ungünstig für Mathilde.

## 4.

In letzter Zeit denkt Mathilde immer öfter darüber nach, ob sich das Leben an jenem Tag von ihr abgewandt hat als Bastian ihr unter Tränen von seiner Affäre mit Inka erzählt hat?

»Ja, Herrgott noch mal, ich hab meinen Schwanz nicht

in der Hose gelassen und sie gevögelt, obwohl ich mit dir verlobt bin. Bist du jetzt autorisiert, mich zu verdammen?« Es hatte einen handfesten Streit zwischen ihnen gegeben, bei dem sogar Geschirr zu Bruch gegangen war.

»Warum machst du alles kaputt? Hatten wir denn keinen guten Sex?« Mathilde fielen wieder die Worte ihres Vaters ein, der sich über die Missionarstellung beschwert hatte. Bald darauf war es zur Scheidung der Eltern gekommen.

»Doch, Mathilde, das *haben* wir. Und ich hab das mit Inka nicht vorgehabt, es ist mir passiert.« Bastian hatte sie zu beruhigen versucht. Halbherzig, wie Mathilde fand.

»Komm mir bloß nicht mit diesen dummen Standardsätzen. Von wegen, du hattest zu viel getrunken oder so einen Schwachsinn. Sag mir, warum du es getan hast? Was hab ich falsch gemacht?« Wie eine wild gewordene Furie war sie vor ihm auf und ab gerannt. Sie konnte sich gar nicht mehr beruhigen und hasste sich dafür, dass sie so aus der Rolle fiel. Bastian hatte nur mit den Schultern gezuckt und gemurmelt: »Vielleicht ist mir in letzter Zeit alles zu viel geworden? Hochzeit, bis dass der Tod uns scheidet und so. Wir sind doch noch jung, Mathilde. Müssen wir das alles wirklich tun?« Er schaute sie hilfesuchend an. Hoffte auf eine Bestätigung seiner Gefühle in ihrem Gesicht. War sie sich absolut sicher, was ihre Zukunft anging? Doch in Mathildes Gesicht las er keinen Zweifel, sondern Trauer, Wut und Enttäuschung.

»Ich will doch nur ein kleines bisschen Sicherheit. Woher soll ich wissen, dass du mich auch morgen noch liebst und in zehn oder 20 Jahren?« Ja, woher sollte man so etwas wissen?

Das Seltsame war, dass alles Lebendige sich nicht etwa deshalb verabschiedete, weil einer den sogenannten moralischen Eid brach und mit jemand anderem schlief. Es flatterte davon wie ein hungriges Vögelchen, weil Schuld und Begrenzung in Mathildes und Bastians Leben traten.

Als sie nach dem Treffen im Kaufhaus erneut ein Paar wurden, achtete Bastian darauf, seine wissbegierigen Augen weniger umherwandern zu lassen. Er wusste, dass er Mathilde nie wieder enttäuschen durfte. »Wer Schuld abträgt, hält sich erwartungsgemäß im Zaum«, sagte er am Telefon zu Kai. Mit bitterer Stimme.

Die Schuld lastete seitdem schwer auf Bastians Schultern, und so entschied er sich, zum vorsichtigen Taktierer zu werden. Doch auch das ließ er bald bleiben. Er verhandelte nicht mehr mit sich darüber, was ihm zustand und was nicht, er ließ nichts mehr geschehen und begab sich in emotionale Haft. Mathilde, die Frau, der Unrecht widerfahren war, lebte seitdem ebenfalls mit der Schuld. Egal, auf welcher Seite man stand, mit Schuld war nicht gut leben.

In diesen Tagen werden Mathilde – wie ein verspätetes Weihnachtsgeschenk –, die Zusammenhänge zwischen Schuld und Glück klar. Wie hat sie nur von Bastian verlangen können, vorherzusehen, wie seine Gefühle ihr gegenüber in vielen Jahren sein würden? Und wie steht es um ihre eigenen? Gibt es denn Liebe, bis dass der Tod einen scheidet?

Mathilde nimmt sich vor, offen mit Bastian zu reden. Vielleicht verschwindet danach das Gefühl der Leere, das sie immer fester im Griff hat.

Doch einen Tag später kommt der Aushilfs-Postbote

und wirft einen Brief ein, dessen Empfang Mathilde eigentlich hätte bestätigt müssen. Nach Wochen, die er in der Gegend im Einsatz ist, weiß er, dass sie um die Uhrzeit gewöhnlich nicht zu Hause ist. Er glaubt, ihr einen Gefallen zu tun, wirft den Brief ein, bittet um eine Unterschrift, die er am nächsten Tag abholen wird, und ändert dadurch ihr ganzes Leben.

Am nächsten Morgen steht Mathilde früher auf als sonst. Sie huscht vorsichtig die Treppe hinunter und duscht im Gästebad, im Parterre. Als sie sich abgetrocknet hat, schlüpft sie in Jeans und Wollpulli, bindet sich einen dicken Schal um und setzt eine flauschige Mütze auf. Im Flur wirft sie sich ihren Lammfellmantel über und läuft ein letztes Mal hinunter ans Meer.

Der Sand knirscht unter ihren Boots und der eisige Wind an diesem Morgen schneidet ihr ins Gesicht, während ihre Finger in der Tasche über den Brief streichen. Alles um sie herum ist stockfinster. Nur die weißen Schaumkronen bilden einen hellen Faden auf den dunkel rollenden Wellen, sodass Mathilde sich orientieren kann. Ein Möwenschwarm überfliegt sie. Das ovale Tiermuster schwebt wie eine Wolke über ihr. »Das bisschen Aufregung steht dem Himmel gut«, flüstert sie.

Wenn sie den Kopf nach rechts dreht, sieht sie in etwa 200 Metern Entfernung das Haus der Nachbarn. Ein hübsches, reetgedecktes Haus mit Steintrögen vor dem Eingang, das ein Schuhfabrikant vorletzten Herbst gekauft hat. Schon von außen wirkt es einladend und geschmackvoll. Die rostroten Ziegel und der blütenweiße Anstrich des Anbaus, die flaschengrünen Fensterläden, die Steinumrandung um den Eingang, der vom Gartenarchitekt angelegte Garten, der sich bis fast an den Strand erstreckt – alles sieht wundervoll aus.

Weil sie Nachbarn sind, waren sie zur Einweihung eingeladen worden. Alles, was in Hamburg und auch woanders Rang und Namen hatte, war zu diesem rauschenden Fest nach Sylt gekommen. Mathilde hatte Kleider gesehen, die sie sonst nur aus den Modeheften kannte. Und Schmuck! Sie war sprachlos gewesen, weil das Funkeln und Glitzern sie fast geblendet hatte. Fremd und unpassend war sie sich vorgekommen in ihrem kleinen Schwarzen, das sie schon seit zehn Jahren im Schrank hängen hatte. Doch Jonas Hüsch, der Hausherr, hatte den Arm um sie gelegt und ihr ein Glas Champagner in die Hand gedrückt. Und da, plötzlich, hatte es sich für einen Moment so angefühlt, als wäre Champagnertrinken etwas Selbstverständliches für sie. Reine Routine.

»Das ist Mathilde Meysen. Unsere Nachbarin«, hatte Jonas ungezwungen in die Runde geworfen. Seine Worte lagen noch einige Zeit, nachdem sie ausgesprochen worden waren, in der Luft, und wenn er durchs Haus ging, wenn er mit kraftvollem Schwung seine Schritte setzte, war er ganz da.

Die Gäste hatten Mathilde und Bastian mit einem Mal ins Gesicht geschaut. Plötzliche Wahrnehmung. Bastian hatte gelächelt. Ein Lächeln, das ihr sagen sollte: Siehst du. Alles halb so wild. Das hier sind auch nur Menschen. Wenn auch mit mehr Geld und Einfluss.

Eine Fotografin war auf Mathilde zugekommen. Wie hieß die doch gleich? Ellen von irgendwas? Sie war in Schwarz gekleidet und ungeschminkt. Wirkte aber trotzdem glamourös. Vermutlich war es die Aura des Erfolges, die ihr diese Präsenz verlieh.

»Schön haben Sie's hier«, behauptete Ellen von Sowieso. »Diese göttliche Ruhe. Wen stören schon Krabben- und Muschelfischer? Die beruhigen doch eher.« Ihr markanter Kopf pflanzte sich vor ihr auf.

»Ja, das tun sie.« Mathilde hatte eifrig genickt. Sie war plötzlich stolz darauf gewesen, auf der Insel zu wohnen. In Paddys Haus, das sie mit Bastian zusammen so nett eingerichtet hatte, war gut leben. Natürlich, die Hypothek, die sie für den Umbau aufgenommen hatten, würde sie noch viele Jahre begleiten, aber es war ihr Zuhause. Ihr Heim. »Mein Mann und ich wohnen schon eine ganze Weile hier und mögen es noch immer. Die Luft ist wie Sekt und die Stille macht mich immer wieder sprachlos«, schwärmte Mathilde mit einem Glitzern in den Augen.

»Ich wünschte, ich könnte mit Ihnen tauschen. Mein Leben ist so hektisch. Immer im Flieger. Ständig unterwegs.«

»Gönnen Sie sich doch wenigstens eine Kurzseefahrt ins Wattenmeer. Das ist eine tolle Inspiration«, hatte Mathilde vorgeschlagen. Sie hatte einen guten Tipp geben wollen. Ellen Irgendwer, die eine der besten Fotografinnen weltweit war, das wusste Mathilde aus diversen Zeitschriften, lachte rau, klopfte ihr jovial die Schulter ab und drehte sich weg. Genug geredet.

Noch ehe Mathilde wirklich antworten konnte, etwas

Vernünftiges sagen, war der Platz neben ihr bereits wieder leer.

Nachdem die Fotografin sie stehen gelassen hatte, war Mathilde dazu übergegangen, Jonas Hüsch zu beobachten. Es war keine bewusste Handlung gewesen, eher ein sich ergebender Zeitvertreib, weil sie nichts Besseres zu tun hatte. Jonas' Körper blitzte zwischen den vorbeischlendernden Gästen immer wieder einmal hervor, während Mathilde hier und da unfreiwillig angerempelt wurde. Gutgekleidete Frauen und Männer schwirrten um sie herum. Wie die Fliegen. Und da, zwischen den vielen Menschen, dem lauten Gemurmel und dem Gelächter, sah Mathilde das gewinnende Lächeln, das Jonas Hüsch ins Gesicht geschrieben war. Wenn er lachte, dann ausgelassen. Nichts an ihm war zögerlich oder verhalten. Er war ein Mann, der sich vermutlich keine Fragen bezüglich seiner Präsenz und seines Lebenswillens stellte. Er lebte ganz und gar. Mathilde sah Ellen, seine Frau, mit einem Glas Wein in der Hand vorbeigehen. Sie nickte ihr kurz zu, und Mathilde kam es vor, auch ihr quelle das Leben geradezu aus den Augen. Das Leben der Hüschs war ein Arrangement der Zufriedenheit. Eine Leinwand, auf der alles perfekt in Öl festgehalten war. Selbst die Kinkerlitzchen hatten dort einen Platz. Das Kleine, Unwichtige.

Dieses Leben zu beobachten war verlockend, ja geradezu betörend für Mathilde. Bis vor lauter Hinschauen und Hinfühlen die Ödnis der eigenen unvollkommenen Tage plötzlich grell und unwirklich hervorstach und die Freude über das Glück der Nachbarn damit verschwand.

In den letzten Jahren hatte sich viel Unausgesprochenes zwischen Bastian und ihr angesammelt. Ganz langsam hatte sich das gefräßige Insekt der scheinheiligen Sicherheit in ihre Tage geschlichen und das Glück aufgefressen.

Mathilde stapft weiter den einsamen Strand entlang, vorbei an den letzten Tetrapoden, die am Fuß der Dünen entlang ins Meer hinaus verlegt worden waren und von denen die meisten wieder entfernt worden sind, weil sie die Meeresgewalten nicht stoppen können. Sylt verliert Jahr für Jahr mehr Land ans gefräßige Meer. Der Sturm, das Wasser, die leckenden Wellen richten Unheil an. Millionen Kubikmeter Sandvorspülungen und Aufschüttungen sollen Abhilfe schaffen.

Während der Mond vorsichtig die Dünen erhellt, setzt Mathilde einen Fuß vor den anderen, die Hände in die Taschen des Mantels gesteckt und die Finger zur Faust gepresst. Eine Windbö schlägt ihr den Schal vor den Mund, und noch immer lässt sie die letzten Jahre Revue passieren. Nimmt Abschied von ihrem Leben und der Insel. Vom Salzgeschmack auf den Lippen und den Zitronen- und Distelfaltern, die sie so liebt und die den Sommer verschönern. Von den Kegelrobben, Seehunden und dem einzigen Schweinswal, den sie je zu Gesicht bekommen hat und niemals vergessen wird. Vom Leuchtturm in Kampen und vom Morsumer Kliff, das sie manchmal mit Britta, ihrer Freundin, besucht hat und von den alten Kapitänshäusern in Keitum, die dem Haus, in dem sie lebt, so ähneln. Mathilde spürt, wie ihr das Herz schwer wird, doch sie spürt auch ihre Stärke, die sie weiter treibt. Das Leben ist ihr immer noch teuer, ja im Grunde teurer als je zuvor. Sie will ehrlich zu sich sein, will innerlich und äußerlich aufräumen. Ein Brief hat ihr den Auftrag dazu erteilt.

Plötzlich muss sie an Paddy denken, die für ihre Liebe über lange Strecken hinweg ein Leben in Abgeschiedenheit in Kauf genommen hatte. Und an ihre Mutter, die vor einigen Jahren nach München gezogen ist. Zu Maja, ihrer besten Freundin, die ebenfalls eine Scheidung hinter sich hat. »Astrologie hat nichts mit Weissagen zu tun«, hat Regine erst vor Kurzem am Telefon behauptet. »Aber es gibt Schicksal. Daran glaube ich.«

Stimmt, dass es Bestimmung gibt? Steht längst fest, was einem widerfährt? Oder kann man frei wählen, was man ins Leben lässt und was nicht?

Das Leben hält seine schützende Hand über jeden. Wer hat diesen schönen Satz noch mal gesagt? Mathilde weiß es nicht mehr. Aber sie will herausfinden, ob es tatsächlich so ist.

Als sie von ihrem Spaziergang zurückkommt, sieht sie im Flur die gepackten Koffer wie Mahnmale stehen. Ihr Herz schlägt wild pochend.

Die Koffer sind aus wunderschönem Leder. Ein Geschenk ihrer Mutter, als sie damals doch noch Bastian geheiratet hat. »Etwas fürs Leben, Kind. Wie deine Ehe.« Mathilde hat die Koffer tags zuvor gepackt und später, als Bastian tief und fest schlief, heimlich in den Flur geschleppt. Es ist alles bereit. Alles auf Anfang. Mathilde ist fest entschlossen, das Leben – diesen flüchtigen Schmetterling –, noch einmal einzufangen. Egal, als was es sich entpuppen wird, sie will leben und spüren, dass sie es tut. Auch auf die Gefahr hin, dass vielleicht alles falsch ist, was sie nun tun wird.

Draußen sind die Möwen zurückgekommen und kreischen ununterbrochen ihr Lied. Seltsam, denkt Mathilde, während sie ihren Blick vom Fenster weglotst. Warum entwickelt man ein Heimatgefühl, nur weil man einen Strand entlang läuft, den man Jahr um Jahr entlang gelaufen ist? Was haben dieser Sand, dieses Wasser, dieser Sturm mit ihrem Leben zu tun?

Später, in der Küche, spuckt die Kaffeemaschine die köstlich braune Flüssigkeit in die Tasse aus Meissner Porzellan. Das Meissner Geschirr ist ein Geschenk Bastians zum fünften Hochzeitstag gewesen. Mathilde, die eine Vorliebe für ausgefallenes Geschirr hat, hatte laut gejuchzt, als sie die Tassen, Teller und die große Kanne auspackte. Natürlich war es eine sündhaft teure Investition, doch sie bereitet Mathilde seitdem täglich Freude. Der Kaffee schmeckt aus Meissner Porzellantassen vermutlich nicht besser als aus normalen, aber der Anblick des kobaltblauen Musters und die fein geschwungene Linienführung des Geschirrs versetzen sie jedes Mal für einen Moment in die Welt einer Prinzessin. Und dieses Gefühl ändert alles.

Mathilde geht zum Kühlschrank und holt Butter und Marmelade aus dem mittleren Fach. Die Spitze ihres Zeigefingers gibt der Tür den nötigen Ruck, damit sie zufällt und das Licht der kleinen Glühbirne verschwindet.

Es ist kurz vor sechs. In einer Dreiviertelstunde wird Bastian aufstehen. Bis dahin muss sie mit allem fertig sein. Sie schneidet eine Scheibe Roggenbrot vom Laib, schmiert Butter drauf, platziert einen Klecks Quittenmarmelade in die Mitte, verstreicht den Aufstrich und beißt hinein. Ihre

Zähne graben sich in die weiche Mitte des Brots, während sie kaut.

Das Taxi ist für 6.15 Uhr bestellt. Mathilde trinkt ihren Kaffee aus und nimmt einen Schluck Mineralwasser direkt aus der Flasche. Als sie die Küche verlässt, die Treppe hinaufgeht und zur Tür tappt, um sie, kaum hörbar, zu öffnen, wird ihr bewusst, dass sie sich wie eine Diebin ins eigene Schlafzimmer schleicht.

Nichts ahnend liegt Bastian da. Zwölf Jahre liegt er schon so. Das sind 48 Jahreszeiten. Ab morgen wird er allein in diesem Bett sein. Mathilde zögert. Gerade dreht er sich auf die linke Seite und stöhnt. Vielleicht träumt er? Langsam geht sie zum Bett und zieht schützend die Decke über seine Schultern.

»Leb wohl!«, flüstert sie und küsst ihren Mann. Sie spürt, wie ihr Tränen in die Augen steigen. Tränen, die sie die ganze Zeit schon tapfer zurückhält. Sie schafft es auch diesmal gegen die Sentimentalität anzukämpfen, dreht sich um und geht hinaus. Es ist sieben nach sechs. Sie geht die Treppe hinunter und den Flur entlang, zieht ihre Stiefel, den Mantel und die Handschuhe an und stellt die Koffer vor die Tür. Als Letztes knipst sie das Licht aus und verlässt das Haus.

Ohne zu wissen, wie weitreichend diese Änderung sein wird, bringt Mathilde die Kraft für etwas Neues auf. Ein neues Leben.

# 5.

Das Meer treibt seine Wellen Richtung Land. Und so wird der Sand mit den verborgenen Tieren an den kilometerlangen Stränden unmerklich umgewälzt. Alles erwacht von Minute zu Minute mehr zum Leben.

Mathilde beobachtet die Landschaft aus dem Fenster des Taxis, das auf dem Weg zum Keitumer Bahnhof ist. »Sind Sie auch ein Morgenmensch?« Der Taxifahrer lächelt freimütig und sucht Mathildes Blick im Rückspiegel. Seit sie zu ihm in den Wagen gestiegen ist, singt er schrecklich falsch, aber fröhlich Oldies mit, die aus dem Radio dröhnen. »Wissen Sie, ich bin immer froh, jemanden zu fahren, der morgens gern laut Musik hört. Damit kommt man doch gleich ordentlich in Schwung.«

»Ja, das finde ich auch. Singen Sie also ruhig weiter.«

Die Beatles stimmen einen Hit aus den Sechzigern an. Mathilde erinnert sich daran, dass Bastian und sie sich einstmals dazu geküsst haben. Vor vielen Jahren.

»Mögen Sie die Beatles? Ich steh voll auf die Jungs. Also auf die, die noch übrig sind.« Der Taxifahrer schlägt mit der Hand energisch den Takt aufs Lenkrad.

»Ich mag sie auch«, sagt Mathilde. »Die Songs wecken Erinnerungen und irgendwie sind sie auch zeitlos, finde ich.«

»›Yesterday‹, ›Penny Lane‹, ›Let it be‹, das sind Hits.« Der Taxifahrer scheint umso mehr in Fahrt zu kommen, je weiter sie sich von ihrem Haus entfernen.

Mathilde schließt für einen Moment die Augen. Die Wärme im Wagen verschlägt ihr den Atem. Sie schält sich aus dem Mantel, um sich Erleichterung zu verschaffen.

»Ist Ihnen warm? Warten Sie.« Der Taxifahrer dreht an einem Rädchen herum und wippt mit dem Kopf dazu. Sein Mercedes ist ein altes Modell. »Ich kann das regeln.«

»Sparen Sie sich die Mühe. Ich ziehe den Mantel aus. Sehen Sie, ist schon passiert.« Mathilde hat sich des Mantels entledigt und legt ihn auf den Nebensitz.

Die Fahrt wird nicht lange dauern. Der Bahnhof liegt nur ein paar Minuten von Paddys Haus entfernt.

Als sie angekommen sind, bezahlt sie den Fahrer, und er lässt flugs die Scheibe an der Fahrerseite hinunter, hebt die Hand zum Gruß und singt weiter, während er wendet.

Am Bahnhof gibt Mathilde sich einen Ruck, erklimmt die Stahlstufen und sucht sich ein freies Zugabteil. Mit Mühe schafft sie es, Bastians traurige Augen und das Zittern seiner Augenbrauen auszublenden, das einsetzen wird, wenn er bemerkt, dass sie fort ist. Gott sei Dank hat er einen tiefen Schlaf und wacht immer erst auf, wenn der Wecker klingelt. So hat sie sicher sein können, das Haus unbemerkt zu verlassen.

Mathilde will stark sein. Deshalb schluckt sie den See an Spucke hinunter, der sich in ihrem Mund gebildet hat, und ignoriert ihre weichen Beine, als der Boden unter ihren Füßen vibriert und der Zug sich in Bewegung setzt. Sie verstaut ihr Gepäck. Als das getan ist, setzt sie sich ans Fenster und beginnt hinauszuschauen. Draußen wird es langsam heller. Ganz hinten zieht sich bereits ein pastellblauer Streifen über den Horizont. Bald wird scheu die Sonne hervorkommen.

Die Fahrt vergeht wie im Flug. Plötzlich erklingt ›Hamburg Hauptbahnhof‹ durch die Lautsprecher.

Als der Zug anhält und Mathilde die Stahlstufen hinuntersteigt, verschließt die frische Luft ihr die halboffenen Lippen. Draußen hat der Morgendunst alles in gleichmäßiges Milchweiß gelegt. Mathilde schlägt den Kragen ihres Mantels hoch und macht sich auf den Weg zum Taxistand.

## 6.

»Das Hotel ist nicht weit von hier entfernt. Praktisch für Sie. Schade für mich.« Die Taxifahrerin mit dem jungfräulichen Gesicht, das so wirkt, als sei sie noch nicht oft verletzt worden, legt den ersten Gang ein und fährt los.

»Tut mir leid«, erwidert Mathilde.

»Aber nicht doch. So ist das, wenn man Taxi fährt. Weite Ziele, nahe Ziele.« Mathilde betrachtet die Frau hinterm Steuer. Sie trägt Jeans und einen hellen Pullover und hat einen wachen Blick, der sie verletzlich, aber auch stark erscheinen lässt. Ob sie glücklich ist?

Seit sie und Bastian in Paddys Haus in den Dünen gezogen sind, hat Mathilde sich mit dem Glück beschäftigt. Es ist lange ein nettes, bequemes Herumgrübeln über die vielen Facetten des Glücks gewesen – abends, vorm Kamin, oder im Austausch mit Britta, ihrer Freundin.

Doch seit sie den Brief bekommen hat, ist sie sich sicher, dass nichts im Leben zählt außer der Liebe und das Gefühl tiefen Glücks. Das ist nichts, über das man aus reinem Zeitvertreib grübeln kann. Es ist etwas, das man leben muss, leben darf.

Der Wagen bleibt an einer Ampel stehen und reißt Mathilde aus ihren Gedanken. Aus dem Nebenwagen, einem Ford Escort, schauen zwei junge Typen herüber und grinsen frech. »Und wie lange studieren Sie schon? Sie studieren doch, oder etwa nicht?« Mathilde wundert sich über sich selbst. Meine Güte, sie nimmt die junge Frau ja geradezu in Beschuss. Doch im Moment ist alles besser, als Schweigen.

»Gut geraten«, erwidert die Taxifahrerin. Sie nimmt ihr die Frage nicht übel. »Ich hab mich für Publizistik und politische Wissenschaften entschieden, und daran hab ich zu knabbern.«

Die Ampel springt auf Gelb. Der Ford Escort heult laut auf und hüpft nach vorn. »Ich bin im sechsten Semester und lerne hauptsächlich in der Nacht. In meiner WG sind um die Zeit alle auf Achse, Party forever, und dann herrscht himmlische Ruhe.«

Mathilde stellt sich die junge Frau vor, wie sie zur Uni

geht, konzentriert lernt und später in dieses Taxi steigt, um ein paar Euro zu verdienen. Sie hat vermutlich einen guten Kontakt zu Eltern und Geschwistern und einen netten Freund. Einen Kommilitonen, der aus ähnlichen Verhältnissen stammt. Geradlinig, ehrlich und ehrgeizig. Könnte sein, dass er sie in ein paar Jahren betrügt, aber er würde bei ihr bleiben. Trotz seines schlechten Gewissens würde er spüren, dass er einen Goldschatz an seiner Seite hat. Irgendwann später würden sie heiraten und dann kämen vielleicht Kinder. Ein geordnetes Leben. Eine Möglichkeit.

Ja, ihre Zukunft hat noch alle Farben zu bieten.

Als das Taxi schließlich vorm Hotel hält, sieht Mathilde ein vierstöckiges, graues Gebäude mit blauer Leuchtschrift überm Eingang.

Als sie aussteigen, rieseln erste dicke Schneeflocken zur Erde. Die Taxifahrerin legt den Kopf in den Nacken. Sie ist wie ein Kind, das mit der Natur spielt. Die Flocken landen auf ihren Wangen und ihrer Nase und schmelzen dort. »Ist das schön, wieder mal Schnee zu begrüßen«, lacht sie erfreut.

Mathilde lässt sich von ihrer Unbekümmertheit anstecken. »Hallo Schnee!«, ruft sie und erhebt ihr Gesicht nun auch zum Himmel.

# 7.

Auf seinem Schreibtisch steht ein Foto, auf dem Mathilde die Haare in weiche Wellen gelegt trägt und ihn verführerisch anlächelt. Wie immer legt sie den Kopf leicht nach links. Eine süße Angewohnheit, wenn sie fotografiert wird. Bastian stellt das Foto, das er kurz in die Hand genommen hat, zurück an seinen Platz, greift zum Telefon und tippt Mathildes Handynummer ein. Doch er hört nur ihre geschmeidige Stimme, die ihn auffordert, eine Nachricht zu hinterlassen. »Hallo Mathilde, ich bin's!«, sagt er. Seine Stimme hat nun einen unwirschen Unterton, weil er sich über das Anspringen der Sprachbox ärgert. »Du hast mir gar nicht erzählt, dass du heute schon früh außer Haus musst. Und eine Nachricht hast du auch nicht hinterlassen. Ruf zurück, ja? Wir hören uns.« Und bevor er auflegt, fügt er noch rasch ein: »Fühl dich umarmt!«, an. Kaum hat er das Telefonat, das ein seltsam dumpfes Gefühl in ihm hinterlässt, beendet, widmet er sich wieder den neuesten Forschungen und Entwicklungen bezüglich Schifffahrt, Schiffbau und Meerestechnik. Doch auch da kommt er nicht weit, denn es klopft an der Tür. »Ja!«, ruft er. Genervt über die Störung.

Arnhild Lauveng, seine norwegische Assistentin, tritt ein. Sie balanciert ein Tablett auf ihren Armen, auf dem eine Kanne, eine Tasse sowie Milchkännchen und Zuckerdose stehen.

»Guten Morgen, Herr Dr. Meysen. Alles bestens bei

Ihnen?« Obwohl es jeden Morgen dieselbe Floskel ist, ist es auch ein liebgewordenes Ritual zwischen ihnen, das ihn stets leise aufseufzen lässt. »Ja, alles bestens. Danke der Nachfrage. Bei Ihnen hoffentlich auch, Frau Lauveng?«

»Aber natürlich.« Das Tablett schwebt über seine Papiere und findet einen Platz auf seinem Schreibtisch, und kaum steht es dort, beginnt die Lauveng den Schreibtisch einzudecken, als wäre er ein Tisch in einem hübschen Café. Sie stellt die Kanne ins Zentrum, direkt vor den PC, platziert daneben die Tasse und wieder daneben das Milchkännchen und die Zuckerdose. Manchmal fragte er sich, was Arnhild Lauveng antworten wird, wenn er sie danach fragt, weshalb es ihr Tag für Tag so gut geht. Betreibt sie regelmäßig Sport, wodurch bekanntermaßen Endorphine ausgeschüttet werden, oder beschäftigt sie sich mit positivem Denken oder Yoga? Vielleicht ist ihr stetes Lächeln auch eine gottgegebene Sicht auf die Dinge des Lebens? So nach dem Motto: Wird schon alles gut gehen! Wie jeden Morgen fragt er nicht nach, sondern lässt alles auf sich beruhen.

»Übrigens, was unseren Dialog bezüglich des Masterplans Maritime Technologien angeht ...«, die Lauveng seufzt nun laut auf, »... unser geschätzter Koordinator, Prof. Kielgas, steht uns heute leider nicht zur Verfügung. Er ist mit einer Lungenentzündung ins Krankenhaus eingeliefert worden. Gestern Abend um neun. Seine Frau hat gerade angerufen, um ihn zu entschuldigen.« Die Stimme der Lauveng, anfangs ansprechend wie immer, hat mit den letzten Worten eine seltsame Schärfe angenommen. Jetzt klingt es ganz so, als sei das Leben mitunter kompromittierend, was ihr ganz und gar nicht gefällt, wofür sie aber nichts kann.

Bastian hält den Deckel der Zuckerdose angespannt in der Linken und blickt auf. »Seine Frau hat angerufen?« Er wundert sich. »Niemand vom Institut?« Die Lauveng schüttelt den Kopf.

»Seltsam«, findet Bastian. »Aber natürlich tut es mir sehr leid für Kielgas«, fügt er an. Ein bisschen Mitgefühl bitte, denkt er sich rechtzeitig.

»Tja«, die Lauveng steckt sich das leere Tablett unter die Achseln, bleibt aber weiterhin vor ihm stehen. »Gesundheit ist unser wichtigstes Gut. Das sollten wir nie vergessen.«

»Wem sagen Sie das. Ich müsste auch mal wieder zum Arzt. Durchchecken«, räumt Bastian ein. »Und einen Ersatztermin mit Kielgas gibt's noch nicht?« Er kann es sich beim besten Willen nicht erklären, aber ausgerechnet in diesem Moment registriert er die ansehnlichen Beine seiner Assistentin. Nicht zum ersten Mal übrigens. Dabei soll er sich gefälligst mit der Tatsache auseinandersetzen, dass die methodischen Erhebungen, die er in seinem Büro hier auf Sylt vorbereitet und die nur in Zusammenarbeit mit dem Direktor des Leibniz Instituts für Meeresforschung voranzutreiben sind, gerade eine Zwangspause verpasst bekommen.

»Von einem Ersatztermin sind wir vermutlich meilenweit entfernt. Die Ärzte wissen doch zum jetzigen Zeitpunkt gar nicht, wie lange es dauert. Prof. Kielgas hat voriges Jahr einen Bypass gelegt bekommen. Und das macht es sicher nicht leichter. Erinnern Sie sich daran?« Die Lauveng blickt ihn mit forschenden Augen an. Sie ist dabei, ihn einer Unachtsamkeit zu überführen.

»Natürlich«, antwortete er blitzschnell. Das ist glatt gelogen. Aber Notlügen zählen nicht. »Er war ziemlich schlecht drauf, wollte aber partout nur über das Vorantreiben der Landesinitiative Forschung, Technologie und Meeresschutz fachsimpeln, anstatt ein unnötiges Wort über sich selbst zu verlieren. Sie kennen ihn ja. Er ist eine Bulldogge. Allerdings nur, was Berufliches anbelangt. Er beißt sich fest und bleibt dran.« Bastian denkt an das Gespräch mit Kielgas zurück, das er für die Lauveng gerade ein bisschen überarbeitet und aufhübscht, und sieht Kielgas' dichte Augenbrauen vor sich, die ihn immer an einen Dschungel denken ließen. Hartmut Kielgas verfügt über eine ausgezeichnete Vernetzung, die auch ihm und seiner Arbeit zugute kommt. Außerdem beherrscht er die politischen Winkelzüge, die notwendig sind, um das Meer, das er so liebt, immer wieder ins Gespräch zu bringen und so gut er kann zu schützen. Mit politischen Intrigen und Klüngeleien kann Bastian schlecht umgehen. Es liegt ihm nicht, sich einzuschleimen und ständig auf Abendveranstaltungen herumzulungern, weil man nur so zu einem gut funktionierenden Netzwerk kommt. Was er allerdings beherrscht – wenn auch nur in Notfällen –, ist es, der Lauveng gegenüber Mitgefühl zu zeigen. Sie schwört Stein und Bein darauf, dass man nur gute Arbeit leisten kann, wenn einem der Chef oder die Chefin sympathisch sind. Er findet das unsinnig. Man muss Dinge trennen können.

Doch wie auch immer, er braucht sie. Sie nimmt ihm eine Menge zeitraubenden Kram ab. Vor allem Telefonate mit der Landesregierung und mit Leuten von der Schifffahrt und den Werften. Außerdem kümmert sie sich um die spezifischen Marktsegmente im Bereich Spezialschiffbau, mit denen sie zu tun haben. Wenn sie ihn auf dem Kieker hat, ist das zu seinem Schaden. Deshalb ist es stets wichtig, gut mit ihr klarzukommen.

Bastian schüttet sich zu viel Milch in den Kaffee, ärgert sich darüber und überwindet den Ärger, indem er schnell zwei Löffel Zucker in die helle Flüssigkeit wirft und umrührt. Der Löffel klappert laut gegen die Porzellanwand.

»Veranlassen Sie doch bitte, dass unser Patient einen schönen Strauß Blumen ins Krankenhaus geliefert bekommt. Wenn möglich noch heute«, verlangt er.

Die Lauveng lebt sichtlich auf. »Aber gern.« Ihr Oberkörper dreht sich unmerklich in Richtung Tür. Das Tablett zeigt nun im 45-Grad-Winkel zum Aktenschrank. »Da wird er Augen machen, unser umtriebiger Kielgas.«

Bastian fährt mit dem Daumen die Tasse entlang. »Na ja, wenn es mit ihm und mir heute nichts wird, habe ich eine Stunde freie Zeit.«

Die Lauveng lacht vergnügt auf. »Nützen Sie sie. So schnell kommt so was nicht wieder vor.«

»Machen Sie mir in fünf Minuten bitte eine Verbindung mit dem zuständigen Herrn von der Gesellschaft für Marine Aquakultur Büsum. Wie heißt der gleich noch mal?« Bastian zieht die Stirn in Falten.

»Jörn Brecht!«, springt die Lauveng für ihn ein.

»Genau. Den muss ich dringend wegen des gemailten Konzepts sprechen. Und einige neue systemorientierte

Projekte könnte ich auch mal wieder anleiern. Aber vorher«, Bastian klinkt den Zeigefinger in den Henkel der Tasse, »werde ich mir in Ruhe den Kaffee schmecken lassen. Ich hatte heute nämlich noch keinen.«

»Ist Ihre Frau etwa krank?« Die Lauveng blickt ihn teilnahmsvoll an. »Oder verreist?« Sie weiß, dass Mathilde morgens für den Kaffee zuständig ist. Er und sie trinken ihn stehend in der Küche. Ein kleines Ritual, das er schätzt und von dem die Lauveng weiß, weil er es gern hervorhebt.

»I wo«, sagt er rasch. »Ich habe bloß verschlafen, und da war sie schon weg.«

Die Lauveng nickt und geht langsam wiegend zur Tür. Ihre Welt ist wieder in Ordnung. Die kleine Welt einer Frau, die es gern hat, wenn alle sich mögen.

Bastian beobachtet sie eingehend, wie ihre Beine dem Raum Schritt für Schritt die Größe nehmen. Arnhild Lauveng ist nicht nur tüchtig, sondern auch hübsch. Sie hat ellenlange, gerade Beine, und ihre Brüste sind mindestens 75 C. Mehr kann ein Mann nicht verlangen.

Wenn er nicht glücklich verheiratet wäre, hätte er sie längst zum Essen eingeladen und versucht bei ihr zu landen. Ach, verdammt! Bastian ermahnt sich, diese Art von Gedanken zu unterlassen, und schlürft geräuschvoll seinen Kaffee. Wo hat Mathilde heute Morgen nur gesteckt? Sorgen macht er sich nicht. Damit hört man auf, wenn man lange genug verheiratet ist.

Trotzdem! Eine Stimme, die er nicht abstellen kann, sagt ihm, dass etwas in Bewegung geraten ist. Und das irritiert ihn.

# 8.

Als Mathilde aufwacht, weiß sie im ersten Moment nicht, wo sie ist. Da ist kein Meeresrauschen, kein sanftes Heulen des Windes, das sie so gut kennt und das sie liebt, sondern nur das energische Hupen von Autos und Stimmen von Menschen, das von der Straße bis zu ihr hinaufdröhnt. Geräusche, die ihr aufs erste Hinhören fremd sind. Die nicht zu ihrem Leben passen.

Das Bett, auf dem sie liegt, ist aus dunklem Holz, in der Ecke steht ein Sessel mit rot-gelb kariertem Stoff und an der Wand hängt ein Druck, der ein Schiff zeigt und den sie zum ersten Mal sieht. Ihre Umgebung wirkt ein bisschen abgewohnt, aber nicht ungemütlich. Langsam dämmert ihr, dass sie in einem Hotel in Hamburg ist und sich vorhin nur kurz aufs Bett gelegt hat und offenbar eingenickt ist. Und nun knurrt ihr Magen geradezu drohend. Ein Steak wäre nicht schlecht. Und dazu ein großer Salat. Mathilde richtet sich auf und wippt mit dem Oberkörper dreimal nach jeder Seite. Lockerungsübungen. Kosten kaum Zeit und halten beweglich. Als das erledigt ist, steht sie auf. Der Himmel draußen ist grau vor Schnee und die Vögel fliegen tief. Mathilde geht ins Bad, einen Raum mit hellen Fliesen und einer Badewanne, die man auch als Dusche benutzt. Sie dreht das Wasser auf und zieht sich aus. Als sie unter dem lauwarmen Wasserstrahl steht, entspannt sie sich. Wenn wohltemperiertes Wasser über den Körper rinnt, schafft man es leichter, das Nachdenken sein zu lassen. Herumgrübeln macht müde und mutlos. Es raubt jede Kraft. Besonders jetzt, wo sie diesen Brief bekommen hat, muss sie ihre Kräfte einteilen.

Nach dem Duschen zieht sie sich wieder an, steigt in den Aufzug und fährt nach unten. Und wie von selbst gräbt sich ein schönes Lächeln in ihr Gesicht, als der Rezeptionist ihr einen schönen Tag wünscht. Das hier ist kein Leben unter Vorbehalt. Das hier ist echt.

Mathilde blickt zum Himmel. Die Möwen lassen sich vom Schnee nicht stören. Laut fiepend fliegen sie umher und machen die Szenerie perfekt. Noch das Vogelkreischen im Ohr, betritt sie das ›River Grill‹ und ist gleich überwältigt. Das Gourmetrestaurant ist spektakulär gelegen, mit der Elbe und den Containerterminals als Hintergrund. Und drinnen geht es genauso imposant weiter. Die Räume sind mindestens acht Meter hoch und rauben ihr den Atem. Mathilde entdeckt bunt gestreifte Säulen und gespannte Segel, cognacfarbene Lederbänke und ein überdimensionales Büffelhorn aus Aluminium. Dahinter, an der Wand, hängen unzählige farbenfrohe Teller mit maritimen Motiven. Alles edel, aber auch einladend und vor allem sehr ungewöhnlich. Und ausnahmslos alle Tische sind belegt. Die Köpfe der Menschen, nicht weit weg von ihr, beugen sich voller Aufmerksamkeit über die Teller und Gläser. Es wird konzentriert gegessen und dezent und unauffällig miteinander geredet.

Die Kellner passen sich dem Ambiente an und huschen fast unbemerkt von diesem zu jenem, gießen schweigend Wein nach, bringen Wasserflaschen und wunderbar dekorierte Teller. Einer dieser fleißigen Engel stürzt nun auf sie zu.

»Guten Tag! Haben Sie reserviert?«, will er mit professionell freundlicher Stimme von ihr wissen. Er trägt eine lange weiße Schürze vor seiner dunklen Tuchhose und während er spricht, schaut er in sein großes Buch, in dem die Reservierungen eingetragen sind.

»Nein, habe ich nicht«, bedauert Mathilde. Sie erinnert sich plötzlich an ein weltberühmtes Restaurant in Kopenhagen, das auf Jahre im Voraus ausgebucht war und für das man lediglich an einem Tag im Monat reservieren konnte, und dieser Gedanke lässt ihren Hunger mit einem Mal unerträglich werden. Plötzlich nimmt sie die verschiedenen feinen Gerüche wahr. Gebratenes Fleisch, im Fonds gegarter Fisch, gereifter Käse, frische Kräuter und den süßen Duft flambierter Himbeeren. Der Kellner, der sich den Reservierungen gewidmet hat, bedauert. »Wir sind ausgebucht. Sie sehen ja selbst.« Dabei klopft er bestätigend auf sein Buch.

Durch die riesigen Panoramafenster des ›River Grill‹ sieht Mathilde auf das schillernde Wasser der Elbe, die grauen Containerterminals und vorbeifahrenden Schiffe. In der Zeitung hat sie unlängst gelesen, dass man im ›River Grill‹ wie ein König speist. Geschmorte bretonische Rotbarbe etwa oder gefüllten Ochsenschwanz mit Périgord-Trüffelsauce. Und nun hat sie Lust, sich vom Wahrheitsgehalt dieser Aussage zu überzeugen. Auch wenn das Essen hier vermutlich ein großes Loch in ihr Budget reißt, will sie es wenigstens einmal probieren.

Bastian und sie haben das Geld immer zusammengehalten und sich nur hier und da etwas Besonderes gegönnt. Einen Besuch in einem guten Restaurant etwa oder eine Reise nach Paris für ein verlängertes Wochenende.

Doch in Anbetracht der Lage wird vieles anders werden. Zum ersten Mal seit Langem trifft Mathilde Entscheidungen aus dem Bauch heraus, ohne groß nachzudenken. Noch in Sylt hat sie mit ihrem Versicherungsmakler telefoniert und angekündigt, ihre Lebensversicherung aufzulösen. Der Makler hat sie gebeten, sich alles noch mal in Ruhe zu überlegen. Die Auflösung der Versicherung wäre Wahnsinn, hat er gedroht. Mathilde hat nur gelacht und als es danach still am anderen Ende der Leitung gewesen ist, hat sie angemerkt, dass es Umstände in jedem Leben gibt, die alles Überlegen sinnlos erscheinen lassen.

»Man besitzt doch nur den Augenblick, zwar immer einen neuen, aber im jeweiligen Moment immer nur diesen einen«, hat sie Bastian am Abend, bevor sie am nächsten Morgen ohne Abschied das Haus verlassen hat, anvertraut. Der unbändige Drang zu leben, der sie seit Kurzem überkommt, erschreckt sie, gefällt ihr aber auch. »Wie sollen wir planen, wenn wir nur im Augenblick verharren? Für meinen Geschmack philosophierst du ein bisschen viel. Ich für meinen Teil habe nichts gegen die Zukunft«, hat Bastian an jenem Abend mit einem tiefen Seufzer erwidert.

Dass sie ab jetzt jede Sekunde ihres Lebens genießen will, das hat sie Bastian wohlweislich verschwiegen. Sie hatte das Gefühl, er hätte es nicht verstanden.

Nicht weit entfernt, wird nun ein Stuhl zurückgeschoben. Ein Mann steht auf und kommt auf sie zu. Er hat ein breites Grinsen im Gesicht und Mathilde erkennt ihn sofort. Es ist Jonas Hüsch, ihr Nachbar in Sylt, der Bastian und sie damals zur rauschenden Einweihungsparty eingeladen hat. So als wohnten sie nicht zufällig nebeneinander, sondern wären längst innige Freunde. Sie läuft ihm ausgerechnet im ›River Grill‹ über den Weg.

Jonas breitet seine Arme aus, und das Lächeln in seinem Gesicht fängt sie regelrecht auf. Der Ober geht einen Schritt beiseite, um nicht umgerannt zu werden, denn nun wird Mathilde in Jonas Hüschs Arme gezogen. Seine Wange findet ihren Platz an ihrem Haar. Mathilde riecht den unaufdringlichen Geruch seines Rasierwassers. Herb und doch fruchtig. Seine starken Hände klopfen auf ihren schmalen Rücken. Mehrmals hintereinander.

»Was für ein Zufall!« Sie wird plötzlich eine Armbreit weg gehalten und begutachtet wie ein soeben erstandenes, kostbares Gut. »Sie sehen fantastisch aus, Mathilde. Einfach großartig.«

Kaum hat Jonas Hüsch das Kompliment ausgesprochen, wendet er sich an den Ober. Der ist die ganze Zeit über nur dagestanden, ohne etwas zu tun. »Ich nehme die Dame mit an meinen Tisch. Bringen Sie doch bitte noch ein Glas und die Karte, ja?« Es ist ein charmanter Befehl und weniger eine Bitte und alles, was Jonas Hüsch wünscht, wird augenblicklich in die Tat umgesetzt.

Während der Kellner nach der Karte eilt, hilft Jonas ihr aus dem Mantel, den sich ein zweiter Ober pflichtschuldig über den Arm legen lässt. Auf dem Weg zum Tisch fällt Mathilde ein beleuchtetes Bild auf, das eine blonde Meerjungfrau auf einem Bullen zeigt. Und natürlich registriert sie die vielen gut gekleideten Menschen. Solche wie die,

die damals beim Einweihungsfest des Sylt-Hauses zugegen waren.

Jonas' Tisch steht am Fenster. Eine Flasche Weißwein und eine Karaffe mit Wasser stehen in der Mitte und laden Mathilde zum Hinsetzen und zum genussvollen Trinken ein.

»Ich freue mich, dass wir uns mal in Hamburg begegnen. Haben Sie öfters hier zu tun?«, plaudert Jonas, während er ihr den Stuhl zurechtrückt, damit sie sich setzen kann.

»In Zukunft? Vielleicht!«, behauptet Mathilde.

»Wir waren seit der Einweihung leider kaum je in unserem Haus am Meer. Was ich geradezu sträflich finde. Aber die Arbeit frisst einen manchmal auf. Sie kennen das sicher.«

»Klar kenne ich das.« Kaum ausgesprochen, wundert Mathilde sich über sich selbst, denn sie erzählt etwas, das sie nur aus der Vorstellung kennt und nicht aus realem Erleben. Wieso traut sie sich nicht, die Wahrheit zu sagen? Entschuldigen Sie, ich habe nicht so viele wichtige Termine. Ich bin eine durch und durch normale Frau.

»Jeder redet ständig von der Arbeit, von fehlender Zeit«, wirft Mathilde rasch ein. »Dabei ist es wichtig, in Ruhe zu essen, sich wenigstens ab und zu Zeit für sich zu nehmen …«

»Muße für die Liebe.« Jonas lächelt vielsagend.

»Wenn Gespräche nur noch am Wochenende oder in den Ferien stattfinden, fällt einem vieles nicht mehr ein«, gibt Mathilde zu bedenken.

»Ja, das ist wirklich zu schade«, bekräftigt Jonas. Er holt tief Luft, um begeistert weiterzusprechen. »Glauben

Sie mir, Mathilde, ich arbeite daran, mich vor lauter Terminen nicht aus den Augen zu verlieren. Aber ich bin mir nicht sicher, ob es mir immer gelingt.« Mathilde und Jonas schauen sich in stillem Einverständnis an. »Ach, entschuldigen Sie«, sagt Jonas schließlich. »Wir reden davon, uns selbst nicht zu vergessen, dabei frage ich Sie noch nicht mal, was Sie essen möchten.« Er schaut sie abwartend an.

Mathilde grübelt einen Moment, dann weiß sie, was sie tun wird. »Machen Sie es mir leicht. Was haben Sie bestellt?«

»Ich nehme den Zander und hinterher eine rote Grütze. Ich dachte, etwas Leichtes zu Mittag wäre genau das Richtige.«

»Klingt herrlich. Ich nehme dasselbe«, freut Mathilde sich. Hier ist die Küche bestimmt viel zu gut, um gebratenes Fleisch zu bestellen. Steak kann sie auch im Steakhouse essen.

Jonas schnippt mit dem Finger. Der Ober ist sofort am Tisch, nimmt die Bestellung auf und schüttet Wein in Mathildes Glas und Wasser in ein Zweites. »Ich freue mich, hier mit Ihnen zu sitzen. Das Ambiente ist spektakulär und das, was gleich aus der Küche auf unseren Tisch gebracht wird, ist fantastisch«, verspricht Jonas. Sie plaudern eine Weile angeregt miteinander, bis sein Handy stumm zu vibrieren beginnt. Er entschuldigt sich, steht auf, und während er das Telefonat einige Schritte entfernt mit leiser Stimme, aber voll konzentriert, führt, schaut Mathilde ihn sich an. Sie erkennt die angegrauten Schläfen und die hohe Stirn und natürlich seine geraden Zähne hinter halbvollen Lippen. Aber vor allem erinnert sie sich an seine interessiert dreinblickenden Augen. Augen, die viel fragen und deren Wärme wie ein Geschenk ist.

»Entschuldigen Sie nochmals, Mathilde.« Jonas hat sein Telefonat beendet und setzt sich ihr wieder gegenüber. »Aber wenn's um die Fertigung geht, zählt jede Stunde.« Er entspannt sich merklich, als er voller Begeisterung weiterspricht. »Seit es Hüsch-Schuhe gibt, setzen mein Team und ich alles daran, die Träume von Frauen zu befriedigen. Das Design ist natürlich entscheidend, aber die Herstellung stellt uns dann oft vor echte Herausforderungen.«

»Schon gut!« Mathilde schiebt ihr Weinglas ein Stück von sich weg, sodass die Tischdecke sich in kleine, übermütige Falten wirft. Sie nehmen den Faden von vorhin wieder auf und reden über Sylt. Über die Insel, die sie beide so lieben. Doch es vergehen nur wenige Minuten, da bringt der Ober bereits den Gruß aus der Küche und bald hinterher den Zander. Der kurz angebratene Fisch ist von Petersilienkartoffeln umringt, die in Butter geschwenkt worden sind.

»Zum Zander reicht die Küche, ganz klassisch, einen knackigen Salat«, erklärt der Ober.

»Wunderbar, das schmeckt sicher hervorragend«, freut Mathilde sich. Jonas nickt ihr auffordernd zu, und mit Appetit beginnen sie zu essen. Eine Weile kauen sie schweigend, schauen sich hier und da nur wohlwollend an. »Die Küche ist so gut, wie ich gelesen habe«, schwärmt Mathilde, nachdem sie einige Bissen regelrecht verschlungen hat. »Es schmeckt wie im Himmel, nur hier, auf Erden.«

»Welch poetische Esserin hat mir der Zufall heute beschert.« Mathilde lächelt, als sie Jonas' Blick auffängt. Sie sticht mit der Gabel vorfreudig in ein weiteres Stück Zander, schiebt es sich in den Mund und kaut langsam. »Sie sehen glücklich aus beim Essen.« Jonas lächelt dankbar. »Freude mitzuerleben, hat mich schon immer gerührt. Ist es nicht viel schöner, Genüsse zu teilen, als sich ihnen allein zu widmen?«, gibt er zu bedenken.

»Da gebe ich Ihnen Recht. Aber sagen Sie, Jonas, haben Sie mittags immer Zeit für ein Essen wie dieses?«

Jonas lacht leise auf. »Ob Sie's glauben oder nicht, mein Prokurist hat sich beim Inlineskating das Bein demoliert. Das kommt davon, wenn man mit Gewalt dem Jugendkult frönt. Eigentlich sollte ich ihm dankbar sein. So ist unser Termin ausgefallen und ich habe zumindest heute Zeit in Ruhe zu essen und danach noch einen kleinen Spaziergang zu machen.«

Mathilde registriert, dass Jonas' Nase einen leichten Höcker hat. Genau wie meine, denkt sie und schmunzelt. »Das Fischfleisch zergeht auf der Zunge. Man braucht eigentlich keine Zähne, um es zu essen. Wenn das kein Beweis für ein gnädiges Schicksal ist.« Mathilde spürt, dass der erste Heißhunger nachlässt und das Essen richtig zu schmecken beginnt. Erneut probiert sie den Wein, der einen interessanten dichten Abgang hat. Jonas' Augenbrauen ziehen sich immer dann nach oben, wenn er schluckt. Es ist eine lustige Angewohnheit, die sie amüsiert. Der Brief!, pocht es plötzlich in ihrem Gehirn. Sieh zu, dass du nicht untergehst. Mach irgendwas, damit du dich nicht die ganze Zeit über so entsetzlich allein fühlst.

»Begleiten Sie mich hinterher noch zu meinem kleinen Spaziergang?«, wirft Jonas mit einem Mal ein.

Die letzte Kartoffel verschwindet in Mathildes Mund, während sie sich ein Lächeln abringt, das ihr ganz gut gelingt. »Ja!« Sie sagt sofort zu, denn der Vorschlag kommt ihr gelegen. Die Vorstellung noch eine Weile mit Jonas zusammen zu sein, beruhigt sie. Mit ihm an ihrer Seite fühlt sie sich besser. Er spricht frei heraus und stellt die richtigen Fragen. So, als interessiere er sich auf eine ehrliche, ernsthafte Weise für sie.

Jonas wischt sich, nachdem er das Dessert aufgegessen hat, den Mund ab und wartet darauf, dass Mathilde ihr Wasser austrinkt. Er macht schon Pläne und schaut nach dem Ober. Als der kommt, sagt er: »Schreiben Sie's bitte auf. Ich zahle beim nächsten Mal.«

»Natürlich, Herr Hüsch. Kein Problem.« Der Kellner holt die Mäntel und hilft zuerst ihr, dann ihm hinein. »Bis zum nächsten Mal, Herr Hüsch. Auf Wiedersehen, gnädige Frau.«

»Bis bald«, sagt Mathilde. Sie verlassen das Restaurant durch den Haupteingang, eng nebeneinander. Vorbei an den Nerzmänteln und Cashmereschals. Draußen ist es nun trocken, aber bitterkalt.

»Es hat aufgehört zu schneien. Nichts steht einem Spaziergang im Wege.« Jonas wendet sich an Mathilde. »Die Frage ist nur, ist Ihnen auch warm genug?« »Ich glaube schon«, entgegnet Mathilde. Jonas legt den Arm fest um sie, so, als müsse er sie – zumindest anfangs – vor der Kälte schützen. Das lasse ich mir gefallen, denkt sich Mathilde. Der Wind pfeift ihnen um die Ohren, doch das stört sie nicht. Mathilde fühlt sich gut neben Jonas Hüsch. Seine Aufmerksamkeit wärmt mehr, als der Wind kühlt. Und sein Arm um ihren Körper ist sogar eine kleine Sensation an diesem Tag.

## 9.

Als sie losziehen, beginnt er zu erzählen. Von den Herausforderungen in der Schuhfabrik, den Angestellten und ihren Marotten, der Fertigung, dem Preiskampf, aber auch von dem befriedigenden Gefühl, den perfekten Schuh designt zu haben und im Team etwas zu bewirken. Jonas hat Erzähltalent. Selbst nüchterne Zusammenhänge verpackt er in Sätze, die wie der Beginn eines Romans sind. Nach einer Weile redet er unbefangen von seiner Frau und den Kindern Florian und Anja. »Und dann gibt es da noch eine Maus, die sich an unseren Vorräten gütlich tut. Sie hat sich allerdings noch nicht bei mir vorgestellt«, erzählt er voller Übermut.

»Frechheit«, wirft Mathilde amüsiert ein. Sie lässt sich liebend gern von Jonas' guter Laune anstecken. »Dass Mäuse sich heutzutage nicht mehr vorstellen, finde ich ungehörig. Es könnte allerdings auch sein, dass sie schüchtern ist. Was wollen Sie dagegen unternehmen? Sie entlassen?«

Jonas lacht laut auf. »Eine Entlassung wäre vermutlich das Vernünftigste. Unsere Haushälterin ist weniger zimperlich als wir beide, Mathilde. Sie plädiert für die Todesstrafe.« Jonas seufzt laut auf. »Sie hat eine Falle gekauft und Käse in Würfel geschnitten, um das kleine Ungeheuer damit zu ködern.« Mathilde bleibt stehen und blickt Jonas flehend an. Der reagiert prompt und beschwichtigt. »Keine Sorge«, verspricht er und hebt die Finger zum Schwur. »Ich habe das Ding heimlich in den Müll geworfen, denn die Vorstellung, den leblosen Körper dieses kleinen Tiers eines Morgens zu finden, erschreckt mich.« Sie spinnen die Geschichte rund um die Maus weiter, bis Mathilde schließlich nach Jonas' Frau fragt. »Ellen ist in Lanzarote. Gönnt sich ein Schönheitsprogramm und faulenzt ein bisschen.«

»Im Winter im Süden, mit nichts im Gepäck, als Zufriedenheit und zuhause einen Mann, der auf einen wartet …« Mathilde seufzt entzückt auf. »Das klingt herrlich.«

Jonas lacht, doch diesmal klingt es bitter. »Ellen plagt sich leider mit dem Älterwerden. Das Klimakterium macht ihr zu schaffen. Ich versuche ihr zu helfen, aber ich vermute, mit miserablem Erfolg.«

Mathilde zögert kurz und spricht dann weiter. »Halten Sie mich nicht für naiv oder verschroben, aber älter zu werden finde ich sogar schön. Es bedeutet, man hat Zeit, darf leben.« Die letzten Worte hat sie mit großem Ernst, aber vor allem mit Wehmut ausgesprochen.

Jonas horcht auf und schaut ihr länger als sonst in die Augen. »Was für eine wunderbare Sichtweise, Mathilde.« Er nickt mehrmals hintereinander. »Wieso lieben wir das Alter nicht? Es bedeutet doch nur, dass wir leben dürfen.«

Zwei Raben sitzen auf einem kahlen Baum und starren sie an, als Jonas damit beginnt, Mathilde vorsichtig auszufragen. »Wo wir schon von der Zeit und vom Alter sprechen. Wie verläuft Ihr Leben, Mathilde? Ist alles so gekommen, wie Sie es sich erträumt hatten, als Sie noch viel ungestümer waren?« Ehe sie antwortet, fügt Jonas noch etwas an. »Bevor Sie mir antworten. Sollen wir nicht Du zueinander sagen?«

»Ja, sagen wir Du zueinander, das macht es leichter«, erwidert Mathilde. Und dann beginnt sie von ihrem Leben in dem Haus am Meer zu erzählen, von Bastian und den wenigen guten Freunden. Mit großer Freude erwähnt sie die Seehunde, zu denen sie sich früher mit der Flut hinaustreiben ließ. Erzählt von der Zeit, die man immer falsch bewertet. »Die Zeit ist eng mit dem Glück verknüpft und man hat seltsamerweise immer entweder zu viel oder zu wenig davon. Die Zeit ist nie richtig«, sagt sie. »Ist man jung, vergeht sie zu langsam. Später vergeht sie zu schnell oder wird mit den falschen Menschen verbracht. Wir kümmern uns ständig um die Zeit. Das finde ich verrückt.« Jonas hört ihr schweigend zu, während sie nebeneinander hergehen. Mathilde hat längst vergessen, seit wann sie spricht und wie lange sie unterwegs sind. Sie hat sich gedanklich von allem gelöst, was nicht unmittelbar mit diesem Moment zusammenhängt. Nach einer Weile bleiben sie an einer Straße stehen.

»Meine Güte, wo sind wir hier nur gelandet?« Jonas schüttelt verwundert den Kopf.

Mathilde blickt ihn geradezu reumütig an. »Entschuldige«, sagt sie, lächelt aber dabei. »Ich habe eine halbe Ewigkeit gesprochen und darüber haben wir alles andere vergessen.« »Wie war das noch mal mit der Zeit?« Jonas schmunzelt. »Offenbar sind wir beide neugierig aufs Leben, und dabei vergeht die Zeit bekanntlich am schnellsten. Und wo wir schon mal dabei sind. Hast du noch ein wenig davon für mich übrig?« Mathildes eifriger Blick ist Zustimmung genug.

Bald darauf steigen sie in ein Taxi und halten später in der Rothenbaumchaussee, vor einem modernen Hotel. Jonas bezahlt den Fahrer und steigt aus, um Mathilde die Autotür zu öffnen. Als sie neben ihm steht, zeigt er auf das elegante Gebäude vor ihnen. »Darf ich bekannt machen? Mathilde Meysen aus Sylt.« Er wendet sich an Mathilde. »Das Grand Elysée Hotel. Treffpunkt international Reisender, prominenter Zeitgenossen und Menschen, die die Zeit vergessen wollen. So, wie wir.« Mathilde lässt sich von Jonas umfangen und in die Halle des Hotels führen. Geradeso, als machten sie das jede Mittagspause. »Wartest du bitte kurz auf mich? Ich komme sofort zurück.« Jonas lenkt ihren Blick auf den Uhrenturm, der den kosmopolitischen Charakter des Foyers unterstreicht. Er zeigt die Zeit in London, Tokio, New York und Hamburg an.

»Von hier aus kann man über den Grand Boulevard schlendern, das Boulevard Café stürmen oder sich an der Bourbon Street Bar verwöhnen lassen«, hört Mathilde einen Gast angeregt plaudern. »Das Highlight ist natürlich die Oyster Bar mit ihren blauen Kacheln an der Wand, die der Besitzer des Hotels von einer Portugal-Reise mitgebracht hat. Dort wetteifern Hummer, Austern und Garnelen um jedermanns Gunst. Auch um meine.« Mathilde ist klar, dass dieses Hotel eine Oase zum Abtauchen, Entspannen und Sich-Verwöhnen-Lassen ist. Was ihr nicht klar ist, was hat sie mit Jonas Hüsch, ihrem Nachbarn, den sie kaum kennt, hier verloren? »Wolltest du nicht neu anfangen?«, spricht sie sich gut zu. Nun fordert das Leben sie unmissverständlich auf, es sich gut gehen zu lassen. Sie wird jetzt mit dem Grübeln aufhören und endlich leben.

»Komm!« Mathilde dreht sich erschrocken um. Jonas steht hinter ihr und klingt auffordernd, jedoch weniger souverän als eben noch. Natürlich weiß er, dass der entscheidende Moment gekommen ist. Wirst du mich nach oben begleiten, Mathilde? Oder trennen sich unsere Wege in der Halle dieses Hotels?

»Ich komme!«, sagt Mathilde. Sie folgt Jonas über den dickflorigen Teppich Richtung Aufzug. Sie muss endlich mit der Grübelei aufhören. Was hat sie schon zu verlieren?

»Wie aus einem Stück gegossen«, murmelt Jonas leise vor sich hin, während er an etlichen Leuten vorbeigeht. »Was meinst du damit?« Mathilde fasst ihn an der Schulter. Jonas Hüsch blickt sich nach ihr um. Er wirkt ertappt. Wie ein kleiner Junge, der etwas ausprobiert hatte, dessen er sich nicht sicher ist. »Entschuldige«, sagt er und steigt mit ihr in den Aufzug. »Ich rede manchmal vor mich hin.« »So was soll vorkommen«, entgegnet Mathilde. »Magst du mir erklären, was du mit dem Satz meinst.« Sie wiederholt ihn leise. »Wie aus einem Stück gegossen!« Mathilde spürt, dass Jonas sich zwingt nicht wegzusehen. Es fällt ihm schwer, sie unbefangen anzusehen. »Aus einem Stück gegossen bedeutet, dass etwas stimmig und schön ist. Dass es keine Ecken und Kanten gibt, an denen man sich verletzen kann«, erklärt er. Mathilde entschließt sich zu schweigen. Das Kompliment freut sie, macht sie aber auch verlegen.

Als die Türen aufspringen, lässt Jonas ihr den Vortritt. Sie spürt seine Hand im Rücken, die ihr kaum wahrnehmbar die Richtung vorgibt.

»Wir müssen nach rechts«, sagt er. »Wenn ich Gäste habe, bringe ich sie gern hier unter«, erklärt er und beantwortet damit ihre unausgesprochene Frage, ob er sich hier auskennt.

Bin ich einer deiner Gäste?

Erneut legt Jonas den Arm um sie, und plötzlich muss Mathilde mit einem Gefühl tiefer Trauer an Bastian denken. An den Mann ihres Lebens, der heute Morgen allein wach geworden ist und jetzt vermutlich darüber nachsinnt, wo sie steckt. Weshalb hat sie seit ihren jungen Jahren auf einen Mann des Lebens bestanden? Konnte sie sich nicht mit sich selbst zufrieden geben und Bastian einfach nur lieben? Ist sie nicht die Frau ihres Lebens?

# 10.

Kaum in der Suite, reguliert Jonas die Raumtemperatur. Er versucht alles zu bedenken, für alles zu sorgen. Interessiert blickt Mathilde sich um. Die Wände der Suite sind auf der einen Seite holzvertäfelt, auf der anderen in glänzendem Eierschalton gestrichen und die Möblierung sparsam. Es gibt mehrere weiße Couchen, pastellgrüne Vorhänge an den Fenstern, frische weiße Blumen auf den dunklen Holztischen und ansonsten viel Raum. Durch einen Stichbogen sieht man vom Wohnzimmer ins Schlafzimmer, in dem ein Kingsize-Bett mit einer grünseidenen Tagesdecke einladend auf die Gäste wartet. Überall stehen helle Tischlampen, die sanftes Licht verbreiten.

Jonas geht zum Fenster und wirkt, als hätte er sich dazu entschlossen, alle Zeit dieser Welt zu haben. Er streckt die Hand nach Mathilde aus. Sie versteht die Geste richtig und gesellt sich zu ihm. Gemeinsam sehen sie die kleinen hellblauen Löcher, die sich in den Himmel gebohrt haben. »Es klart auf«, stellt Jonas fest, dann stößt er ein weiches Lachen aus. »Was rede ich nur? Bestimmt interessiert dich das Wetter gar nicht.«

»Doch, tut es«, wirft Mathilde rasch ein. »Wenn man in Sylt lebt, interessiert einen das brennend.«

»Du bist höflich. Und ich, ich bin nervös.« Plötzlich sagt Jonas etwas in geradezu bedächtigem Ton: »Gleich beim ersten Sehen bist du mir aufgefallen.« Mathilde blickt ihn an. Sie weiß nicht, was sie darauf sagen soll. Und weil sie schweigt, beginnt Jonas seine Gefühle zaghaft in Worte zu fassen. »Es war ein gutes Gefühl, dich anzusehen. Dein Strahlen, das man erst auf den zweiten Blick mitbekommt. Herzglühen hab ich's für mich genannt ... Das hat mich gefangen genommen. Es war ein Moment wie aus einem Stück gegossen.« Mathilde unterbricht Jonas mit einem scheuen Blick. Einem, der sie selbst überrascht. Wie lange hat sie kein solches Kompliment mehr gehört? Und wie gut tut es, diese Worte in sich aufzunehmen. »Meinst du das , was du sagst, ernst?« Es klingt zweifelnd und so, als könne man dem Leben nicht vertrauen.

»Ja, Mathilde«, sagt Jonas. »Jedes Wort.« Und da, plötzlich, legt sie ihre Lippen auf Jonas' wartenden Mund. Spürt die feinen Pikser seines nachwachsenden Bartes – und küsst ihn.

Seine Lippen fühlen sich kalt an, werden unter ihren aber schnell lebendig. Sie sind willig, schließen sich warm um ihre und schützen sie geradezu. Jonas umfasst sie geschickt mit den Armen und drückt ihren Oberkörper leicht nach hinten. Ihre Gesichter werden vom Licht, das durch das Fenster scheint, ausgeleuchtet. Mathilde schmeckt einige Sekunden lang seine Zunge in ihrem Mund. Dieser Kuss fällt ihr ganz leicht. Dann löst sie sich von ihm, geht einen Schritt zurück und lässt den Mantel zu Boden gleiten. Mit einem leisen Geräusch fällt er hinunter.

Jonas sieht sie liebevoll lächelnd an. Ich bin betört von dir, sagen seine Augen. Ich werde nie der Vater deiner Kinder sein, aber ich bin hier und ich empfinde tief und echt. Seine Hand kommt näher und legt sich vorsichtig, wie zum Schutz, um ihre Brust. Mathilde schließt die Augen. Für diesen Moment vergisst sie, dass sie dem Leben wehrlos ausgesetzt ist. Im Schönen wie im Schwierigen.

»Tilda?«, sagt Jonas raunend. »Darf ich dich Tilda nennen?« Seine Stimme klingt schwärmerisch. »Ich bin seit ewigen Zeiten verheiratet und habe Kinder und ich bin nicht der Mann, der einer Frau von heute auf morgen den Todesstoß versetzt. Ich finde, du solltest das vorher wissen.« Jonas schweigt, weil Mathilde nichts darauf erwidert. Schließlich fasst er den Mut weiterzusprechen. »Aber du fesselst mich, Tilda. Und es ist mir ernst mit uns.«

Uns. Mathilde hört nur dieses eine Wort. Ihr Blazer rutscht ihr vom Körper und danach die Bluse. Die Nylonstrumpfhose bleibt wie eine leblose Schlange auf dem Boden liegen. Jonas sieht die nackte Haut ihrer Beine aufleuchten und seufzt. Er kommt näher, viel näher, bückt sich und haucht einen zarten Kuss auf ihre prächtigen Oberschenkel. »Komm«, raunt Mathilde. Sie nimmt Jonas bei der Hand und zieht ihn mit sich ins Schlafzimmer. Langsam und voller Vorfreude entledigt Mathilde Jonas seines Jacketts, seines Hemds, seines Gürtels und schließlich dem Rest seiner Kleidung. Die Tagesdecke wird achtlos vom Bett heruntergeschoben. Seine Hände ziehen ihr den Slip hinunter und legen sich endlich auf sie. Auf ihren nun gänzlich nackten Körper. Mathilde führt Jonas' Rechte hinunter bis zu ihrem Bauch, dann zum Venushügel. Jonas haucht einen Kuss auf Mathildes Stirn, dann auf ihre Wangen und ihr Kinn, während seine Hände fordernd werden und sein Mund schließlich hinabgleitet. Bis zu der Stelle, nach der er sich bereits unendlich sehnt.

»Mathilde. Tilda!«

Seine Haut ist schon mit einem dünnen Schweißfilm überzogen. Er ist ganz bei ihr. Mathilde spürt seine Lust, sein Wollen und nimmt seine Hand, um sie an ihre Scham zu führen. Sie stellt sich bereits vor, dass er gleich Blüte für Blüte entblättern und mit sanften Händen bis zu ihren Lustpollen vordringen wird. Ein Bild voller Sinnlichkeit und Schönheit. Sie wird ihre Schenkel für ihn zur Seite fallen lassen, wie die Blätter sich öffnen, wenn die Blüte hervorkommt. Wird sich ihm ganz darbieten, während er sich vor sie hinkniet, um ihre feuchte, zuckende Süße zu betrachten. Diesen Garten der Lust. Mathilde will sich Jonas hingeben, ihn zwischen ihren warmen, weißen Hautfalten, der Weichheit ihres Bauches willkommen heißen und von ihm voller Genuss geliebt werden. Eine Stunde kann eine Oase vollkommenen Glücks sein. Jonas fühlt, wie sich Mathildes prickelnde Nässe – wie Morgentau – auf sein Fleisch legt und sich mit der seinen verbindet.

Doch seine Augen starren plötzlich durch sie hindurch, bevor er sie schließt, und nach einem leidenschaftlichen Kuss, der einem verheißungsvollen Moment Tribut zollt, fällt er zur Seite, hinein in die weißen Kissen. Mathilde sucht nach seiner Hand, die zurückzuckt, bevor sie ebenfalls in den Kissen verschwindet. Und sie sucht sein Gesicht, das in den Laken verschollen ist.

»Ich weiß nicht, wieso, aber ich kann nicht«, presst er hervor.

»Schhhtt«, verlangt Mathilde. Sie fährt langsam über seinen Kopf und streichelt seine Stirn und die Wangen, während er betroffen schweigt.

Die schalldichten Fenster des Hotelzimmers schlucken jedes Geräusch von draußen. Mathilde hört lediglich das gleichmäßige Rauschen des Wassers, das aus dem Bad kommt, und während Jonas duscht, tasten ihre Augen die Dächer der Häuser ab. Finden rauchende Kaminschlote, Kirchturmspitzen, ein kleines, wie ein Spielzeug wirkendes Flugzeug. Die Tragflächen sehen wie Nähnadeln aus. Mathilde dreht sich um. Jonas' Uhr liegt auf dem Holztisch neben der Garnitur. Er muss sie dort abgelegt haben, ohne, dass sie es bemerkt hat. Lautlos tickt sie vor sich hin. Das Bett, das sie durch den Stichbogen sieht, ist zerwühlt. Mathilde geht hinüber und sorgt für ein bisschen Ordnung. Danach zieht sie sich an, greift nach ihrer Tasche und presst sie an sich. Im Seitenfach des schwarzen Lederbeutels steckt – auf einem DIN-A4-Blatt zusammengefasst – ihr Leben.

Als sie den Brief gelesen hat, ist sie vor lauter Aufregung mit ihrem Ellbogen an die Kaffeetasse gestoßen. Die Tasse ist mit lautem Knall und viel Gespritze am Boden zerschellt. Mathilde hat lange gebraucht, bis sie in der Verfassung war, sich um die Scherben zu kümmern. Seit diesem Tag trägt sie den Brief bei sich. Den Brief, der alles verändert.

Sie steht noch mit der Tasche an die Brust gepresst da, als Jonas mit einem Handtuch um die Hüften aus dem Bad kommt. Ob er an vorhin denkt? An seine Hilflosigkeit im Bett? Er lässt sich nichts anmerken, sondern beginnt sich anzuziehen.

Als er korrekt gekleidet ist, stehen sie sich einen Moment stumm gegenüber. Plötzlich lachen sie beide. »Ich finde, wir sind wie zwei Kinder, die etwas verbrochen haben und es niemandem erzählen werden«, fasst Mathilde die Situation zusammen.

»Ja, vielleicht«, sagt Jonas. Er klingt erleichtert. Irgendetwas hat sich zwischen ihnen verändert. Was, traut Mathilde sich nicht zu sagen. »Lass uns gehen«, schlägt er vor, geht zur Tür und hält sie ihr auf.

Sie folgt Jonas Hüsch, dem erfolgreichen Unternehmer, der gerade erlebt hat, dass der Erfolg einen verlassen kann, auf die messingfarbene Tür zu. Als sie auf den Flur treten und Richtung Aufzug gehen, fragt sie: »Ob diese verdammte Vorhersehbarkeit, die wir uns immer wünschen, im Grunde nicht der größte Glücksverhinderer ist?« Die Worte purzeln regelrecht aus ihr heraus. Jonas drückt auf den Knopf, um den Aufzug zu rufen und sieht sie an, ohne zu antworten. »Das, was wir gerade miteinander geteilt haben, lässt sich zum Beispiel nicht vorhersehen. Es passiert, wenn man es geschehen lässt«, erklärt Mathilde. »Einen Moment Nähe zwischen zwei Menschen, die sich im Grunde nicht kennen«, fügt sie noch an. Mit wehmütiger Stimme. Jonas starrt verlegen auf seine Schuhspitzen. »Glücklichsein ist selten unkompliziert. Das Leben ist von Grund auf eine Herausforderung. Aber eine schöne«, sagt Mathilde, als sie vor ihm in den Aufzug geht.

Als sie den Brief mit fahrigen Händen geöffnet und ihn voller Ungewissheit gelesen hat, sind die Schaumkronen der Wellen noch dieselben gewesen wie zuvor, aber Mathildes Leben hat mit einem Mal kopfgestanden. Und nichts davon, was in diesem Brief steht, ist vorherzusehen gewesen.

# II.

»Ähmm … Herr Dr. Meysen …?« Arnhild Lauveng steht mit hochgezogenen Schultern im Türrahmen und räuspert sich laut, sodass Bastian sofort aufblickt. »Was ist denn, Frau Lauveng?« Er hält die Sprechmuschel seines Telefons mit der Hand zu. Arnhild Lauveng lässt sich nur ungern in Aufruhr versetzen. Sie ist wie ein Bächlein auf dem Lande, ein kleines Rinnsal, das nie über die Ufer tritt. Es muss etwas passiert sein, wenn ihr Gesicht derart aufgewühlt ist.

»Er ist tot.« Die Lauveng hebt theatralisch ihre Arme und lässt sie dann erschlafft wieder sinken. »Prof. Kielgas. Er …« sie zögert und spricht es dann aus, »… er weilt nicht mehr unter uns.« Bastian, der sich gerade mit dem jährlich steigenden Bedarf an qualifizierten Beschäftigten in der Zulieferbranche und Schiffbau beschäftigt hat, sieht seine Sekretärin mit fragenden Augen an. »Die Schwester im Krankenhaus meinte, es tue ihr leid. Blumen bräuchte er keine mehr. Wir wären zu spät dran.« Die Lauveng legt sich die Hand auf die Lippen, damit ihr kein unachtsamer Laut entkommt. Dann schlurft sie näher und bleibt vor seinem Schreibtisch stehen. Ein atmendes Mahnmal.

Erst jetzt versteht Bastian, was sie ihm die ganze Zeit zu sagen versucht. Kielgas ist tot. Ein Mann in den besten Jahren, der letzte Woche noch quietschvergnügt gewesen ist und immer einen lockeren Spruch versucht hatte, lebt nicht mehr.

»Verflixt!«, bringt Bastian nur heraus. Als Erstes das Telefonat beenden! »Darf ich Sie zurückrufen, Herr Albrecht?«, spricht er in den Hörer und legt auf.

Als das erledigt ist, deutet er auf den Stuhl vor seinem Schreibtisch – was bleibt ihm sonst übrig – und widmet nun seine ganze Aufmerksamkeit seiner Assistentin. Arnhild Lauveng fällt erschöpft auf den Stuhl und sagt erst mal nichts mehr, jetzt, wo er das Gespräch unterbrochen hat und ganz bei ihr ist. Verrückt, diese Frauen. Nimmt man sich ihrer erst mal an, schweigen sie wie ein Grab.

»Aber es war doch nur eine Lungenentzündung?« Bastians Hand zupft an seiner Lippe, denn nun ist auch er nervös. Wie kann einen der Tod auch nicht aus der Ruhe bringen? Er ist schließlich *der* ungebetene Gast in jedermanns Dasein.

»An einer Lungenentzündung kann man sterben. Außerdem war Prof. Kielgas nicht der Gesündeste.« Die Lauveng schluchzt nun herzzerreißend. »Mein Gott, seine Frau. Wie es jetzt wohl in ihr aussieht?«

»Kümmern Sie sich zu gegebener Zeit bitte um einen Trauerkranz. Mit einer Beileidskarte. Den Text formulieren Sie.« Jetzt ist Bastian ganz bei der Sache. Den kurzen Gedanken an den eigenen Tod hat er erfolgreich verdrängt. Es muss etwas organisiert werden. Da kennt er sich aus. Das lenkt sogar vom Tod ab.

»Er war ein feiner Mensch. Wieso musste er nur so früh sterben?« Himmel noch mal, was ist nur mit der Lauveng los? So sympathisch ist Kielgas nun auch wieder nicht gewesen, dass man als Außenstehender um ihn weinen muss. Bastian erinnert sich daran, dass er einmal recht patzig zu ihnen gewesen ist. Danach hat er Arnhild Lauveng trösten müssen, denn sie hat die Situation persönlich genommen.

»Erinnern Sie sich, Frau Lauveng? Hartmut Kielgas war unpünktlich, manchmal oberflächlich, und verbissen, wenn's ums Thema Meer ging. Aber ja, zusammengenommen war er durchaus ein erträglicher Zeitgenosse. Er hat zumindest niemanden umgebracht.«

Die Lauveng hat noch immer Tränen in den Augen, doch nun lacht sie. Sie schüttelt sich geradezu. Bastian weiß, dass sie sensibel ist. Aber er mag es nicht, wenn Frauen weinen. Er fühlt sich jedes Mal verloren. Völlig ahnungslos, wie er reagieren soll. Deshalb greift er in schwierigen Situationen gern auf eine überzogene Anmerkung oder einen Witz zurück. Jetzt steht er auf und legt unbeholfen den Arm um Arnhild Lauveng. »Natürlich ist die Sache mit Kielgas schrecklich, aber unser Leben betrifft es im Grunde gar nicht.« Er seufzt und sagt dann: »Wir kümmern uns weiterhin mit aller Kraft um sein geliebtes Meer. Das ist in meinen Augen die beste Art, mit seinem Tod umzugehen.«

Die Lauveng zieht die Nase hoch. Bastian sucht in seiner Hosentasche nach einem Tempo, das er ihr geben kann. Als er es endlich findet, schnupft die Lauveng laut donnernd hinein.

»Danke!« Sie wischt sich mit einem Zipfel die Feuchtigkeit unter den Augen weg. »Wissen Sie, erst letzten Monat ist meine Großmutter gestorben. Lungenkrebs. Es ging ganz schnell. Ich konnte mich nicht von ihr verabschieden. Geraucht hat sie, ja, das stimmt. Die Pafferei war ihr einziges Vergnügen. Mit den Männern hatte sie ja Pech. Ihr Erster, mit dem sie glücklich war, starb bei einem Verkehrsunfall, bei einem läppischen Zusammenprall zweier Wagen. Der Zweite war ein Filou. Nach Strich und Faden hat er sie betrogen. Sie hat graue Haare darüber gekriegt.«

Bastian hört dem Redeschwall seiner Sekretärin zu, doch seine Gedanken sind längst woanders. Inzwischen interessiert ihn ernsthaft, wo Mathilde steckt. Jeden Morgen der vergangenen Jahre hat sie ihn zum Abschied geküsst. Was ist heute nur in sie gefahren, das Haus ohne ein Wort des Abschieds zu verlassen? Muss er sich ihretwegen Sorgen machen? Ach was, beruhigt er sich im Stillen. Sicher steckt etwas Profanes hinter allem. Vielleicht leidet eine ihrer Freundinnen unter Liebeskummer und hat sie um Hilfe gebeten. Etwas, über das sie am Abend ausgiebig reden werden.

»Ich nehme an, der Tod von Prof. Kielgas erinnert mich an meine Großmutter. Deswegen nimmt mich das Ganze so mit.« Die Lauveng schnäuzt sich erneut. »Entschuldigen Sie«, sagt sie.

»Schon gut!« Bastian beruhigt sich. Alles ist in Ordnung. Er macht sich einfach zu viele Gedanken.

Die Lauveng steht auf. Ihre Füße huschen fast über den Boden, als sie zur Tür geht. Offenbar hat sie sich gefasst.

»Ich verschwinde mal wieder. Und das wegen des Trauerkranzes erledige ich natürlich«, verspricht sie.

Bastian schaut auf die Uhr, die an der Wand hängt. Der große Zeiger steht unten, der Kleine im oberen Drittel. Gleich halb drei. Er setzt sich wieder hinter seinen Schreibtisch und starrt in den Computer. Vor ihm das Neueste in Sachen Meerestechnik. Einer der Schlüsselaktivitäten für die Zukunft der maritimen Wirtschaft. Doch so sehr er sich auch bemüht, er schafft es nicht, sich auf die Arbeit zu konzentrieren. Ständig schweift er ab und denkt an Mathilde und den Grund ihres Weggehens am frühen Morgen.

Schließlich steht er auf, wirft sich die gesteppte Jacke über und bindet den Schal um, den Mathilde ihm zu seinem letzten Geburtstag geschenkt hat. Er erinnert sich daran, dass sie später zusammen ins Bett gegangen sind, um sich auf die gute, bekannte Art zu lieben. Der Kamin im Schlafzimmer hat gebrannt und er hat es genossen, Mathilde im Zwielicht des Feuers zu bewundern – allerdings, ohne es ihr zu sagen. Worte sind nicht so sein Ding.

Mit dem kurzen Hinweis, er werde sich nun eine Stunde Pause gönnen, rauscht Bastian an der Lauveng vorbei hinaus. Kaum aus dem Gebäude, saugt er die frische Luft in die Lungen, steigt in seinen Wagen, startet und fährt Richtung Meer davon. Er braucht dringend einen klaren Kopf.

## 12.

Zum zweiten Mal an diesem Tag sitzt Mathilde neben Jonas im Taxi. Seltsam vertraut schmiegen sich ihre Schultern aneinander. Bilden eine tröstende Brücke, wo Worte ausbleiben. Jonas erfährt nichts über den Brief, von dem niemand außer ihr etwas weiß.

Es geschieht nicht selten, dass Menschen sich jemandem anvertrauen, den sie weit weniger gut kennen als ihren Partner – vorwiegend, wenn es um wichtige, lebenswichtige Dinge geht. Doch ein Taxi ist nicht der richtige Ort, um zu reden.

Weil Mathilde das Gefühl hat, ihr Schweigen brechen zu müssen, bittet sie den Taxifahrer sie irgendwo rauszulassen. »Ich versuch's gleich da vorn, an der Ecke. Da kann ich anhalten, ohne, dass es zu einer Massenkarambolage kommt«, sagt der Fahrer, während Jonas nur erschrocken dreinblickt.

Schon damals, auf der Party, gesteht Mathilde sich in diesem Moment ein, hat sie etwas für Jonas Hüsch empfunden. Sie erinnert sich: Er hatte ungezwungen im Türrahmen gestanden und die Gäste begrüßt. Mit einem entspannten Lächeln auf den Lippen und einer Spur trockenen Humors in den Augen. Er liebte es zu lachen und animierte die Gäste dazu, es ebenfalls zu tun. »Lachen ist Leben in einer seiner schönsten Formen«, hatte er später zu ihr gesagt und sie hatte es innerlich bejaht. Ja, sie war von Jonas' Präsenz beeindruckt, wenn er einen Raum betrat.

Der Taxifahrer manövriert den Wagen an einem Audi vorbei und ist an besagter Ecke angelangt. Als ein Skoda aus einer Parklücke stößt, ergreift er die Chance. »Den Parkplatz nehmen wir«, brummt er. Als er eingeparkt hat, hört Mathilde nur noch das Geräusch des Motors. Steig aus. Es gibt keinen Grund, länger in diesem Taxi auszuharren! Nach einem letzten, wehmütigen Blick auf Jonas, öffnet Mathilde die Autotür und steigt aus. »Tilda?« Jonas spricht so leise, dass er sich selbst kaum hört. »Warte!« Doch es ist zu spät. Sie ist weg. Er schaut ihr nach, wie sie mit energischen Schritten entflieht. Vor ihm, auf dem Gehsteig geht sie ihres Weges, und ihre Stiefel klacken für ihn unhörbar über den Asphalt.

»Dann wollen wir mal wieder.« Der Taxifahrer reiht sich in den Verkehr ein, nimmt Fahrt auf und rauscht an Mathilde vorbei. Damit ist der letzte Moment, um einzugreifen, dahin.

Jonas überkommt plötzlich der intensive Gedanke, sich danebenbenommen zu haben. Wie kann es sein, dass er Mathilde mit ins Hotel nimmt und sowohl Potenz als auch Anstand aus den Augen verliert? Steht er nicht im Ruf, ein Mann mit Manieren zu sein?

Jonas denkt an die Stunde im Grand Elysée zurück. Mathildes Mund hat sich um seine Lippen geschlossen und er hat sich sofort zu Hause gefühlt. Bei einer Frau, die er kaum kennt. Nur, wie kann ihn die Empfindung aufgehoben zu sein, derart verunsichern? Weshalb hat er versagt? Was bringt ihn derart aus dem Konzept?

Als klar war, dass sie nicht miteinander schlafen würden, und er sich dazu entschlossen hatte, die Sache mit Würde und ohne viel Federlesens hinter sich zu bringen, hatte Mathilde ihn weder bedauert, noch einen dieser Sätze losgelassen, die einen Mann erst recht beschämen: »Beim nächsten Mal klappt es schon. Du wirst sehen.« Sie war auf eine ungewöhnliche Weise souverän gewesen und ungezwungen mit ihm umgegangen. Das hatte der Situation die Schwere genommen. Und ihn glücklich gemacht.

»Ja, die Weiber«, sinniert der Taxifahrer vor sich hin. Er wirft Jonas durch den Rückspiegel einen Blick unter Männern zu. »Immer gibt es Ärger mit den Ladys. Stimmt doch, oder?«

»Finden Sie, dass Sie das was angeht?« Sie Klugscheißer!, fügt Jonas im Stillen hinzu. Kaum ausgesprochen, ärgert er sich über seine boshafte Antwort. Der Fahrer will sich bloß unterhalten. Vielleicht empfindet er sogar Mitgefühl für ihn. »Ihre Frau ist die jedenfalls nicht.« Offenbar gibt er nicht auf.

»Ach ja?«

»Ganz klar, die ist Ihre Geliebte. So was seh' ich sofort.«

Das Wort Geliebte will sich für Jonas nicht mit Mathildes Bild vermischen. Je öfter er es innerlich ausspricht, umso mehr verdeckt es ihre Gestalt, bis er nur noch die stummen Lettern der acht Buchstaben ihres Namens erkennt und keinen Menschen mehr dahinter. Warum hat er sie nicht gefragt, ob sie sich wiedersehen? Was ist nur in ihn gefahren, jede Form von Höflichkeit zu vergessen? Er ist noch nicht mal aus dem Taxi ausgestiegen, um ihr die Tür zu öffnen und sie ein letztes Mal an sich zu drücken, wie man es unter Freunden tut.

Jonas nimmt sich vor, ihr Blumen zu schicken. Weiße Lilien. Ja, sie sieht aus, als gefielen ihr Lilien. Er wird den Taxifahrer bitten, bei einer Blumenhandlung anzuhalten, und dann wird er einen schönen Strauß aussuchen. Sie könnten sich morgen treffen, vielleicht wieder im Grand Elysée? »Nehmen Sie's nicht so ernst. Meine Freundin hat mich erst vor Kurzem verlassen. Um genau zu sein, vor 16 Tagen. Ich hab mit 'ner anderen gepennt. Wollte die Story allerdings nicht ausbauen. Das war von Anfang an klar. Blöd war nur, sie kommt an diesem Abend heim, obwohl ausgemacht war, dass sie bei ihrer Freundin pennt. Tja, und dann hat sie mir 'n paar gelangt und geschrien, dass ich 'n echt doofes Schwein bin, das nur schwanzgesteuert ist«, der Taxifahrer lacht bitter, »danach hat sie ihren verflixten Koffer aus dem Keller geholt. Und seitdem bin ich solo. Na ja, fürs Bett gibt's immer mal was. Sie kennen das ja. Aber fürs Herz ist das nicht so leicht. Ich vermisse sie. Aber sie will nicht mehr. War wohl mein Fehler.«

»Warum haben Sie sich auch erwischen lassen?«, wirft Jonas ein. Der Taxifahrer tut ihm mit einem Mal furchtbar leid. Sie haben mehr gemein, als er anfangs dachte. Sie sind beide keine Helden bei den Frauen.

»Sind Sie noch nie mit einer im Laken gesichtet worden?«

»Ich lass mich ungern erwischen.« Jonas grinst. Er fühlt sich endlich wieder wohl in seiner Haut.

»Heilige Scheiße.« Der Taxifahrer stöhnt gespielt genervt auf. »Dann bin ich der Blöde in diesem Wagen. Ach übrigens, wo wollen Sie denn jetzt hin?«

»Wissen Sie, wo hier ein Blumenladen ist?«

»Klar, weiß ich das.«

»Dann steuern Sie den mal an. Und danach fahren Sie mich bitte zum Hafen«, bittet Jonas.

»Blumenladen, Hafen. Okay.« Aus dem Radio erklingt Sting. A brand new day!

Jonas ist plötzlich zuversichtlich. Er wird Blumen besorgen und Mathilde später anrufen. Danach wird man weitersehen.

Keine zwei Minuten später hält das Taxi am Randstreifen. Jonas Hüsch springt aus dem Wagen wie ein Junger und läuft auf ein Blumengeschäft zu, das er noch nie gesehen hat. Er öffnet schwungvoll die Glastür. Ist ganz außer Atem. »Ich hätte gern zehn weiße Lilien«, verlangt er.

»Mit Vergnügen.« Die Verkäuferin geht auf einen grünen Eimer zu, in dem die Blumen eingewässert sind, und beginnt sie zu zählen. »Darf's, was die Farbe anbelangt, auch gemischt sein? Wir haben heute Morgen schöne hellrosafarbene Lilien reinbekommen.«

Jonas hört ihr schon nicht mehr zu, denn nun fällt ihm ein, dass er noch nicht mal Mathildes Hamburger Adresse hat.

## 13.

Bastian steht an einem einsamen Strandabschnitt und verfolgt das Kommen und Gehen der Wellen. Heute sind es reißende Ungetüme, die ein lautes Tosen verursachen, bevor sie im Sand versickern. Wellen, vor denen er sich als Junge gefürchtet hat.

Als Mathilde früher zu den Seehundbänken aufgebrochen ist und sich das nicht hat ausreden lassen, ist Bastians

Angst von früher zu einer neuen, schrecklichen Angst um Mathilde geworden. Er hat sich darum gesorgt, sie könnte von einem ihrer Ausflüge nicht mehr zurückkommen, weil sie für alle Zeiten vom Meer verschluckt worden wäre.

Bastian atmet tief in die Lunge hinein. Atmen beruhigt und hilft gegen böse Gedanken. Der Redner, den er während eines Seminars über die besänftigende Wirkung des Atmens hatte referieren hören, behielt recht. Wenn er ruhig ein- und ausatmet, geht es ihm bedeutend besser. Bastian löst sich vom spektakulären Anblick der Wellen, der mit der Vorstellung einer vom Meer verschlungenen Mathilde verbunden ist, und beginnt am Strand entlang zu spazieren. Sein Schal flattert vergnügt im Wind – Mathildes Schal.

Vielleicht wird er abends mit ihr ins ›Fährhaus‹ in Munkmarsch essen gehen? Das ›Fährhaus‹ ist ganz nach ihrem Geschmack. Mathilde liebt kleine Ausreißer, wie sie ihre viel zu selten stattfindenden Essen nennt. »Das hier gehört eindeutig zu den Höhepunkten unseres Lebens«, hat sie erst vor wenigen Wochen behauptet, als sie wieder einmal ausgegangen sind.

»Baby, ich mag lieber die Höhepunkte, die du mir schenkst, wenn wir unter uns sind«, hat er geantwortet, ihr einen Kuss auf die Hand gedrückt und ihr zugezwinkert. Im ›La Mer‹ in List hat sie letzten Sommer bretonischen Hummer auf Kokos-Chilirisotto gegessen, und hinterher eines dieser filigranen Desserts, die wie Kunstwerke aussehen und es wohl auch sind. Er macht sich nicht viel aus der Gourmetküche, er zelebriert die Abende Mathilde zuliebe.

Bastian holt sein Handy aus der Jackentasche, ruft erneut Mathildes Nummer auf und wartet die Verbindung ab.

Doch wie schon beim letzten Versuch erreicht er nur ihre Mailbox. »Verdammter Mist.« Er steckt das Handy genervt in die Jackentasche. Er schafft es kaum noch, sich gegen die düsteren Gedanken, was mit Mathilde passiert sein kann, zu wehren. Wo steckt sie bloß?

Während er eisern dahinmarschiert, versucht er sich zu erinnern, ob sie gestern etwas über den heutigen Tag gesagt hat. Vielleicht ganz nebenbei, sodass er es nur am Rande mitbekommen hat. Es kann sein, dass sie einen Termin beim Gynäkologen hat oder zur Zahnhygiene muss. Hat er ihr gestern überhaupt richtig zugehört? Bastian bleibt stehen und durchsucht seinen Blackberry. Keine Termine. Weder für ihn, noch für Mathilde. Der siebte Januar ist ein Tag wie jeder andere.

Er zieht sich den Schal enger um den Hals, steckt die Hände tief in die Taschen und spaziert zurück Richtung Parkplatz.

Als er bei seinem Wagen ankommt, muss er an Kielgas denken. Plötzlich hört er eine Stimme, die zu ihm spricht: »Sie haben Krebs, Herr Dr. Meysen. Noch drei Monate, bestenfalls ein Jahr. Genießen Sie die Zeit, die Ihnen noch bleibt. Ja, und regeln Sie Ihren Nachlass.« Das Verschwinden Mathildes bringt ihn langsam, aber sicher um den Verstand. Er kann nur noch an Unfälle und den Tod denken. Lauter schreckliche Dinge.

Hastig öffnet er per Fernbedienung seinen Wagen, steigt ein, startet und gibt ordentlich Gas. Als er die kleine Straße, die zum Strand führt, verlässt, legt er eine CD ein. Simon & Garfunkel. Bridge over troubled water.

Die Angst, dass etwas Wichtiges in seinem Leben schiefgehen könnte, löst sich auch beim Hören der Musik nicht auf.

Als sie jung waren und ganz am Anfang ihrer Liebe standen, hatte Regine prophezeit, er sei der Mann des Lebens für Mathilde.

Der schöne Akkord ihrer knospenden Liebe war – zumindest was ihn anging – abrupt verstummt. Und mit geradezu schmerzhafter Beharrlichkeit hatte sich die Aussage – für immer und ewig – in sein Gehirn gebrannt. Als Mann des Lebens kam er sich wie ein knurrender Hund vor, den man an die Kette legte. Mathilde hatte die Aussage ihrer Mutter voller Freude aufgenommen. »Wir sind das Paar des Lebens. Ist das nicht großartig?« Doch im Gegensatz zu ihr hatte ihn das Gefühl beschlichen, dass nun alles feststand. Sein Leben war bereits erzählt, und irgendwie war er sich dabei verloren vorgekommen.

## 14.

Mathilde überquert die Willy-Brandt-Straße, kauft eine Tageszeitung und schlägt sie, noch im Gehen, auf. Im Immobilienteil findet sie eine Annonce, die sie interessiert: 60-Quadratmeter-Wohnung, Südseite, Balkon mit freiem Blick ins Grüne, Tiefgaragenplatz, kalt 1.700 Euro. Mathilde zückt einen Kugelschreiber, streicht die Annonce an und liest weiter von Marmorböden, Kaminen, großen und kleinen Terrassen und einem sensationellen Blick auf die Alster, natürlich unbezahlbar. Weiter unten steht etwas von einem Jugendstilhaus, das vor einem Jahr generalsaniert wurde. Auf der nächsten Seite suchen drei Studentinnen eine Mitbewohnerin, die tolerant und umgänglich sein soll. Eine Altersgrenze ist nicht angegeben. Mathilde steckt sich den Stift zwischen die Lippen und holt ihr Handy aus der Tasche. Auf dem Display steht: Zwei Anrufe in Abwesenheit. Sie ignoriert mit schlechtem Gewissen Bastians Versuche, sie zu erreichen, und tippt die Nummer aus der Zeitung ein. »Hallo?«, sagt kurz darauf eine jugendliche Stimme.

»Hallo ebenfalls, hier spricht Mathilde Meysen. Ich habe Ihre Annonce gelesen und hätte Interesse daran, ein Teil Ihrer WG zu werden.«

Die Stimme wird noch eine Spur freundlicher. »Du rufst wegen des Zimmers an. Klasse. Ich bin Isabel. Was studierst du denn?«

Mathilde lacht. »Ich studiere nicht. Ich hab's zwar mal versucht, aber dann abgebrochen. Ich bin schon ein bisschen älter als ihr, aber weil kein Alterslimit dabeistand, dachte ich, ich rufe einfach mal an.«

»Ach so, verstehe. Alterslimit haben wir keins, weil nett ist nett und blöd ist blöd.«

»Stimmt!« Mathilde schlägt sich mit der Hand gegen die Arme, während sie telefoniert. Die Kälte wird langsam bedrohlich, und sie sehnt sich nach etwas Wärme und Ruhe. »Willst du … wollen Sie vorbeikommen und sich das Zimmer ansehen?«

»Gern. Geht es heute noch?«

»Klar, ab 18 Uhr schon. Vorher sind wir unterwegs. Die Adresse kennen Sie ja. Einer von uns ist sicher da. Bye.«

»Bye.« Mathilde drückt die Aus-Taste und steckt die Zeitung in die Tasche. Dann wirft sie einen Blick auf ihre Armbanduhr. »Meine Güte«, stellt sie fest. »Ich muss in die Agentur.«

Sie läuft die Straße entlang und der Straßenbahn entgegen, die gerade ankommt. Außer Atem erreicht sie die Haltestelle und steigt in die Bahn. Als sie einen Sitzplatz gefunden hat, nimmt sie noch einmal ihr Handy aus der Tasche und ruft Bastians Nummer auf. Sie muss ihm zumindest mitteilen, wo sie ist und dass es ihr gut geht. Doch bevor die Verbindung zustande kommt, entscheidet sie sich gegen einen Anruf und tippt stattdessen eine SMS. ›Bin in Hamburg. Muss etwas Wichtiges für mich klären. Sei mir nicht böse und sei nicht traurig. Kuss – Mathilde.‹

Mathilde spürt ihr Herz flattern. Bastian ist ihr noch immer nah, das empfindet sie ganz deutlich. Doch sie spürt auch Angst, so, als würde ihr jemand mit einem Messer und ohne Betäubung ins Herz schneiden. Beides, Angst und Wärme, kämpfen darum, einen Platz in ihrem Leben zu bekommen.

# 15.

Jonas nimmt seine Brille vom Gesicht, reibt sich die Augen und wendet sich wieder dem Spitzenmodell für den kommenden Herbst zu. Die Zeichnung im PC ähnelt einem Schuh, den Ferragamo einst für Marilyn Monroe entwarf. Schmale Linie, schwindelerregend hoher Absatz, üppig bestickter Rist, irisierendes Blau als Farbton. Jonas ist auf den ersten Blick beeindruckt von der Leistung seines Designers. Der Schuh ähnelt dem Modell von damals, was natürlich beabsichtigt ist, wird aber durch geschickte Änderungen in die Jetzt-Zeit interpretiert. Der bestickte Rist ist weniger üppig ausgefallen. Trotzdem wirkt der Schuh glamouröser, denn das Seidengarn ist leuchtender als das von damals.

Trotz der ersten ehrlichen Begeisterung ist da etwas, das Jonas zögern lässt. Nach weiterem Schauen und Analysieren, greift er zum Telefon. Als Mareille, seine Assistentin, ihn begrüßt, verlangt Jonas: »Andresen soll bitte rüber kommen.«

Wenige Minuten später klopft es an seiner Tür.

Jonas ist noch immer in das Bild des Schuhs versunken und blickt kaum vom Computer hoch, als ein Mann im farbigen Hemd, eleganten Hosen und Sneakers sein Büro betritt.

Ralf Andresen, der Designer der Firma Hüsch, kommt näher und stellt sich abwartend vor seinen Chef.

Jonas deutet an, Andresen möge sich setzen. »Es geht um unser Modell C 2456«, klärt er ihn auf.

»Unsere Hommage an Marilyn«, ergänzt der Designer. Er klingt schwärmerisch.

Jonas blickt endlich auf. »Keine Bedenken, was die Dünne des Absatzes und die Höhe anbelangt?« Jonas sucht in Andresens Gesicht nach einer Bestätigung seiner Zweifel. »Das Ganze sieht, je länger ich hinsehe, ganz schön gefährlich aus.« Jonas hält den Blick seines Designers, der sich noch immer nicht gesetzt hat. Ralf Andresen wagt ein kurzes Räuspern und dann eine Antwort. Seine Stimme klingt bestimmt und fest.

»Es war von Anfang an klar, dass dieses Modell extrem hoch werden wird. Die Höhe und der Pfennig-Absatz des Schuhs machen den Wow-Effekt aus, neben der Stickerei und dem seltenen Farbton. Frauen kaufen Schuhe nicht, um darin zu gehen. Sie wollen sie besitzen.«

Jonas kratzt sich umständlich am Kinn. Ihm ist klar, dass er Ralf Andresen auf den Schlips treten wird, aber er muss es tun. »Erklären kann ich es nur mit den Verkaufszahlen der letzten Dekade und einem unbestimmten Gefühl. Nehmen Sie bei der Höhe bitte einen Zentimeter weg.«

Ralf Andresen beugt sich vor und legt die Hände auf die Kante des Schreibtischs. Diese Geste und seine Blick sind ein Zeichen, dass er in höchster Alarmbereitschaft ist. Seine gesamte Präsenz schlägt Jonas entgegen. »Sorry, Herr Hüsch, aber das zerstört den Zauber des Schuhs. Diesen Zentimeter brauchen wir. Wo bleibt sonst der Glamour?« Andresens Stimme überschlägt sich fast. »Wir stehen nun mal für Außergewöhnliches. Für Frauenträume, auf denen man – meistens jedenfalls – nicht mehr als trippeln können muss.« Er lacht kurz auf. Rau und eine Spur unsicher.

»In letzter Zeit gefallen mir die Umsatzzahlen unserer High Heels nicht besonders. Schuhe müssen sich nicht nur in der ›Vogue‹ gut machen, sie müssen sich auch verkaufen.« Jonas legt eine gehaltvolle Pause ein. »Ihre Argumente kenne ich natürlich, lieber Andresen. Aber wir befinden uns in der Krise. Frauen wollen Schuhe besitzen, Sie haben recht, aber ich denke, sie müssen sie hin und wieder auch tragen können. Und das mit dem Tragen müssen wir vorläufig etwas mehr als sonst im Auge behalten. Andere Zeiten, andere Prioritäten.«

Andresen schweigt beklommen. Mit einer solch unmissverständlichen Ansage hat er nicht gerechnet. Das kommt, seiner Ansicht nach, einer Kriegserklärung gleich. »Wie Sie meinen«, sagt er. Er wirft Jonas einen Blick zu, als wolle er ihn damit in Bann schlagen. Doch Jonas lässt sich nicht aus der Ruhe bringen. Sein Blick bleibt unnachgiebig. »Dann noch einen schönen Tag.« Ralf Andresen wendet Jonas den Rücken zu und geht zur Tür. Dort angekommen, wartet er einen Augenblick ab. Er ist sich keinesfalls sicher, ob Jonas Hüsch ihn nicht auf die Probe stellt, um ihn zu foppen. Doch als nichts Weiteres geschieht, kein Rückruf in letzter Sekunde, geht er hinaus. Die Tür fällt lauter als gewöhnlich ins Schloss. Andresens kleine Rache.

Jonas' Körper zuckt kurz zusammen, doch sein Gesicht bleibt entspannt. Der Unmut eines Angestellten oder eines Designers ärgert ihn längst nicht mehr. Was hat er hier nicht schon alles erlebt? Weinkrämpfe, vorzeitig aufgelöste Arbeitsverhältnisse, Manipulation, Bestechung, Mobbing der schlimmsten Sorte, den heimlichen Griff in die Kasse, Affären, Trennungen, Alkoholsucht. Es gibt kaum etwas, das er nicht bereits gehört, entdeckt oder wo er lieber weggeschaut hätte.

Nach seinem Treffen mit Mathilde hat er als Erstes mit dem Leiter der Finanzabteilung telefoniert. Es sieht nicht schlecht aus, aber auch nicht wirklich gut. Vor allem das letzte Quartal gibt zu denken. Doch das bekommt er hin, da ist er guter Dinge. Er darf sich in der kommenden Saison keinen Schnitzer leisten. Die meisten Modelle müssen ein Volltreffer sein, auch, was die Verkaufzahlen anbelangt.

Privat verläuft alles ruhig. Er produziert Schuhe, während die Kinder und Ellen einen Haufen Freunde und nicht zu knapp Freizeitstress haben. Alles säuberlich getrennt. Man kommt sich nicht ins Gehege. Im Grunde ist es verdammt ruhig in seinem Leben. Seit wann gehen eigentlich alle ihrer Wege, ohne den anderen nach seinem Pfad zu befragen? Jonas findet keine Antwort auf diese Frage.

Zweimal die Woche kommt er abends früher nach Hause, so gegen 20 Uhr. Ellen und er – und manchmal die Kinder – essen gemeinsam zu Abend, und später liegt Ellen in seinen Armen. Was folgt, ist der obligatorische Orgasmus. Hier und da gönnt er sich eine kleine Affäre, die er immer dann beendet, wenn's brenzlig wird. Jonas seufzt, schiebt seinen Bürostuhl nach hinten und blickt sinnierend aus dem Fenster. Heute Mittag, als ihm Mathilde über den Weg gelaufen ist, ausgerechnet im ›River Grill‹, wo er sie niemals erwartet hat, und später, als er mit ihr im Hotel war, wo er bereits zwei Frauen geliebt hat, ist etwas in ihm in Aufruhr geraten.

Jonas fährt sich erneut mit den Händen durchs Gesicht und lächelt, ohne es zu bemerken.

In jungen Jahren hatte er oft verspürt, was er heute mit Mathilde seit Langem wieder empfunden hatte. Das prickelnde Gefühl süßer Unsicherheit. Mit den Mädchen damals gab es keine Gewissheit, und gerade das verlieh ihm das Gefühl, lebendig zu sein. Sein Leben war nicht die gemähte Wiese, an die er, nach genug Jahren auf dem Buckel, geglaubt hatte. Das Leben war immer noch ein Abenteuer, dessen Ausgang ungewiss war.

Jonas sieht alles wieder vor sich. Er hatte seine Firma aus dem Nichts aufgebaut und sich all die Jahre der lauten oder stummen Kritik unterworfen. Oft genug stand er ungeschützt unterm prasselnden Hagel der Konkurrenz und spürte die Spannung, die Aufregung und das Adrenalin, und es machte ihm seltsamerweise nichts aus. Sein Kopf war rasend vor Plänen und er hatte oft Magenschmerzen, weil er sich nicht sicher war, dass sie aufgingen. Aber er hatte auch das atemberaubende Gefühl in sich wachsen gespürt, da zu sein. *Wirklich* zu leben.

Und jetzt? Midlife-Crisis, würden alle sagen. Bei Jonas Hüsch ist es soweit. Braucht er eine feste Geliebte?

»Nein«, antwortet er seinem Spiegelbild im Fenster. »Einen Menschen.«

# 16.

Mathilde hört einen Summton, drückt gegen die Tür und betritt das Vorzimmer der Agentur ›Hansen & Reimers communications‹. Hinter dem Empfangstresen reagiert eine hübsche Blondine auf das Läuten zweier Telefone. Während sie sich meldet, nickt sie Mathilde freundlich zu. »Setzen Sie sich doch!«, formen ihre Lippen stumm. Sie deutet mit der Hand an die Stirnseite des Raums, wo Besucherstühle stehen. Mathilde erwidert ein stummes »Danke!«, nimmt Platz, und kaum sitzt sie, beginnt ein Handy, das neben der Telefonanlage liegt – zu allem Überfluss möchte man sagen – unbarmherzig zu rotieren.

»Einen Moment, bitte.« Die Blondine legt den Hörer zur Seite und greift nach dem Handy, um sich zu melden. »Hansen & Reimers communications. Was kann ich für Sie tun?« Sie zieht laut die Luft ein und schaut Mathilde dabei verschwörerisch an. »Herr Reimers ist gerade nicht zu sprechen, Frau Simon. Er ruft zurück, sobald es geht«, verspricht sie, drückt auf die rote Taste und nimmt das andere Gespräch wieder auf. Das Läuten des zweiten Apparats hat inzwischen aufgehört. Stattdessen öffnet sich eine der Bürotüren und ein Mann im dunkelblauen Zweireiher kommt heraus. Er hat ein Gesicht, das von einem geforderten Leben erzählt. Als er sich umdreht, sieht Mathilde, dass er die Haare lang und im Nacken zusammengebunden trägt. Das verleiht ihm eine revolutionäre Note, die ihr gefällt.

Sie steht auf, lächelt zur Begrüßung und hält dem Mann die Hand hin. »Herrn Reimers? Wir haben um 16 Uhr einen Termin. Mathilde Meysen.«

»Tut mir leid, ich bin die andere Hälfte, ich bin Hansen. Kollege Reimers ist, so viel ich weiß, nicht im Haus. Macht es Ihnen etwas aus, morgen noch einmal vorbeizukommen? Gleiche Zeit, selber Ort. Ich bin mir sicher, dass mein Kollege den neuen Termin einhält.« Hansen nickt Mathilde kurz zu und verschwindet hinter einer der anderen Türen. »Herr Hansen hat den ganzen Nachmittag Termine. Morgen wäre es besser. Ja, ich notiere die Nummer«, spricht die Blondine ins Telefon und bleibt dabei professionell freundlich.

Als sie ihr Gespräch beendet hat, notiert sie sich etwas auf einen Zettel. Plötzlich ist es seltsam ruhig im Raum. Kein Telefonklingeln, kein vibrierendes Handy, keine sich öffnende Tür, sondern friedliche Stille für den Moment. »Tja.« Mathilde zuckt mit den Schultern. »Das ist nicht gerade perfekt gelaufen.« Die Blondine seufzt laut auf. »Die Arbeit in der Agentur ist manchmal eine echte Herausforderung. Sie sehen ja selbst. Aber wir sind ein gutes Team und es macht Spaß hier etwas zu bewirken.« Mathilde lächelt über die ehrlichen Worte. »Herr Reimers musste außer Haus. Keine Sorge, es ist keine der üblichen Ausreden«, erklärt sie. Ihr Handy rotiert schon wieder, brummt auf der glatten Glasfläche des Schreibtischs wie eine Hummel, die sich verirrt hat. Gleichzeitig fliegt die Eingangstür auf. Mathilde dreht sich um und blickt in ein Augenpaar, das von einer randlosen Brille umrahmt wird.

Da ist ein Augenblick des Zögerns. Eine merkbare Irritation. Die Brille lässt das Gesicht des Mannes intellektuell erscheinen, und die Haare, die sehr kurz geschnitten und mit Gel in Form gebracht sind, ergänzen das Gesicht geradezu perfekt. Dieses Gesicht erinnert Mathilde an ein jüngeres, das sie gut kennt.

»Markus?« Sie zieht den Namen ohne lange Überlegung aus dem Register ihres Gehirns, während die Augen des Mannes rasch ihren Körper abwandern. Sie scannen ihre Gestalt und dann lächelt auch er. »Mathilde!«, ruft er aus. »Mathilde, mit der ich die Schule besucht habe.«

Sie gehen aufeinander zu und umarmen sich. »*Du* bist Herr Reimers?«

»Klar, Frau Meysen.« Markus lacht. Es ist ein ungezwungenes Lachen, in das Mathilde sofort einstimmt. Einige Sekunden lang bleiben sie einfach so stehen und freuen sich über das unerwartete Wiedersehen, das ein Stück ihrer Jugend zurückholt.

»Komm, lass uns in mein Allerheiligstes verschwinden«, sagt Markus schließlich. Er schüttelt die ganze Zeit über den Kopf, während er vorausgeht. »Wir beide haben einen Termin. Ist das vielleicht ein Zufall? Die Welt ist klein!«, murmelt er. Als sie in Markus' Büro ankommen, bleibt Mathilde beeindruckt vor einer riesigen Fensterfront stehen. »Wow!«, ruft sie staunend. »Ist das ein privilegierter Blick auf die Dächer der Stadt.«

»Früher wollte ich immer eine Fototapete von einer Megacity an einer Wand meines Zimmers haben«, erinnert Markus sich.

»Und jetzt hast du's in echt. Was viel imposanter ist«, findet Mathilde.

»Ich mag den Blick auf die Skyline einer Stadt. Das gibt mir das Gefühl mitten drin zu sein.« Markus setzt sich in einen der Stühle, die locker in einer Runde im Raum stehen. »Nimm bitte Platz«, sagt er zu Mathilde. Doch kaum sitzt er, steht er schon wieder auf, um Mineralwasser und zwei Gläser zu holen. »Ist Wasser okay? Oder möchtest du lieber Kaffee?«, erkundigt er sich.

»Mineralwasser ist in Ordnung«, entgegnet Mathilde, deren Beine nervös zu wippen beginnen, kaum, dass sie dasitzt. Markus, der nun mit Flasche und Gläsern bewaffnet ist, setzt sich wieder in seinen Stuhl, gießt Mathilde und sich ein und trinkt rasch die Hälfte seines Glases leer. Der Rest Mineralwasser sprudelt lustig auf und nieder, als er das Glas auf den Tisch stellt.

»Dass wir uns nach all den Jahren wieder sehen, ist echt ein Ding«, fängt Markus an. »Die Welt ist ein Dorf. Ein verdammt kleines Dorf, Mathilde. Und wir sind die Bewohner.«

Vor Mathildes innerem Auge beginnen Bilder lebendig zu werden, an die sie seit Ewigkeiten nicht mehr gedacht hat und die sie rühren. Sie sieht das ehemalige Schulgebäude, das von Kastanienbäumen umringt ist, vor sich. Sieht die Autos der Lehrer, die beide Seiten der Bürgersteige zuparken. Dann ist da noch der riesige Schulhof, die Tratschbörse. Mathilde hört das Klingeln zur Pause und sieht einen Wust Schüler, die drängelnd und schubsend hinausstürmen, um sich endlich über etwas Lustiges oder Spannendes auszutauschen.

In ihrem kleinen Film von früher, hielt sie sich an ihrer Freundin Nele fest. Nele war eine dünne Rothaarige mit vielen Sommersprossen, heller Haut und einer Vorliebe für Verbotenes. Auf der Toilette hatten sie heimlich geraucht, obwohl Neles Vater Onkologe war und alles verabscheute, was dem Krebs Vorschub leistete. Markus war auch da, obwohl er bei den Mädchen nichts verloren hatte. Er stand in der hintersten Ecke, neben seinen Kumpels, die sich Mut zusprachen, nachdem sie die Mädchentoilette geentert hatten. Immer wieder starrte er zu Nele und Mathilde hinüber. Gesprochen hatte er damals nicht viel. Er hatte sie angestarrt und gegrinst, was das Zeug hielt.

Einige Wochen nach dem Treffen auf der Mädchentoilette bekam Markus endlich den Mund auf. Nachdem er einen zerknüllten Zettel während des Biologieunterrichts auf Mathildes Pult geworfen hatte. Sie hatte ihn umständlich auseinander gefaltet und mit fiebrigem Herzen gelesen: ›Willst du mit mir gehen?‹

Dann tauchte plötzlich, wie ein Tentakel, die Hand des Lehrers vor Mathildes schreckhaft aufgerissenen Augen auf. Eine riesige Hand entriss ihr das Papier. Nach der Hand folgte die Stimme des Lehrers. Er las den Inhalt des Zettelchens vor versammelter Klasse vor. Und danach kam das hämische Lachen der Mitschüler. Mathilde wurde knallrot und hasste Markus plötzlich. Wie hatte er nur ein derartiges Risiko eingehen können? Nun war sie bloßgestellt. Wie konnte er nur?

Doch Zeit heilte Wunden und so kam es, dass ausgerechnet Markus derjenige war, den sie später hinter den Fahrradständern an sich herumfummeln ließ.

Markus sah nicht besonders gut aus, aber er hatte zumindest keine Pickel im Gesicht, war freundlich und nahm Mathilde mit ins Kino. Sie saßen immer hinten, letzte Reihe. Im Bewusstsein, dass nichts als die nackte Mauer hinter ihnen war, traute Markus sich zwischen Mathildes Schenkel zu greifen. Ungelenk und mit nassgeschwitzten, zittrigen Fingern ging er daran, das Leben vollends zu begreifen. »Ich will wissen, was zwischen Jungs und Mädchen abläuft. Mich interessiert dieses ganze Getue ums Verliebtsein«, hatte er behauptet.

Mathilde nippt an ihrem Mineralwasser und verscheucht die Bilder von früher. Markus hat sich einen Bleistift zwischen Zeige- und Mittelfinger geklemmt und spielt damit herum wie ein Akrobat.

»Wie ist es dir all die Jahre ergangen?«, will er von ihr wissen.

»Ganz gut«, beeilt Mathilde sich zu sagen. »Stell dir ein beschauliches, nettes Leben auf Sylt vor. Und dir? Erzähl. Ich bin neugierig.«

Markus verschränkt, mitsamt des Bleistifts, die Arme hinterm Kopf und schaut Mathilde genüsslich dabei an. Es ist eine ganz und gar entspannte Geste. »Ich stille deine Neugier gern«, er schmunzelt, »nur, bevor wir uns in nette private Betrachtungen verlieren, kümmern wir uns zuerst um das, weshalb wir hier sind. Dann haben wir's hinter uns«, sagt er. Er lässt seine Arme sinken und greift nach den Unterlagen, die auf dem Tisch vor ihm liegen. Mathildes Lebenslauf.

»Du bist Grafikdesignerin und hast uns gestern eine Mail mit deinen Unterlagen geschickt.« Er ist jetzt ganz bei der Sache. »Du hast ein Studium begonnen, hast es abgebrochen, bist in den Arbeitsprozess eingestiegen und, glaub wer immer es will, nun sitzt du hier, neben mir.«

Mathilde nickt eifrig. »Das Studium hat mir Spaß gemacht, aber dann hab ich ein Jobangebot erhalten und zu arbeiten begonnen, weil ich das Geld brauchte. Und seit fünf Jahren bin ich nun freiberuflich tätig und kann ganz gut davon leben.« Mathilde legt eine kurze Pause ein. Nun ist sie es, die Markus in Augenschein nimmt. »Wie dein Lebensweg verlaufen ist, weiß ich ja nun. Du bist die eine Hälfte einer erfolgreichen PR-Agentur. Gratulation.«

Markus verbeugt gespielt amüsiert seinen Oberkörper. »Danke für die Blumen, Mathilde. Hansen war mein schärfster Konkurrent. Miteinander kämpft es sich leichter als gegeneinander. Wir sind beide kooperativ, und so haben wir uns zusammengetan. Die Agentur geht gut. Momentan sogar hervorragend. Deshalb suchen wir noch jemanden, der unser Team ergänzt.«

Mathilde hebt beide Arme bis zur Wangenhöhe. »Und hier bin ich. Einsatzbereit.«

»Lebst du nicht mehr auf Sylt, sondern in Hamburg? Und bist du verheiratet? Gibt's Kinder, die aus dem Gröbsten raus sind? Und einen Hund, der nicht immer folgt, aber heiß von euch geliebt wird?« Markus will alles wissen.

Mathilde schüttelt vehement den Kopf. »Ich bin seit heute in der Stadt, aber ich bleibe. Ich habe meinen Mann verlassen, heute Morgen um kurz vor halb sieben. Kinder haben wir keine«, antwortet sie und wirkt geknickt dabei.

Markus schluckt betroffen. »Entschuldige, ich wollte dir nicht zu nahe treten.«

»Das tust du nicht«, beeilt Mathilde sich hinterherzuschieben.

»Ich wünschte, du könntest mir etwas Erfreulicheres erzählen.« Markus legt seine Hände, eine über die andere, auf die Lederfläche des Sessels. »Lass mal. Wir sind doch alle nicht so ahnungslos, wie wir tun. Irgendwo in uns drin wissen wir, dass das Leben keine Fußnote ist, sondern der gesamte Text. Das habe ich endlich auch begriffen.« Mathildes Hand legt sich für einen kurzen Moment auf ihre Handtasche. Vermutlich ist Bastian wütend und auf jeden Fall enttäuscht, wenn er erfährt, dass sie ihm etwas derart Wichtiges, wie das, was in dem Brief steht, der sich in ihrer Tasche befindet, vorenthält. Er weiß nicht, dass sie in Hamburg nach einem Job sucht, um ein Stück Leben für sich einzufangen. Soll sie ihm davon erzählen? Vielleicht versteht er sogar ihr Weggehen? Oder ist er erst recht entsetzt?

»Das Leben ist keine Fußnote. Welch kluge Feststellung, Mathilde.« Markus schaut sie erstaunt und auch bewundernd an. »Aber du warst ja schon damals eine starke Persönlichkeit und hast auch mal eine Schramme am Knie riskiert.« Markus beginnt die Geschichte vom Fahrrad zu erzählen, das er sich ehemals von einem Jungen aus der Parallelklasse ausgeliehen hat, ohne zu fragen.

Als Mathilde mitbekam, dass es auf eine Rauferei hinauslief – Markus war schmächtiger als sein Gegner und hatte keine Chance gegen ihn –, warf sie sich, ohne zu überlegen, dem Großmaul aus der Parallelklasse in den Rücken. Nun hatte der Junge plötzlich keine Chance mehr, denn er hatte das kleine, dünne Mädchen nicht gesehen, das sich nun wie ein wildes Tier an ihm festkrallte. Als er sich schließlich von ihrem schmächtigen, aber energischen Körper befreit hatte, lachte er böse auf. Hey, du Spucke von der Straße. Willst du mich zum Lachen bringen? Hau ab, sonst schlag ich nicht nur dieses Bürschchen windelweich, sondern dich gleich mit. Zieht Leine, ihr elende Räuberbande, hatte der Junge geschrien. Kaum hatte Mathilde die Drohung gehört, da hatte sie dem Jungen mit der blanken Hand in den Magen geschlagen, dass er zusammensackte und zu Boden sank. Mathilde flog gegen das Rad – deswegen war es ja überhaupt zum Streit gekommen – und zog sich eine böse Wunde am Knie zu.

Später meinte der Arzt im Krankenhaus, die Wunde müsste genäht werden. Mathilde hatte die Zähne zusammengebissen und komischerweise Stolz in sich verspürt, als die gekrümmte Nadel ihr durchs Fleisch fuhr.

Seit diesem denkwürdigen Tag war sie Markus' Heldin. Er wusste nun, dass sie jemand war, der für das, was ihm wichtig erschien, kämpfte.

Dass diese Einsicht ein tiefes Gefühl in ihm auslöste, verschwieg er.

Auch heute noch, denkt Markus voller Bewunderung an diese Begebenheit zurück.

»Ich will ehrlich sein, Mathilde!« Markus sieht sie plötzlich ernst an. »Wir suchen jemand, der Erfahrung in verschiedenen Bereichen mitbringt und besser ausgebildet ist als du. Dass sich Frau Tücker, die ebenfalls bei uns arbeitet, gleich auf deine Mail gemeldet hat, wundert mich im Grunde.«

»Mein Beruf ist keine lästige Pflicht für mich. Ich arbeite nicht nur etwas ab. Ich bringe mich zu hundert Prozent ein, Markus«, beteuert Mathilde.

Markus überlegt kurz und nickt dann zustimmend. »Klingt ganz nach dir. Offenbar stehst du auch heute noch für das ein, was dir wichtig ist.«

»Davon kannst du ausgehen.« Mathilde sieht ihn lange an.

Markus hält ihr nach Sekunden des Überlegens seine Hand hin. Sie fühlt sein warmes Fleisch auf ihrem. »Also gut. Probieren wir's miteinander. Du hast drei Monate Probezeit. Wir schauen uns die Leute, mit denen wir zusammenarbeiten, gern an. Das verstehst du doch?«

»Absolut«, stimmt Mathilde erleichtert zu.

»Na dann, willkommen in Hamburg und willkommen bei ›Hansen & Reimers‹. Nächsten Montag um neun fängst du an.« Und dann fügt er noch an: »Wie wär's mit einem Essen heute Abend? Ich finde, wir sollten auf unser unerwartetes Wiedersehen anstoßen. Soll ich dich irgendwo abholen?«

»Sag mir, wo ich hinkommen soll. Das ist einfacher«, schlägt Mathilde vor.

»Ich überleg mir ein Restaurant und ruf dich an. Wir sehen uns am Abend, ja?«, sagt Markus zum Abschied, als Mathilde aufsteht und hinausgeht.

Draußen auf der Straße fühlt sie sich seltsam aufgewühlt. Seit Langem hört sie wieder laut den Pulsschlag ihres Lebens.

Sogar das Atmen und Schlucken ist lebendig und macht ihr Dasein so intensiv spürbar, dass sich alles dafür zu tun lohnt.

# 17.

Der Tag geht Bastian an die Nieren. Zuerst die Tatsache, dass Mathilde weg ist. Und dann der Tod von Hartmut Kielgas. Ist es infantile Bosheit, dass er einfach so gestorben ist, obwohl sie einen Termin miteinander vereinbart haben? Das Leben überfährt einen manchmal regelrecht. Emotionale Winkelzüge, nennt Bastian es.

Seit er Mathildes SMS gelesen hat – kurze, knappe Worte, die nicht viel aussagen, wie er findet – kennt er sich in seinem eigenen Leben nicht mehr aus. Es ist, als wäre ihm die Gebrauchsanweisung abhanden gekommen oder als habe man sie in eine andere Sprache übersetzt, die er noch nicht beherrscht.

Auf dem Weg vom Strand zurück ins Büro kann Bastian sich kaum aufs Autofahren konzentrieren. Als er fast ein Stoppschild überfährt und eine Mutter mit Kind zu Tode erschreckt, weiß er, dass er andere und sich selbst gefährdet. Er schafft eine Vollbremsung – sozusagen im letzten Moment. Die Reifen quietschen durchdringend, die Mutter zerrt ihre Tochter auf den Gehsteig und schreit ihn gleichzeitig lauthals an. Bastian zittert am ganzen Körper und hebt halbherzig die Hand zur Entschuldigung, doch davon bekommt die Frau draußen nichts mehr mit. Sie rennt mit ihrer Kleinen davon, als wäre das die einzige Möglichkeit, einem zweiten Anschlag zu entgehen. Bastian schlägt mit der Hand aufs Lenkrad und schilt sich innerlich einen Idioten.

Seit er ständig an Mathilde denkt, fühlt er sich nicht mehr imstande, sich ernsthaft auf etwas zu konzentrieren. Er denkt an ihr Verschwinden, ihre seltsame Erklärung in der SMS und an den Schatten des Todes, der durch das plötzliche Dahinscheiden Kielgas' in sein Bewusstsein gerückt ist und den er immer verdrängt hat, obwohl der Tod einen jeden einzelnen Tag des Daseins begleitet. Es ist verrückt. Mathilde ist einen Morgen nicht da und er dreht durch. Was ist nur mit ihm los?

Als Bastian endlich weiterfährt, hat er eine Eingebung. Wieso nicht kurz bei Britta vorbeischauen, Mathildes bester Freundin? Die beiden treffen sich regelmäßig, meist bei Britta zu Hause oder in einem netten Café. Wenn sie zusammen sind, wird es gern mal später, und manchmal treffen sie sich, ohne dass Mathilde ihm vorher etwas davon sagt. Vielleicht ist sie heute, weshalb auch immer, bei Britta. In ihrer SMS behauptet sie zwar, in Hamburg zu sein, aber Bastian ist sich nicht sicher, ob das stimmt. Es ist nur ein vages Gefühl, aber Mathilde lässt in ihrer SMS so viel offen, dass er seitdem mehr Fragen hat als Antworten.

Britta, untersetzt, Hausfrau und Mutter, und Philipp, hochaufgeschossen, gutaussehend und seines Zeichens plastischer Chirurg, sind in Bastians Augen ein seltsames Paar. Philipp hat beruflich ständig mit Schönheit zu tun. Er korrigiert Nasen, vergrößert Brüste, legt Ohren an, strafft Gesichter und saugt Fett ab. Am besten fühlt er sich, laut eigener Aussage, wenn er einer potenziellen Patientin klarmacht, dass es sich lohnt, so weiterzuleben wie bisher. »Es muss nicht alles perfekt sein. Aber glaubst du, jemand von den Weibern will das hören?« Ein Argument wie dieses, noch dazu aus dem Mund eines plastischen Chirurgen, findet Bastian geradezu amüsant. »Wieso dieser Beruf, wenn man deine Einstellung hat, Philipp?«, hat er ihn gefragt, aber nur ein Schulterzucken als Antwort bekommen. »Das Leben gibt einem nicht auf alles eine Antwort, Basti«, hat Philipp sich schließlich doch noch entlocken lassen. Weshalb, um Himmels willen, liebt Philipp alles Schöne und Ausgewogene, zum Beispiel Antiquitäten und Kunst, vor allem Glasobjekte von Kosta Boda. Nur bei seiner Frau ist es ihm egal, wie sie aussieht. Dort spielt die Ausgeglichenheit der Proportionen keine Rolle. Auch nicht die fünf Jahre Altersunterschied, die sie trennen, und die lose herabfallenden Kleider, in denen man Britta meist antrifft. Und natürlich auch nicht die zehn Kilo, die sie seit der letzten Schwangerschaft zu viel auf den Rippen hat und einfach nicht mehr loswird. Wie hält Philipp das nur aus?

Bastian fährt die Straße entlang, an deren Ende sich das Haus seiner Freunde befindet. Es ist ein nettes Klinkerhaus, dessen Auffahrt heute frei ist. Bastian sieht weder ein Dreirad noch ein Kinderfahrrad auf dem Pflaster liegen. Britta und Philipp haben drei Kinder im Alter von fünf, acht und 16 Jahren, wodurch mit einer verstopften Auffahrt jederzeit zu rechnen ist.

Bevor Britta schwanger wurde, wollte sie Zahnärztin werden. Doch dann blieb ihre Regel aus, sie machte einen Test, verkündete ihrem Mann die frohe Botschaft der ersten Schwangerschaft und lebte richtiggehend auf. Unnötig zu erwähnen, dass Britta Kinder liebte und das Studium leichten Herzens abbrach.

Das mit den Kleinen kriegte sie prima hin. Dafür war sie anscheinend geboren. Trotzdem fand Mathilde es schade, dass sie das Studium hinschmiss. Vielleicht auch deshalb, weil sie es selbst getan hatte.

›Ich bin glücklich‹ hatte Britta nur gesagt und Mathilde damit zum Stillsein verdammt. Gegen Glücklichsein gab es keine Argumente.

Bastian lenkt seinen Wagen auf die Auffahrt, steigt aus und geht auf den Eingang des Hauses zu. Als er klingelt, bleibt erst mal alles ruhig. Auch ein erneutes Klingeln bringt im Haus nichts in Bewegung, weshalb Bastian durch das Fenster neben dem Eingang lugt. Dort befindet sich die Küche. Kaum guckt er durch die Scheibe, auf Kräutertöpfe, den Wasserkocher und eine geöffnete Schachtel mit Eiern, da öffnet sich auch schon die Haustür und Britta steht im Türrahmen. Sie trägt ausgewaschene Jeans und ein weißes T-Shirt mit Karottenflecken. Ihre Haare gehören längst in die Hände eines Friseurs, und ein bisschen Schminke könnte, nach Bastians Geschmack, auch nicht schaden. Aber sie strahlt wie immer, und dieses Strahlen überträgt sich auf ihn und tut unheimlich gut. Er steht einer glücklichen Frau gegenüber. Er, der zweifelt und grübelt und nach einer Antwort sucht, was mit seiner Ehe los ist, hat von einem Moment auf den anderen das Glück vor Augen.

»Hallo, Fremder. Du hier, um diese Uhrzeit?« Britta umarmt ihn mit ihren kräftigen Armen, und Bastian fühlt sich sofort geborgen in diesem Griff.

»Hallo, Britta!«, sagt er und lacht, als er spürt, dass sie ihn hinter sich her in den kleinen Flur zieht. Kaum im

Haus, stößt er sich an einem Kinderauto, das im Vorraum geparkt ist. Bastian flucht, lacht aber dabei, weil es nun mal nicht zu ändern ist. Er befindet sich in einem Haus, in dem die Kinder den Ton angeben. Jeder Erwachsene ist hier nur geduldet.

»Wo ist denn deine Rasselbande?« Hat er etwa Glück und erfährt, dass die kleinen Racker gar nicht daheim sind?

»Die Kids sind im Dreierpack der Schreck einer Geburtstagsparty. Wir können also in Ruhe eine Tasse Tee trinken, Basti«, sagt Britta rasch. Bastian glaubt an eine Wendung, was diesen unerfreulichen Tag anbelangt. Eine Tasse Tee mit Britta, noch dazu in seliger Ruhe, lässt hoffen.

»Klingt nicht schlecht«, erwidert er, der erfolgreich verdrängt, dass er längst wieder in seinem Büro sitzen sollte, anstatt mit Britta einen Plausch zu starten. Doch ungewöhnliche Situationen erfordern ungewöhnliche Maßnahmen. Und eine abgängige Frau ist eine ungewöhnliche Situation, ausgesprochen ungewöhnlich sogar. Er tut vermutlich gut daran, sich fürs Erste bei Britta nach ihr zu erkundigen. Unauffällig selbstverständlich. Also folgt er ihr ins Wohnzimmer, an dessen Wänden Fotos der Kinder in verschiedenen Entwicklungsphasen hängen, und macht es sich in dem blauweiß gestreiften Clubsessel gemütlich. Britta fläzt sich in den Sessel, ihm gegenüber, und lächelt ihn auffordernd an.

Mathilde ist nicht da, so viel steht fest, denn wenn sie es wäre, hätte Britta es längst erwähnt. Bastian will sie nicht verunsichern, indem er von Mathildes Verschwinden erzählt. Und selbst wenn er nach ihr fragte, würde

Britta ihm vermutlich erklären, Mathilde sei irgendwo hingefahren. Mal raus aus dem täglichen Einerlei. Vielleicht auf eine der Halligen, nach Amrum oder zum Flughafen, dem ehemaligen Luftwaffenstützpunkt, der sie seit jeher magisch anzieht. Bastian spürt, während er sich verschiedene Möglichkeiten ausmalt, wohin es Mathilde verschlagen haben könnte, noch etwas anderes, außer Unsicherheit und Angst, nämlich, dass es ihm in letzter Zeit immer schwerer fällt, seine Frau zu verstehen. Er weiß, über welche Witze sie lacht, welche Bücher sie gern liest, welches Fernsehprogramm sie bevorzugt und dass sie schwarze Seidenunterwäsche schätzt. Im Sommer kauft Mathilde sich immer mehrere Kugeln Schokoladeneis, die sie nicht schnell genug auflecken kann, sodass ihr schließlich die klebrig-braune Brühe an den Fingern hinunterläuft. Dann fragt er jedes Mal, weshalb sie nicht eine Kugel weniger nimmt. Doch Mathilde lacht stets und entgegnet: »Ich bin eben anders als du, Liebling. Ich will ein bisschen über die Stränge schlagen.« In Bastians Ohren klingt das, als wisse sie etwas über sich, das er erst erfahren muss. Irgendwann und mit viel Glück.

Bastian hat seit ihrem zweiten Anlauf, als sie sich bei Karstadt in die Arme gelaufen sind, ausprobiert, wie sie am schnellsten zum Orgasmus kommt. Er tut alles, damit er sie befriedigt, dabei ist er zärtlich und aufmerksam. Wie kann man unter solchen Umständen das Haus ohne ein Wort verlassen und später lediglich eine SMS schreiben? Das ist ihm ein Rätsel.

Bastian unterbricht seinen Gedankenstrom und probiert das heiße Getränk, das Britta ihm bringt. Der Tee schmeckt gut. Er mag Earl Grey mit viel Zucker und einem Schuss Milch. Während Britta an ihrer Tasse nippt und sie mit den Händen zu beschützen scheint, lockert Bastian sich die Schnürsenkel. Heute Morgen hat er sie in der Eile zu fest zusammengeschnürt, und nun drückt das Leder ihm auf den Rist. Als er die Schnürsenkel aufbindet, lässt der Druck nach, er entspannt sich. Britta hat, zusätzlich zum Tee, eine Schale mit Gebäck hereingebracht. Doch bevor sie ihm davon anbieten kann, klingelt das Telefon und sie springt auf. Bastian verfolgt ihr vorfreudiges Lächeln und dann das kurze Gespräch zwischen ihr und Philipp.

»Hast du den Busen retten können?«, fragt Britta ihren Mann ganz unbefangen. Es klingt wie ein Scherz, ist aber ernster Alltag für Philipp. »Ahh ja, ich sag's ja, du bist ein Genie, Süßer. Die wissen schon, weshalb sie dich zum Chefarzt machen wollen. Ich bin so stolz auf dich.« Bastian hört Britta mit Philipp sprechen und ihm wird warm ums Herz – nicht nur vom Tee. Er nimmt sich einen selbstgebackenen schokoladenüberzogenen Keks aus der Schale und beißt hinein. Während er kaut, lauscht er weiter Brittas Stimme. Nichts, was sie zu ihrem Mann sagt, klingt abgedroschen, sondern lässt auf ehrliches Interesse schließen. Hier lieben sich zwei, und was sie miteinander haben und zueinander sagen, hat Bedeutung. Und während er im Ohrensessel sitzt und an seinem Keks knabbert, wird ihm warm ums Herz, weil er der Liebe lauscht.

Zwischen Mathilde und ihm läuft es längst nicht mehr so gut. Doch wann hat der Ausverkauf ihrer Gefühle begonnen, und wieso hat er es nicht mitbekommen? Weil er es nicht will?

Am Anfang ihrer Beziehung hat sie hungrig und hoffnungsvoll aufs Leben und auf ihn geblickt. Momente schieren Glücks haben sie miteinander geteilt. Bastian erinnert sich an endlos lange Spaziergänge am Meer, den Duft des Dünengrases in der Nase.

Wenn sie genug gelaufen waren, lag Mathilde neben ihm im Sand, die Augen müßig geschlossen und ihre Hand fest in seiner. Er hatte mit hungrigen Augen ihre nackten Brüste gesucht, die sich der Sonne präsentierten, war mit der Hand über ihren Körper gefahren und hatte sich lebendig gefühlt.

Später, nach den ersten Jahren des Glücks, waren die Momente, in denen sein Blut pulsierte, wenn sie zusammen waren, seltener geworden. Sie liebten sich nun meist im Dunkeln, in der Seriosität ihres Schlafzimmers. Es gab keine Veranlassung mehr, sich etwas Neues, etwas Verrücktes zuzutrauen. Sie kannten einander, taten sich gut – bis sie sich immer weniger gut taten und es zu ignorieren versuchten. Schließlich hatte er das Gefühl gehabt, Mathilde nicht bis in den letzten inneren Winkel zu kennen.

In den vergangenen Monaten war sie ihm im Grunde täglich ein kleines bisschen fremder geworden. Sie war noch nie besonders gesprächig gewesen, manchmal sogar verschlossen, wenn es um sie selbst ging. Meist reagierte sie zwar vorhersehbar, bisweilen aber auch sperrig und trotzig, was ihn darauf brachte, dass sie ihm etwas Wichtiges verschwieg. Er hatte ihr mangelndes Interesse an ihm vorgeworfen, um sie aus der Reserve zu locken, es aber nie wirklich böse gemeint. Sie war und blieb seine Frau, daran änderte sich nichts.

»Versprich mir, dass es nicht wieder vorkommt!«, hatte er ihr damals abgerungen, als er dagegen war, dass sie zu den Seehunden aufbrach. Sie hatte ihm das Versprechen gegeben, aber die Worte waren ungeschickt aus ihr herausgekommen. Wie eine Lüge.

Also hatte er ihr heimlich aufgelauert, um sicherzugehen, dass sie ihn nicht hinterging. Er hatte sie sozusagen auf Herz und Nieren geprüft. Und mit einem Mal war er sich schäbig, kleinkrämerisch und überängstlich vorgekommen. Er hatte immer in die Tiefe der Dinge vordringen, Mathilde ganz verstehen wollen. Dabei verstand er sich selbst nicht mal völlig. Weshalb sollte es ihm also bei seiner Partnerin gelingen? Es war doch gar nicht notwendig, einen Menschen bis in das kleinste Detail seines Wesens zu verstehen.

Bastian spürt kalten Zorn in sich aufflammen, denn was er sich nun eingesteht, gefällt ihm ganz und gar nicht. Er hat Mathilde stets unter dem Vorwand der Liebe und der Fürsorge begreifen wollen, aber in Wahrheit ist es nackte Verlustangst gewesen, die ihn angetrieben hat.

Bastian schreckt auf und blickt geradezu angewidert auf die Krümel auf seinem Teller.

Hat Britta etwas zu ihm gesagt? Etwas über Mathilde? Vielleicht steht ihm die Frage nach ihrem Ausbleiben inzwischen auf die Stirn geschrieben.

»Sie war übrigens schon länger nicht mehr bei mir«, hört er Britta sagen. »Ich habe meine beste Freundin seit über drei Wochen nicht mehr gesehen, aber vorgestern haben wir miteinander telefoniert«, fügt sie hinzu. In ihrem Blick flammt echtes Interesse auf. Und Sorge.

»Telefoniert, aha!«, entgegnet Bastian verdrossen. Er hat ein paar Mal an seinem Tee genippt und einen halben Keks gegessen, und nun will er es hinter sich bringen. Er hievt sich aus dem Sessel.

»Was ist los, Bastian? Irgendwas bedrückt dich doch!« Britta klingt nun alarmiert. Ihr Tonfall, der Besorgnis und Anteilnahme ausdrückt, hat in Bastians Ohren etwas Tröstliches.

»Ich weiß nicht«, gibt er zu. Seine Worte klingen ausweichend, so, als habe er noch nicht genug Mut geschöpft, um die bittere Wahrheit auszusprechen. Er sieht vermutlich wie ein kleiner Junge aus, dessen Mutter abhandengekommen ist.

»Gibt es Probleme?« Britta fährt ihm sachte übers Gesicht. Es ist die Geste einer Freundin, die sie mit einem verständnisvollen Blick krönt. Ihre über seine Wange streichelnde Hand lässt ihn Mut schöpfen. Sein Blut gerät in Wallung, als er sich dazu entschließt, sich keinen Illusionen mehr hinzugeben. Also setzt er zu einem Flüstern an, weil er es sich laut nicht auszusprechen traut und gesteht: »Mathilde hat mich heute Morgen verlassen.«

# 18.

Jonas schickt sich an, nach Hause zu gehen. Doch als er an der Tür seines Büros angelangt ist, klingelt sein Handy. Er fischt es aus dem Jackett, hofft einen unsinnigen Moment lang, es könnte Mathilde sein, und drückt die Empfangstaste.

»Hallo, Jonas.« Ellen. Jonas ist kurz peinlich berührt, weil er noch vor wenigen Minuten wenig schmeichelnd an seine Frau gedacht hat. Mareille, seine Assistentin, hat sich von ihm verabschiedet. Und ihm ist mal wieder aufgefallen, dass es, wenn es um die Bereitschaft zum Lächeln geht, er sie hätte heiraten müssen und nicht Ellen. Ellen sieht man die Fröhlichkeit und Dankbarkeit zum Leben nicht immer an. Mareille und Mathilde dagegen schon.

Jonas geht zurück zum Schreibtisch, legt sein Notebook ab, das er sich unter den Arm geklemmt hat, und lässt sich in seinen Bürostuhl fallen. Sein Körper ist angespannt, denn er wartet darauf, dass ihn die Gedankenkombination Mathilde/Ellen in Aufruhr versetzt. Doch vorläufig fühlt er sich wie immer.

»Hast du Zeit für ein Gespräch oder bist du unter Druck?« Die Stimme seiner Frau dringt wie durch dichten Nebel zu ihm. Doch Jonas ist entschlossen, diesen Nebel zu durchdringen. »Ich wollte gerade gehen. Es ist also der perfekte Zeitpunkt«, verspricht er.

»Da hab ich ja Glück gehabt und du auch, mein Lieber«, sagt Ellen.

»Was gibt es Neues in Spanien? Schieß los.« Jonas lehnt sich zurück. Er ist noch nie ein Verfechter langer Telefonate gewesen, aber vielleicht muss er das ja erst lernen. Jedenfalls wird er nun den Schilderungen seiner Frau über die Reize Lanzarotes folgen. Wird sich bemühen, ein guter Zuhörer zu sein.

»Der endlose gelbbraune Sandstrand und das raue Meer sind sehr reizvoll, Jonas. Auch das Hotel ist erstklassig und das Personal zum Teil richtig gut«, berichtet Ellen euphorisch. »Ich hab schon ein paar Ausflüge unternommen. Die fallen mir übrigens gar nicht so leicht. Ich weiß nicht, weshalb, aber ich könnte ganze Tage durchschlafen. Ich bin wie gerädert, Jonas.« Ellen klingt tatsächlich ein wenig erschöpft, stellt Jonas fest.

»Einer der Gründe, weshalb man in Urlaub fährt, Ellen. Man erholt sich.« Jonas lässt sich davon überzeugen, dass er nächstes Jahr unbedingt mit auf die Insel kommen muss.

»Es ist anders als Sylt. Du wirst es lieben«, verspricht Ellen abschließend.

»Ich liebe auch Sylt. Es war schließlich immer unser Traum, dort ein Haus zu haben. Und nun ist der Traum Realität geworden.« Jonas sieht sich bemüßigt, seine Frau daran zu erinnern, dass sie sich einen Großteil ihrer Träume bereits erfüllt haben. Und dass er damit zufrieden ist.

»Realität und Traum stimmen nicht immer überein.« Ellens Stimme klingt plötzlich desillusioniert. »Jetzt, wo wir dieses Haus besitzen, weiß ich, dass es nicht weit genug von Hamburg weg ist. Die Firma reist immer mit. Sie ist ein Teil unseres Gepäcks.« Jonas hört die Anklage aus Ellens Worten, und das lässt ihn verstummen. Natürlich, er hat viel zu tun, und ja, er ist gedanklich nicht immer anwesend, wenn sie abends zusammen am Kamin ihres Sylter Hauses sitzen, mit einem Buch und einem Glas Wein auf dem Tisch. Aber er gibt sein Bestes und niemand ist perfekt. Wieso erwartet Ellen immer alles vom Leben und hundert Prozent von ihm? Und wie steht es überhaupt mit ihrer Quote? Auch sie hat ihre Fehler. Manche sind charmant, wie das Beißen auf der Unterlippe, wenn sie nachdenkt, oder ihre Schnäppchenjagden. Andere sind es weniger, wie ihre permanente Unpünktlichkeit. Ellen redet weiter ins Telefon und Jonas hört zu. Er ist ganz Ohr, doch sein Herz ist verschlossen wie eine Auster. Schließlich fragt seine Frau, wie es den Kindern gehe, die bei Freunden untergebracht sind.

»Sie melden sich kaum. Ein Zeichen, dass alles klargeht«, ist Jonas sich sicher.

»Und deine offizielle Geliebte? Die Firma? Was gibt's da zu berichten? Bist du mal wieder mit Andresen über Kreuz?« Jonas schluckt einen bitteren Kommentar gerade noch hinunter. Er hasst es, wenn Ellen die Firma seine offizielle Geliebte oder, wenn sie wütend war, sein offizielles Flittchen nennt. Aber sie lässt es sich nun mal nicht nehmen, ihm hin und wieder so etwas an den Kopf zu knallen.

»Keine besonderen Vorkommnisse. Und damit Ende der Durchsage, was diesen Punkt anbelangt.« Ellen fügt sich, sie weiß, wann sie es übertrieben hat, deshalb bringt sie plötzlich die Vorzüge der Beauty-Farm zur Sprache und den exzellenten Buchgeschmack der Kinder.

»Flo und Anja haben mir tolle Bücher in den Koffer

geschummelt. Anspruchsvolles und sogar ziemlich frivoles Zeug.« Sie lacht kurz auf. »Und abgenommen habe ich auch schon. Deshalb sind auch gleich ein paar neue Kleider in meinem Koffer gelandet.«

»Dann kauf mal weiter die Insel leer«, spottet Jonas. Der Spott hat den falschen Adressaten, er ist an dich selbst gerichtet, Freundchen. An dich, der sich nicht sicher ist, wie er sich dem Leben und seinen Gefühlen stellen soll und der spottet, weil er es nicht besser weiß.

»Also bis morgen, Schatz. Ich rufe wieder an«, schließt Ellen das Gespräch ab. Sie hat ihm den Satz nicht übel genommen.

»Ja, mach das. Ich freu mich drauf.« Diesmal wählt Jonas seine Worte mit Bedacht. Und während er sich von seiner Frau verabschiedet und ihren Kuss und die Ermahnungen an die Kinder in Empfang nimmt, ist er fest entschlossen, Mathilde wieder zu sehen.

Er hat das Telefonat mit Ellen kaum beendet, da tippt er mit fiebriger Geste die Nummer der Auskunft in sein Handy. »Wir haben keinen Eintrag zu Mathilde Meysen«, hört Jonas die unbeteiligte Stimme eines Mannes. Er bedankt sich, legt auf, und erst da wird ihm bewusst, dass er kaum eine Chance hat, Mathilde in Hamburg zu finden.

Einen Moment überlegt er, ob er in Sylt anrufen soll. Er kann sich bei ihrem Mann nach ihr erkundigen. Nach ihrem momentanen Aufenthaltsort. Ein Vorwand, weshalb er sie dringend sprechen muss, wird ihm schon einfallen. Jonas nimmt sich einen Apfel aus der Schale, die auf seinem Schreibtisch steht. Wütend beißt er hinein und beginnt das Fruchtfleisch zwischen seinen Zähnen zu zermalmen. Und während er kaut und schluckt, verwirft er den Gedanken, ihren Mann zu befragen. Nein, der Anruf in Sylt wird zu viel Staub aufwirbeln. Er will die beginnende Beziehung zu Mathilde nicht mit einer Lüge verunreinigen. Er will ehrlich sein, will die Wahrheit sagen.

Egal, wie lange es dauern wird und was er dafür tun muss, er wird sie finden. Die Leichtigkeit, mit der sie heute mit seiner plötzlichen Impotenz umgegangen ist, hat ihn umgehauen. Und genau das lässt ihn vermuten, sie habe etwas übers Leben begriffen, das er noch nicht weiß. Vielleicht irrt er sich, aber wenn er Ellen beobachtet, kommt ihm immer vor, sie ist dem Leben regelrecht in die Hände gefallen und kämpft dagegen an, die Kontrolle über ihr Dasein zu verlieren. Mathildes Unbedarftheit jedoch, er kann nichts dagegen unternehmen, zieht ihn magisch an.

## 19.

Es ist 17.30 Uhr. Mathilde sitzt in einem Bistro, das rappelvoll ist. Während sie einen Schluck Mineralwasser trinkt, wird ihr bewusst, dass sie kaum glauben kann, welche

Trümpfe ihr das Leben in die Hände spielt. Plötzlich gibt es drei Männer in ihrem Leben.

Bastian, den sie am längsten kennt und der ihr in letzter Zeit immer fremder geworden ist. Jonas, der sie an die Lebenskraft erinnert, die sie früher verspürt hat, und dessen innere Spannkraft ihr so gut gefällt. Offenbar kann er auch mit Rückschlägen souverän umgehen. Sonst hätte er das Erlebnis im Hotel nicht so gut weggesteckt. Und dann ist da noch Markus. Vermutlich werden die Stunden heute Abend wie im Flug vergehen – verschönt vom Flair der guten alten Zeiten, die wieder aufleben.

Mathilde registriert, dass es sich wunderbar anfühlt, die Gunst dreier Männer zu genießen. Doch all das passiert zu einem Zeitpunkt, wo ihr Leben in Frage gestellt wird. Wo nichts mehr selbstverständlich ist.

Mathilde richtet ihren Blick und ihre Gedanken auf die Leute um sich herum. Sie sitzen an Tischen, die dicht an dicht stehen. Es gibt lediglich einen winzigen Spalt zum Durchquetschen. Ansonsten ist man sich ganz nah. Sie ist froh, den Stimmen, der Freude und den Problemen der Tischnachbarn ausgeliefert zu sein. Es fühlt sich lebendig an, mitten im Trubel zu sein, und lenkt sie von sich selbst ab.

Während Mathilde die Atmosphäre des Lokals in sich aufnimmt und eine unspektakuläre Zufriedenheit in sich spürt, die sie froh stimmt, läutet ihr Handy. Noch während sie es aus der Tasche hervorkramt, weiß sie, dass es Bastian ist. Er will ihr Fragen stellen und vernünftige Antworten bekommen. Sich Erleichterung verschaffen, in dem er ihr die Worte ›Ja, ich komme bald zurück!‹ abringt.

Mathilde weiß, dass sie sich dem stellen muss. Das hätte

sie längst tun sollen. Doch was soll sie Bastian sagen? Wie viel darf und will sie von sich preisgeben? Ja, es stimmt, zurzeit ist sie feige und konfliktscheu. Sie kann sich auch diesmal nicht dazu durchringen, den Anruf anzunehmen, und drückt ihn deshalb weg. Wohl fühlt sie sich nicht dabei. Doch das Gefühl des Unwohlseins wird von der Kellnerin unterbrochen, die an ihren Tisch kommt und den Schinken-Käse-Toast, den sie bestellt hat, serviert. Mit großem Appetit beißt Mathilde in das krosse Brot, und während sie isst, sieht sie rechts neben sich eine Mutter mit Kind sitzen. Das Mädchen, vielleicht fünf Jahre alt, malt mit den Ketchupfingern ein Muster auf den Resopaltisch. Durch den Anblick des Kindes verflüchtigen sich die quälenden Gedanken an Bastian.

Mathilde zwinkert der Kleinen zu und beißt erneut in ihren Toast. Die Wärme des Essens tut ihrem Magen gut. Sie hat noch zehn Minuten für sich, dann muss sie zur Wohnungsbesichtigung. Besser gesagt Zimmerbesichtigung. Irgendwie reizt sie die Vorstellung, mit fremden Frauen eine Wohngemeinschaft zu bilden. So was hat sie in der Jugend ausgelassen. Jetzt könnte sie es nachholen. Nur, kann man je etwas nachholen? Gibt es die richtige Zeit, um gewisse Dinge zu tun oder zu lassen? Oder reichen allein der Wunsch und der Wille, um dem Leben eine neue Richtung zu geben? Mathilde glaubt daran, dass sie dem Leben noch etwas abtrotzen kann. Noch ein bisschen Zeit. Ein bisschen Leben.

Die Tür des Bistros öffnet sich und ein Schwarm junger Männer kommt grölend herein. Sie sind sechs an der Zahl und belegen den übernächsten Tisch, der gerade frei wird. Die Kellnerin regt sich auf, weil sie sich alle an einen Zweiertisch quetschen.

Mathilde steckt sich das letzte Stück Toast in den Mund und wischt sich später den Mund an der Serviette sauber. Dann öffnet sie ihre Handtasche, um den Brief herauszuholen, den sie, seit sie ihn in ihrem Briefkasten gefunden hat, bei sich trägt. Sie blickt auf den Absender, ein Institut für CT und MRT & Praxis für Röntgendiagnostik, wo sie letzte Woche eine Mammografie hat machen lassen. Mathilde spürt, wie ein inneres Frieren einsetzt. Es ist ein Gefühl, als sei plötzlich tiefster Winter ausgebrochen. Mitten im Bistro.

In ihrer Vorstellung erreicht Mathilde mit einem Mal das Innere ihres Körpers. Am Gaumenzäpfchen vorbei, durchmisst sie ihre Speiseröhre und gelangt durch einen engen, dunklen Tunnel in ihre Blutbahn. Nach einem Anfangsschreck, hört sie das Herz schlagen. In ihr drin folgt alles einem eigenen Rhythmus, einer schönen Melodie, die bald aus dem Takt geraten wird. Mathilde versucht gleichmäßig weiterzuatmen, doch die Angst kommt stärker als zuvor zurück, und plötzlich sieht sie, wie eine Hand sich in ihr drin zu schaffen macht. Es ist die Hand des Arztes, die sich an ihrem schönen Körper vergeht. Die schneidet, entfernt und doch keine endgültige Heilung bringt. Alles mit ihrer Einwilligung.

Mathilde lässt sich weiter durch ihre Gefäße treiben, als schwimme sie in einem Fluss. Doch da ist weiterhin die fremde Hand, der Eindringling, der sich ihrer bemächtigt. Mathilde versucht ihn zu verscheuchen sie ist weiterhin zu Tode erschrocken. Am liebsten möchte sie ihren Körper aus den Klauen dieser fremden Hände befreien und sich wieder ihrem unversehrten Äußeren zuwenden. Sie will ihre Blutbahn, die Speiseröhre und den Mund verlassen und sich wieder so betrachten, wie sie sich kennt. Ach könnte sie doch einfach unter die Dusche gehen und sich diese Angst wie schaumige Seife abspülen.

Mathilde hält den Brief in der Hand und öffnet das Kuvert. Zitternd befreit sie das DIN-A4-Blatt aus dem Umschlag, faltet es auseinander und findet die Mitte, wo die entscheidenden Sätze stehen. Zum zweiten Mal liest sie ihr Todesurteil, während ihre Hände unmerklich zittern.

Tumore in beiden Brüsten.

Die Diagnose, die sie drei Tage, bevor sie Sylt verlassen hat, zum ersten Mal gelesen und die sie als etwas empfunden hat, das nichts mit ihr zu tun hat, trifft sie dieses Mal mit voller Wucht. Sicher sind schon die Lymphe befallen. Und vermutlich hat sie Metastasen.

Alles in Mathilde zieht sich zusammen, als müsse sie in Deckung gehen. Ihre Organe scheinen zu schrumpfen, das Blut rinnt kaum noch durch die Adern, die Knochen brechen in sich zusammen. Mathilde kann nichts dagegen tun, dass sie sich offenbar jetzt schon auflöst. Wenn sie schätzen dürfte, würde sie sich nicht mal mehr ein halbes Jahr Lebenszeit geben.

Wenn der Frühling Einzug hält und die Blumen Sylt bedecken, wird sie dann noch da sein?

Mathilde atmet tief durch und plötzlich verspürt sie das Bedürfnis zu schreien. Doch der Schrei löst sich nicht, er steckt tief in ihr fest. Horch in dich hinein. Manchmal macht das Leben durch etwas Schreckliches ein Geständnis. Die Schwelle, an der sie steht, die Schwelle nichtendenwollender Fragen, muss sie irgendwie überwinden, sonst wird sie verrückt. Die Angst und die Zweifel, wie es mit ihr weitergeht, machen sie halb wahnsinnig. Mathilde blickt auf die verschmierte Serviette neben dem Teller und die Menschen um sie herum, die alle leben dürfen. Ohne Ablaufdatum.

Und dann passiert etwas Seltsames. In ihr wächst die unbändige Gewissheit, am Leben zu sein. Das Schluchzen, das in ihr feststeckt, verschwindet. Die Organe weiten sich, der Atem dehnt die Gefäße, das Blut flutet die Adern und in ihr Gesicht tritt ein Lächeln, das sie sich nicht erklären kann, das sie jedoch im Spiegel an der Wand in ihrem eigenen Gesicht entdeckt.

Es ist, als würde das Leben zögerlich ein Geheimnis preisgeben. Eine unumstößliche Wahrheit. Man kann grundlos glücklich sein. Und jeder Moment ist der beste, um es zu entdecken. Es gibt Glück hinter jedem Unglück, wenn man das Unglück nicht bekämpft, sondern still annimmt. Mathilde fällt ein Fernsehbericht ein, den sie sich eines Abends in ARTE angeschaut hat. Todkranke hatten von einem irrationalen Glücksgefühl berichtet. Als sie es aufgegeben hatten, gegen ihr Schicksal anzukämpfen, trat eine gewisse Erleichterung, ja geradezu ein Gefühl der Zufriedenheit ein.

Geht es ihr nicht genauso? Die Erkenntnis schwappt wie eine Woge über sie hinweg, und das Leben nimmt sie vorsichtig in die Arme und wiegt sie voller Zärtlichkeit. Es summt eine fröhliche Melodie und flutet jeden Gedanken und jede Empfindung mit längst vergessenen Gefühlen.

Damals, als sie klein war und im Sandkasten spielte, gab es keine Zeit, kein Ziel und keinen Zweifel. Genauso ist es auch jetzt. Mathilde sitzt wieder im Sandkasten und alles ist gut, weil es nur diesen einen Moment gibt. Es klingt verrückt, wenn man den Inhalt des Briefes in ihrer Hand bedenkt, aber sie ist sich sicher: Ich lebe intensiver als je zuvor.

Das Horoskop, das ihre Mutter für sie erstellt hat, als habe sie deshalb persönlich die Bewegung der Himmelskörper beobachtet, fällt ihr wieder ein. Bastian ist der Mann deines Lebens und du hast ein wunderschönes Leben vor dir. Sagt die Sternenkuppel, die ihrer Mutter seit jeher ergründbar erscheint, tatsächlich etwas über irgendjemandes Schicksal aus?

Mathilde hat den Tod vor Augen, aber sie fühlt sich unerklärlich glücklich. Sie will noch einiges ausprobieren, in der Zeit, die ihr noch bleibt. Doch sie erwartet nichts mehr und dadurch funkelt die Kostbarkeit jedes Augenblicks wie der kostbarste Diamant.

Die Zeit, die einen Faden spinnt und ihn unsichtbar um Mathildes Leib rankt, löst sich auf. Hat sie den Scheitelpunkt ihres Lebens tatsächlich überschritten? Wartet nur noch das Ende auf sie? Aber warum lebt sie nun intensiver, als sie es je getan hat?

# 20.

Jonas hat seinen Wagen am Klosterwall geparkt, im Parkhaus City-Hof-Garagen, und ist nun zu Fuß unterwegs. So lange er in dieser Stadt lebt, liebt er das Kontorhausviertel mit seinem architektonischen Kleinod, dem Chilehaus. Wenn er vor dem Gebäude steht, das wie ein Schiffsbug anmutet, und nach oben blickt, in einen weiten Himmel, der alles verspricht, macht er sich in seiner Fantasie auf zu wilden Abenteuern. Die großen Pötte legen zwar am Hafen an, aber hier, vorm Chilehaus, findet für Jonas das wahre Leben eines Jungen statt, der nur zu gern aus der Enge der Familie ausbricht.

Sein Vater nahm sich selten Zeit, sich um ihn zu kümmern. Es gab zu viel zu tun, denn Männer waren aufgefordert, die Welt ein Stück weit zu verbessern, hatte er ihm stets vorgebetet. Also blieb nur seine Mutter. Eine Dame der Gesellschaft, die ihm vermittelte, dass auf ihm, dem Junior, alle Hoffnungen ruhten, die er zum Großteil erfüllt hatte und die – weshalb eigentlich? – noch immer auf seinen Schultern lasteten.

Jonas ist vor dem zehnstöckigen Chilehaus angekommen und blickt auf die zurückgesetzten Terrassen der oberen Etagen. Wie schön das Haus anmutet. Rotbraune Klinkersteine, oben gerundete, weiße Sprossenfenster und als Mittelpunkt dieser Spitz, der in die Ferne deutet.

Als Junge hatte er sich dafür interessiert, woher das Chilehaus seinen Namen hatte, und weil er quengelte, erzählte sein Vater ihm schließlich, dass ein Hamburger Bürger namens Henry B. Sloman durch den Handel mit Salpeter aus Chile zu einem reichen Mann geworden war. Das regte seine Fantasie an und er sah sich als gestandener Mann vor sich, der Millionen scheffelte. Natürlich ebenfalls mit Salpeter.

Zufrieden lächelnd durchschreitet Jonas den Torbogen und gelangt in den Innenhof des Gebäudekomplexes, um die Fischertwiete zu erreichen. Heute treibt ihn nichts ins Treppenviertel, nach Blankenese, wo zwischen verwinkelten Gassen mit teuren Villen sein Zuhause ist, das er mit Ellen und den Kindern bewohnt.

Jonas hat Lust ein wenig herumzuflanieren. Es gibt nichts zu tun, er will nirgendwo hin. Also läuft er die Straßen entlang und steht schließlich vor der Auslage eines Blumenhändlers. Die Blumen erinnern ihn an Mathilde. Er rüttelt an der Glastür.

»Hallo?«, ruft er. »Niemand mehr da?« Nach einem Blick auf seine Uhr bemerkt er, dass es schon nach sieben ist. Jonas klopft noch einmal energisch gegen die Tür, hinter der sich prachtvolle Blumen befinden. Eine innere Stimme raunt ihm zu, wenn er erst einmal etwas für Mathilde gekauft hat, findet er heraus, wo sie sich aufhält. Und herausfinden, wo Mathilde ist, das will Jonas.

Nachdem klar ist, dass er im Blumenladen nichts mehr bekommt, erinnert er sich daran, dass drei Straßen weiter Joachim seine Werkstatt hat. Im vergangenen Sommer haben sie zweimal Golf miteinander gespielt, sich danach aber nicht mehr gesehen. Jonas dreht um und macht sich auf den Weg zu seinem Freund. Wer sagt denn, dass es

Blumen sein müssen? Schmuck ist viel edler und vor allem nachhaltig. Damit wird er sie auf jeden Fall beeindrucken.

Vor Joachims Werkstatt angekommen, erscheint bereits nach kurzem Klopfen das vertraute Gesicht.

»Jonas!« Joachim hebt erfreut die Augenbrauen. »Warte, ich schließe auf«, hört er dessen Stimme, während ein Schlüssel das Schloss öffnet. Als die Tür aufgeht, geben die Männer einander die Hand und klopfen sich auf die Schulter.

»Was machst du in meiner Gegend, alter Junge? Noch dazu um die Zeit?«, flachst Joachim.

»Ich bin ein bisschen herumgelaufen und wollte mal bei dir vorbeischauen. Einen direkten Grund gibt es eigentlich nicht.«

Joachim geht vor und Jonas folgt ihm nach hinten, in die Kernzone des Geschäfts, die Werkstatt. Als sie dort angekommen sind, deutet Joachim auf die abgewetzte Garnitur, die er als Entspannungsoase neben die Werkbank platziert hat. Jonas verschwindet fast hinter dem luftigen Seidenvorhang, der sich im Wind bläht, und setzt sich. Joachim schließt das Fenster, verschwindet kurz und kommt dann mit einer Flasche Rémy Martin und zwei Gläsern zurück. Bald schwimmt die braungoldene Flüssigkeit in ihren Gläsern und Jonas spürt das angenehme Brennen des Cognacs auf Gaumen und Zunge.

Jonas fällt auf, dass Joachim schmaler geworden ist. Er hat sicher drei, vier Kilo abgenommen. Und den Bart, der jahrelang sein Markenzeichen war, hat er auch abrasiert. Joachim sieht im ersten Moment nackt und vor allem fremd aus.

»Du hast dich verändert«, sagt Jonas. »Sieht gut aus.«

»Mein störrischer Charakter ist mir geblieben. Keine Sorge.«

»Steckt eine Frau dahinter?« Jonas lächelt. Er kann sich die Frage nicht verkneifen. Doch Joachim schüttelt den Kopf und Jonas findet, es sieht wie eine ehrliche Geste aus.

»Keine Frau, Jonas. Soll ich leider sagen?« Er schmunzelt.

»Wo wir schon beim Thema Frauen sind. Zeig mir doch mal, was du gerade Ausgefallenes da hast.«

Joachim nimmt einen Schluck Cognac und steht dann voller Elan auf. Nach einer Weile kommt er zurück und breitet ein schwarzes Samttablett vor seinem Freund aus. »Ich habe hier einen wunderschönen Ring mit einem Zweikaräter. Baguetteschliff, wie du siehst. Fast lupenrein. Sehr weiße Farbgebung. Mit dem guten Stück bin ich erst gestern fertig geworden. Du bist der Erste, der es zu sehen bekommt.« Joachim nimmt den Ring und hält ihn gegen das Licht. Jonas pfeift durch die Zähne. »Gratuliere, Joachim«, lässt er sich hinreißen.

Was Mathilde wohl zu einem solch kostbaren Geschenk sagen wird? Wird sie ihn stumm zurechtweisen, weil sie so etwas Teures nicht annehmen will? Oder ihn verrückt, voreilig und einen Prasser schimpfen? Vielleicht wird sie ja spüren, dass er ihr auch auf diese Weise einfach nur nah sein will! Und sprachlos in seine Arme sinken.

Jonas nimmt den Ring zwischen die Finger, dreht und wendet ihn und lobt Joachim über alle Maßen. »Trotzdem, ich nehme die Smaragde mit den Perlen.« Er deutet auf ein schönes Paar Ohrringe, das auf Joachims Werkbank liegt. Die passen perfekt zu Mathildes Augen, diesen faszinierenden kleinen Kugeln, die glitzern und funkeln, bevor man ihren Mund küsst.

Jonas trinkt seinen Cognac aus, zahlt, umarmt Joachim und verlässt mit einem edlen Päckchen in der Hand die Werkstatt. Draußen hat es zu nieseln begonnen. Schneeregen fällt nass auf die Erde. Jonas macht sich auf den Weg zurück zum Parkhaus. Er fühlt sich wunderbar.

## 21.

Bastian stemmt sich mit der Kraft seines Körpers gegen die Haustür und drängt ins Haus. In der Sicherheit des Flurs wirft er den Schlüssel auf die Kommode und macht das Licht an, sodass sich sanfte Helligkeit um ihn herum verbreitet. Das Wetter ist seit Nachmittag grässlich. Ein Schneesturm fegt über die Insel, und wenn es so weitergeht, versinkt bald alles unter Massen nassen Sands.

Bastian schlüpft aus seiner feuchten Jacke, zieht sich die Schuhe aus und tappt auf Strümpfen in die Küche. Als er den Wasserkocher anstellt, um sich einen Tee mit Rum zu machen, schüttelt er sich die Kälte aus dem Körper. »Verdammtes Wetter«, murrt er und entdeckt den Teller mit Mathildes halbaufgegessenem Brot, daneben ihr Wasserglas und die Tasse mit einem Rest eingetrockneten Kaffees. Der Anblick dieses alltäglichen Stilllebens holt ihn aus seiner Lethargie. Es ist, als fühle er sich von Mathildes Geschirr aufgefordert, etwas zu tun. Er greift nach ihrer Tasse, legt sorgsam seine Lippen an die Stelle, wo er den sichtbaren Fettrand erkennt, den ihr Lippenbalsam hinterlassen hat; und küsst sie. Eine verschämte Liebkosung, die er sich nie zugetraut hätte. Bastian stellt die Tasse bekümmert zurück an ihren Platz, seufzt; und als er beginnt, alles in den Geschirrspüler zu räumen, hält er inne. »Nein, tu's nicht!« In seiner Stimme schwingt Unruhe. Er unterlässt abrupt jeden weiteren Impuls des Aufräumens. Wenn er das Geschirr stehen lässt, verschafft ihm das die Illusion von Normalität. Alles sieht weiterhin so aus, als ob Mathilde jeden Moment heimkommen und mit ihm übers Wetter schimpfen wird. Sie essen gemeinsam zu Abend und tauschen sich über die Insel, über die Unbill ihrer Arbeit und, was am Schönsten ist, über ihre warmen Empfindungen füreinander aus.

Bastian lässt alles, wo es ist; und geht zielstrebig ins Wohnzimmer. Das Gefühl des Benommenseins fällt von ihm ab. Soll er, gegen jede Vernunft, noch einmal in den Wagen steigen und die Insel abfahren? Trotz der Dunkelheit und des abscheulichen Wetters? Dass Mathilde in Hamburg ist, glaubt er ihr nicht. Sie hat niemanden mehr in der Stadt. Zumindest niemanden, von dem er weiß, dass er ihr wichtig ist. Ihre Freundinnen sind inzwischen alle hier auf der Insel. Bei Britta, ihrer besten, ist er schon gewesen.

Bastian stellt den Fernseher an und setzt sich in Mathildes Sessel. Die Nachrichten flimmern über den Bildschirm. Wie immer will er wissen, was in der Welt los ist. Und während er so dasitzt – im Sessel seiner Frau – vergisst er für einen Moment alle unerwarteten Begebenheiten. Mathilde, die nicht im Wohnzimmer sitzt, der Tod von Professor Kielgas – alles weg. Bastian ist glücklich.

Als die Wettervorhersage über den Bildschirm flimmert, ist alles wieder da. Mathilde ist fort, Kielgas ist tot und er selbst verunsichert.

Mathilde hat stets behauptet, die Stille der Dünen und die Weite des Meeres erzählten ihr Geschichten. Sie liebt Sylt. Kommt man nicht an den Ort zurück, den man liebt?

## 22.

Die Wohnung macht einen belebten Eindruck. Überall liegen bunte Kissen herum und die gepunkteten Vorhänge an den Wänden nehmen einen, wie auf einer Bühne, in

Empfang. »Wir sind stolze Herrinnen über 170 Quadratmeter Altbau. Mit allen Vor- und Nachteilen«, sagt Billie, eine Medizinstudentin mit lustigen Kringellocken. Neben Billie stolziert Isabel auf High Heels durch die Wohnung. Mathilde rührt, wie umtriebig die beiden Frauen sind und wie sehr sie sich um sie bemühen.

»Der Parkettboden, die Deckenhöhe und die Sprossenfenster sind sehr ansprechend und gerade passend für so tolle Frauen wie Sie«, lobt Mathilde, während sie interessiert herumgeht. Dass der weiße Lack der Türen oft ausgebessert wurde, stört sie nicht. Alles sieht seit Langem bewohnt, aber irgendwie auch charmant aus. »Ihr Zimmer wäre 30 Quadratmeter groß und hat zwei Fenster. Ein kleines Bad ist gleich daneben«, sagt Isabel.

»Wir haben logischerweise eine Gemeinschaftsküche. Herd, Backofen, Cerankochfeld, Mikrowelle. Es ist alles da.« Das kommt von Billie. Die beiden Studentinnen schaffen es mühelos, das Gespräch am Laufen zu halten.

Nach der Wohnungsbesichtigung, die einige Zeit in Anspruch nimmt, sitzt Mathilde mit Billie und Isabel im stuckdeckenverzierten Wohnzimmer. Es ist ein gemütlich möblierter Raum mit zwei Sitzgruppen und drei abgewetzten Sesseln. Es sieht ein bisschen wie in der Villa Kunterbunt aus, mit ein paar älter gewordenen Pippis als Bewohnerinnen. Mathilde erfährt, dass Billie 22 ist und den Gitarristen einer Band zum Freund hat.

»Der Durchbruch steht kurz bevor«, schwärmt Billie. »Gestern hat Ringo den Vertrag beim Musikproduzenten unterschrieben. Die ganze Nacht ist klarerweise durchgefeiert worden. Also hab ich heute einen Kopf wie ein weichgekochtes Ei. Aber ich bin glücklich.« Mathilde hört sich alles geduldig an.

»Und Sie, Isabel?«, erkundigt sie sich ehrlich interessiert.

»Isabel hat gerade Abi gemacht und studiert jetzt Jura«, erklärt Billie voller Stolz. »Was das Private angeht, sie ist gerade solo. Ihre letzte Beziehung war ein Totalreinfall. Die Arme hat nie einen Höhepunkt erlebt. Ist der Kerl nicht in der Lage dazu, habe ich sie gefragt. Hat der keinen Mund, keine Finger und keinen Speichel? Ja, und einen Schwanz, was ist mit seinem Schwanz?« Billie verdreht nun die Augen.

»Klingt so, als wäre es richtig gewesen, ihn zu verlassen«, wirft Mathilde ein. Billie nickt und Isabel tut es ihr gleich. Es scheint ihr überhaupt nicht unangenehm zu sein, von Billie derart entblößt zu werden. »Jetzt wartet unsere hübsche Isabel darauf, dass was Besseres des Weges kommt. Heute Abend hat sie schon mal ein Date mit Knut.«

»Knut ist drei Jahre älter als ich«, fügt Isabel an. »Für mich sieht er erfahren aus. Bestimmt ist er gut im Bett.«

»Und was ist mit Renate? Der Dritten im Bunde?«, will Mathilde wissen, als Billies und Isabels Geschichten auf dem Tisch liegen. »Renate ist 27 und fast fertig mit BWL. Vorher hat sie eine Lehre als Speditionskauffrau gemacht. Doch dann hat sie sich besonnen und doch noch studiert. Ihr Vater hat eine Spedition. Ein ziemlich öder, aber lukrativer Laden. Und da es keinen Sohn, nur Renate gibt, stand von vornherein fest, dass sie mal die Chefin wird. Ist doch logisch, wenn man geradeaus denkt, oder?«

»Aber Renate denkt um die Ecke, vermute ich mal?«, wirft Mathilde ein.

»Anfangs nicht. Da hat sie nur was von freier Zeiteinteilung geschwafelt und dem lieben Vater, der die Hand schützend über sie halten wird. Bis sie fest im Sattel sitzt.«

»Klingt verlockend«, muss Mathilde zugeben.

»Das Dumme ist nur, Renate liebt Peter und der ist Börsenmakler und stinkreich und kein bisschen an einer Spediteurin interessiert. Peter hat ein geiles Penthouse mit Blick auf die Alster. Und eine Sommerresidenz auf Mallorca. Direkt am Meer.« Billie holt zum Höhepunkt der Erzählung aus, während Isabel daneben sitzt und schwärmerisch zuhört. Fast so, als ginge es um sie.

»Es ist kein Appartement, sondern ein richtiges Haus, besser gesagt, eine Villa. Funkelnagelneu. Und im Winter düst Peter nach Lech. Zwei Wochen den Hang runterwedeln, was das Zeug hält.« Das hat Isabel unbedingt hinzufügen müssen. Laut seufzend. »Das Doofe ist nur, Peter ist verheiratet und lebt nach dem Motto: Besser zwei Mädels unter der Decke als keine. Haben Sie die letzte Ausgabe der ›Elle‹ durchgeblättert?« Mathilde schüttelt den Kopf. »Leider nein!«

»Peters Frau war auf dem Cover. Sie ist Model«, wirft Isabel rasch ein.

»Aber schön ist sie deswegen nicht«, findet Billie. Als Isabel die Geschichte weitererzählt, klingt sie eine Spur gehässig. »Sie fällt eher in die Kategorie: Bohnenstange. Außerdem ist sie, Klischee lässt grüßen, irre wild auf Koks. Nein, von Peter weiß Renate es nicht.«

»Die sind doch alle drauf in dem Business. Das weiß man

einfach.« Billies Stimme klingt plötzlich abgekämpft und frustriert, ehe sie fortfährt. »Das wird schon, sag ich Renate immer. Er verlässt sie und dann bist du dran. Wann nimmt seine Frau ihn schon in den Arm? Die ist ja ständig unterwegs. Paris, London, Mailand, New York. Peter will Familie, ein Heim. Renate will das auch. Der Börsenmakler und die Spediteurin. Klingt so, als passe es nicht zusammen, aber für mich passt es hundert Pro. Renate ist für ihn da.«

»Und Sie, Mathilde?« Isabel schaut Mathilde nun ehrlich interessiert an. »Was haben Sie zu erzählen?«, fragt sie, weil es höchste Zeit dafür ist.

»Nächste Woche fange ich erst mal bei ›Hansen & Reimers‹ an. Als Grafikerin«, lässt Mathilde sich entlocken.

Isabel hat sich die x-te Zigarette angezündet. Sie raucht Kette, seit Mathilde da ist, zupft sich die Haare aus der Stirn und pustet den Rauch seitlich weg.

»Verdammt. Auf mich müsst ihr jetzt verzichten.« Billies hektischer Blick ist auf ihre Swatch gefallen. »Ich hab morgen Prüfung und muss noch lernen. Scheiß Studium!« Billie lacht glucksend auf. »Ist alles nicht so gemeint. Im Grunde studiere ich saugern«, schwächt sie ab.

Isabel zerdrückt ihre Zigarette im Aschenbecher und wischt sich die Finger an der Jeans ab. »Viel Spaß mit Knut, Isabel. Nimm ihn mal richtig ran«, fordert Billie.

Isabel muckt endlich auf. »Ich finde, das Thema haben wir jetzt durch.« Sie ist aufgestanden, hat Chips geholt und stellt sie auf den Tisch. »Jede Woche geht eine von uns einkaufen. Wir machen eine Liste. Wäre das für Sie okay, dass Sie gleich nächste Woche dran sind? Ich meine, falls wir uns einigen?«

»Klar, ich falle bestimmt nicht aus der Rolle. Also mal angenommen, es wird etwas mit uns«, ist Mathilde einverstanden.

Isabel dreht eine Haarsträhne zu einem dünnen Streifen und steckt ihn sich in den Mund. »Fühlen Sie sich eigentlich nicht zu alt für so was?«, will sie von Mathilde wissen.

»Zu alt wofür?«, horcht die auf.

»Na dafür, in 'ner Kommune zu leben«, erklärt Isabel und lacht. »Mir kommt das ein bisschen vor wie spätjugendliche Großspurigkeit.«

»Wieso sollte ich? Sie und Billie machen doch auch einen ganz normal verrückten Eindruck. Das hat nichts mit dem Alter zu tun. Glauben Sie mir.« Wieso muss ich nur ›Glauben Sie mir!‹ sagen? Damit stelle ich erst recht klar, dass es einen Unterschied zwischen uns gibt.

»Na ja. Wenn Sie's sagen!« Isabel steht auf und zieht ihre Hose runter, damit ihr gepiercter Bauchnabel zum Vorschein kommt.

»Ciao!«, ruft Billie fröhlich aus dem Flur, ohne sich noch mal blicken zu lassen.

»Tja, ist wohl auch Zeit für mich zu gehen. War nett, Sie kennenzulernen, Isabel. Ich schlage vor, Sie überlegen, ob Sie mich wollen, und ich mache dasselbe. Wir telefonieren, einverstanden?«, bringt Mathilde zum Schluss vor.

»Einverstanden!« Isabel trippelt neben Mathilde in den Flur, küsst sie dort ganz unerwartet auf die Wange und lässt sie hinaus.

Draußen, auf der Straße, schlägt Mathilde die Dunkelheit entgegen. Feuchte Luft und kalter Wind hüllen sie ein. Sie holt ihr Handy aus der Tasche und tippt einen Text und dann Markus' Nummer ein.

›Treffen wir uns in einer halben Stunde am Hafen? Du zeigst mir die Schiffe und dann gehen wir essen, wo immer du hin willst. Gruß, Mathilde.‹

## 23.

»Ich habe sie gefunden. Die Damen und Herren an den Rezeptionen geben gewöhnlich keine Auskünfte über ihre Gäste. Aber bei dem Trinkgeld, das ich in Ihrem Auftrag habe springen lassen und meiner Überredungskunst, war man doch zu erweichen.«

Jonas, der am Steuer seines Wagens sitzt, jubiliert, als er die Stimme seiner Assistentin aufnimmt, die hörbar mit sich zufrieden ist. Er hat Mareille gebeten, sämtliche Hotels nach einer Frau namens Mathilde Meysen abzusuchen. Seine Notlüge lautete, sie sei eine fantastische Designerin, an der er Interesse habe. Da sie sehr zurückgezogen lebe, zurzeit, wie er gehört habe, in einem Hamburger Hotel, müsse man ein fürstliches Trinkgeld in Aussicht stellen, um sie zu finden. »Danke für Ihre Mühe, Mareille. In welchem Hotel ist sie denn abgestiegen?«

Jonas hält seinen Wagen an und greift nach Block und Stift, bereit, Mathildes Adresse zu notieren.

Seine Assistentin gibt ihm die Daten durch und die Spitze des Kugelschreibers kratzt eifrig übers Papier. In seiner Vorstellung schmiegt Mathilde bereits ihre Wange an seine und raunt ihm etwas Liebevolles zu. Jonas spürt, wie sich sein Penis in der Hose regt, als er daran denkt. Was ihm bis heute früh noch gewöhnlich erschienen ist, freut ihn nun. Das Gefühl prickelnder, alles verzehrender Lust kommt ihm plötzlich wie ein riesiges Geschenk vor.

»Kann ich sonst noch etwas für Sie tun, Herr Hüsch?«

Nein, Mareille, jetzt nicht. Ich will mit der Frau schlafen, nach der Sie sich erkundigt haben. In dem Zusammenhang können Sie nichts für mich tun.

»Nein, danke! Sie haben schon Ihr Bestes gegeben«, sagt Jonas förmlich.

»Dann bis morgen, Herr Hüsch.«

»Bis morgen, Mareille!« Jonas grinst vorfreudig.

Wieso sagt er eigentlich automatisch bis morgen? Jeden gottverdammten Tag plappert er dasselbe: Bis morgen, Mareille! Als läge es nicht in seiner Macht, sich einen Tag freizunehmen.

»Wann hab ich das letzte Mal etwas nur für mich getan, Mareille? Können Sie sich daran erinnern?« Er weiß, dass es eine unsinnige Frage ist, doch er stellt sie trotzdem. Jonas hört das Tuten in der Leitung. Mareille hat aufgelegt. Wann hat er zuletzt etwas nur für sich getan? Nun stellt er sich die Frage. Vermutlich ist es Jahre her.

Jonas blickt durch die Windschutzscheibe nach draußen. Sein Wagen steht am Straßenrand, unweit der Auffahrt seines Hauses. Er fährt die wenigen Meter bis nach Hause, drückt auf die Fernbedienung, und schon fährt das Kassettentor leise in die Höhe. Mit schnurrendem Motor fährt er in die Garage und stellt den Motor ab. Das Tor schließt sich hinter ihm und die Tür zur Eingangshalle öffnet sich. Er steigt aus dem Wagen, verschwindet in die kuschelige Wärme seines weitläufigen Zuhauses und legt sein Notebook und das Geschenk für Mathilde im Entree ab. Kaum ist er im Haus, erklingt Antonín Dvořák. Aus der neuen Welt.

Jonas weiß nicht, ob es jemanden in Hamburg gibt, der Dvořák so oft gehört hat wie er. Sein Vater hatte ihm die Werke Mozarts, Bachs, Beethovens, Haydns, Schönbergs und vieler anderer nahegebracht.

Es begann, als er sieben war, und endete erst mit dem Tod des Vaters. Klassik und seine Launen und Amouren, über die niemand je wirklich sprach, waren das Leben seines Vaters gewesen. Seine Mutter tuschelte zwar ständig mit ihren vermeintlichen Freundinnen über die wechselnden Frauen, aber es gab nie eine ernsthafte Konfrontation zwischen den Eheleuten und auch keine Scheidung. Offenbar akzeptierte sie das Fremdgehen auf eine ungesund verbissene Art. Zum Trost bemitleidete sie sich und tat gleichzeitig alles, um in der Gesellschaft als Frau mit großem Herzen und progressiver Einstellung zu gelten.

Die Frauen seines Vaters wurden immer jünger, je älter er selbst wurde. Mit 70 verliebte er sich in eine 25-Jährige. »Sie ist ein begnadetes Talent und heißt Birge Jansson«, verkündete er eines Tages, sodass sogar Jonas es mitbekam. Er sah noch heute die Plakate mit Birges Konterfei. Sie spielte Chopin auf eine unnachahmliche Weise. Sie war gut.

Beim Begräbnis seines Vaters stand Birge verschreckt im Hintergrund, ganz in Schwarz gekleidet. Ihre dünnen Beine und der auffällige Lackmantel waren Jonas seitdem unauslöschlich in Erinnerung. Viele Schritte vom Grab entfernt trauerte sie mit einem vor Unruhe und unterdrückter Schuld aufflackerndem Blick stumm um ihren Geliebten. Seine Mutter vergoss keine Träne. Stumm und gerade aufgerichtet stand sie vor der ausgehobenen Öffnung, als der Eichensarg mit den weißen Rosen in die Tiefe schwebte. Das purpurrote Tuch darunter brachte die Rosen unnatürlich stark zur Geltung. Es war ein Akt der Demonstration. Vaters Talent wurde verabschiedet. Professor Walter Hüsch ging den Weg, den alle irgendwann gingen. Walter Hüsch, der sein Leben der Musik gewidmet und die Frauen beglückt hatte. »Wer so begnadet ist, darf sich alles erlauben«, hatte Jonas einmal jemanden über seinen Vater sagen hören.

Er geht in die Küche und sieht, dass die Haushälterin ihm einen Imbiss hingestellt hat. Krabbensalat, ein Baguette, Parmaschinken und Blauschimmelkäse. ›Eine Bayerische Creme ist auch noch da‹, liest er in der Nachricht von Elma. Plötzlich, vorm Kühlschrank stehend, möchte er einen Schwur leisten. Ich bin nicht wie mein Vater. Ich mache reinen Tisch. Zwar nicht im Außen, wo es alle mitbekommen, aber zumindest in meinem Inneren. Ich werde dich von Herzen lieben, Tilda.

Er probiert einen Löffel Salat, geht in den zweiten Stock und steuert essend das Bad an. Dort angekommen, stellt er den Teller mit den Köstlichkeiten auf die Ablage neben die Parfüms. Als er sich auszieht, spürt er die Schatulle mit dem Geschenk in seiner Jackentasche. Mathildes Ohrringe befinden sich nun an seinem Körper, sie sind wie eine Tätowierung. Er ist noch mal zurück ins Entree gegangen und hat sie eingesteckt, weil sie nah bei ihm am sichersten sind. Jonas spürt das kleine fröhliche Aufflackern von Vorfreude, wenn er an Mathilde denkt. Eine neue, ehrliche Liebe hat ihn ereilt. Ist das nicht das kostbarste Geschenk überhaupt? Er denkt kurz darüber nach, wie es wäre, Ellen zu verlassen. Falls es mit Mathilde ernst wird, will er dann sein Leben lang mit einer Lüge leben? Ist es nicht ehrlicher, reinen Tisch zu machen?

Als er in die Dusche steigt, rinnt ihm zum dritten Mal an diesem Tag das heiße Wasser über den Körper. Später sprüht er sich einen Duft von Yves Saint Laurent auf und schlendert in den Ankleideraum. Dort entscheidet er sich für ein Polohemd und eine Sporthose, schlüpft in die frische Kleidung und fühlt sich ausgesprochen gut.

Im Wohnzimmer verfolgt er die Nachrichten im Fernsehen, während er ein gut gekühltes Bier aus der Flasche trinkt. Die Wettervorhersage verspricht endlich wieder Plusgrade. Noch nicht morgen, aber in ein, zwei Tagen. Jonas erscheint dieser Umstand geradezu prophetisch. Ihm ist bereits jetzt warm ums Herz – absolut passend zu den bevorstehenden Temperaturen.

# 24.

Als der Volvo die Hauptstraße verlässt, wirft Markus einen intensiven Blick auf Mathilde.

»Wieso wundere ich mich eigentlich nicht darüber, dass du noch immer herrlich unbedarfte Fragen übers Leben hast und noch nicht mal Antworten darauf erwartest? Wie hast du dir diese positive Naivität bewahrt?«

»Gott sei dank traust du mir heute noch genauso viel zu wie damals. Sonst hätte ich den Job in deiner Agentur sicher nicht bekommen«, entgegnet Mathilde, ohne damit auf seine Frage zu antworten.

»Klar, tu ich das. Wir haben es in unserer Branche oft mit komplizierten Menschen zu tun. Die schätzen dezente Intelligenz und unerschütterliche Freundlichkeit. Du bist klug auf eine unaufdringliche Weise. Und kannst hartnäckig sein.«

»Du glaubst gar nicht, wie gut mir deine Worte tun.« Mathilde bedankt sich mit einem wunderschönen Lächeln bei Markus. Eins, das ihn beflügelt und ihm herausfordernde Worte in den Mund legt.

»Über deine völlig unspektakuläre und daher umso anziehendere Verführungskraft habe ich übrigens noch kein Wort verloren. Die existiert fürs Erste nur in meiner Fantasie«, flirtet Markus. Nun lacht Mathilde glucksend auf. »Früher hast du aus Schüchternheit nicht das kleinste Kompliment über die Lippen gebracht und nun kehrst du ganz locker den Charmeur heraus. Wie ist das passiert?«, will sie wissen.

»Das bleibt mein Geheimnis.« Markus macht es spannend. »Einen Punkt kann ich aber verraten. Dein Wesen ist mir selbst heute noch vertraut. Ich finde, es hat sich seit der Schulzeit – zumindest für mich – kaum verändert.«

Er hätte nie gedacht, dass das einmal ein Kompliment sein könnte. Früher ging es ihm ausschließlich ums Verändern. Endlich den Führerschein machen, eine eigene Wohnung mieten, Sex mit vielen Frauen genießen, sich nicht einschränken. Er wollte sich wandeln und erwartete das auch von seinem Umfeld.

Doch nun hat er so viel Wandlung erlebt, im Guten wie im Schlechten, dass er sich nach etwas Bekanntem sehnt. Er will ankommen und sich nur noch zum Vergnügen Fragen stellen und nicht, weil sie sich ihm durchs Leben aufdrängen. Diese Erkenntnis, dass Ankommen wunderbar sein kann, ist von den vielen auf ihn einstürmenden Wünschen all die Jahre über verdeckt gewesen.

»Begibst du dich eigentlich öfters in die Hände Fremder, die du vor ewigen Zeiten mal gekannt hast?«, scherzt Markus. Er freut sich darüber, wie leicht es ihm fällt, Mathilde interessierte Blicke zuzuwerfen, ohne sich dabei als aufdringlich zu empfinden. Er wartet nicht auf eine Antwort, sondern schneidet gleich das nächste Thema an. Den bevorstehenden Abend. »Ich habe uns für heute übrigens etwas Besonderes ausgesucht. Wir steuern den Museumshafen von Oevelgönne an. Dort liegt unser Schiff vor Anker und erfreut eine Vielzahl von Besuchern, vor allem aber uns zwei, mit authentischem Flair.«

»Perfekt«, lobt Mathilde. »In Oevelgönne war ich noch nie.«

»Dann wird es höchste Zeit. An Bord gibt es Labskaus, Pannfisch und Scholle.« Markus schwärmt richtiggehend.

»Klingt toll. Das mag ich alles.«

»Da vorne, siehst du?« Markus deutet die Richtung mit der Hand an. »Ponton Neumühlen. Dort ist es schon«, verspricht er. Der Volvo wird langsamer und hält schließlich an. »Ich hoffe, du verfällst nicht dem Charme von Olav, kaum, dass wir an Bord sind. Er ist der beste Wirt Hamburgs und bei einem Glas Wein reden die meisten Gäste frei von der Leber weg.«

»Olav scheint ein sympathischer Zeitgenosse zu sein. Ich mag ihn jetzt schon. Tut mir leid, Markus«, erwidert Mathilde auf eine Weise, die klarmacht, dass sie den Abend locker nimmt.

Markus gefällt die Stimmung, die zwischen ihnen herrscht. Er empfindet sie als erotisch aufgeladen und hofft darauf, dass Mathilde Ähnliches verspürt. Vielleicht gönnt sie ihm später, wenn er sie nach einem vorzüglichen Essen vorm Hotel abliefert, einen kleinen Abschiedskuss. Falls das passiert, wird er sie zart und vorsichtig küssen, auf keinen Fall fordernd.

Als er vorhin wenige Minuten zu spät am Hafen eingetroffen war, hatte sie ihn gutgelaunt und mit einer zwanglosen Umarmung begrüßt. Ihre kalte Wange hatte sich ihm entgegengedrängt, und im Moment, als ihre weiche Haut die seine berührte, war ihm ein verrückter Gedanke ins Hirn geschossen. Was, wenn er diese Frau, die mehr als eine biografische Notiz war, denn sonst hätte das Schicksal nicht dafür gesorgt, dass sie sich wieder über den Weg liefen, in sein Leben ließe? Wenn er das lange Abwägen aller Vor- und Nachteile, das gewöhnlich einer Annäherung zwischen Mann und Frau vorausging, fallen ließ? Kein Zulassen dieser lähmenden nackten Angst, bevor es ernst wurde. Und kein Zaudern, weil man in ihrem Alter nun mal nichts überstürzte. Ja, wieso wagte man eigentlich nichts mehr? Beziehungen, die jahrelang erprobt waren, gingen doch auch in die Brüche.

War alles Nachdenken am Ende für die Katz? Wo blieb die Spontaneität, die sie früher in wilde Momente getrieben hatte? Solche, die ihnen durch und durch gingen und die sie deshalb nie wieder vergaßen.

»Ich habe über unser Wiedersehen nachgedacht«, hatte Markus am Hafen gemurmelt und verlegen dabei gelächelt, während sie den Kähnen in der Dunkelheit zusahen. »All die Jahre, die wir einander nicht zu Gesicht bekommen haben, spielen im Grunde keine Rolle, Mathilde. Mir kommt es vor, wir schließen heute dort an, wo wir damals aufhörten. Etwas hält uns zusammen. Nenn es von mir aus das Band der Jugend.« Er hatte gezögert und sie mit einem ängstlichen Blick gemustert und war dann zurückgerudert, um sich keine Blöße zu geben. »Vermutlich verbindet uns eine wunderbare Freundschaft, deren Kraft und Besonderheit wir uns nicht bewusst waren, als wir die Schulbank drückten. Wenn man jung ist, denkt man, alles steht einem zu. Was natürlich Schwachsinn ist.«

»Du glaubst, wir waren damals Freunde, ohne es zu wissen? Dann erübrigt sich natürlich die Frage, ob du immer mit deinen Angestellten essen gehst, bevor sie ihren ersten Arbeitstag in der Agentur absolvieren?«, hatte Mathilde erwidert und seinem Blick dabei standgehalten. Mit einem kaum merklichen Lächeln, das ihn sofort beruhigte und froh stimmte.

»Wenn man gemeinsam beim Mathetest geschummelt hat, kann man später ohne Vorlauf ein Dinner angehen«, hatte er angefügt und während ein Schiff an ihnen vorbeifuhr, verfolgte Markus weiter den Faden seines Lebens und erinnerte Mathilde an etwas, das damals zwischen ihnen vorgefallen war.

»Weißt du noch, jener Abend, als wir das Open-Air-Konzert von Joan Baez besucht haben und viel zu spät nach Hause gekommen sind? Es gab mächtig Ärger deshalb.« So hatte er begonnen und das Thema dann ausgeweitet. »Du hast Hausarrest aufgebrummt bekommen. Ich übrigens auch. Ich hab dich geküsst. Ein ungeplanter, etwas verunglückter, nervös machender Kuss, den ich nie vergessen habe.« Mathilde konnte sich erinnern, wurde sogar rot und beide hatten sie die Zeit Revue passieren lassen.

Nun befinden sie sich an Bord der ›D.E.S. Bergedorf‹ und stecken ihre Nasen in die Karte, um sich etwas Gutes zum Essen auszuwählen.

»Ich war damals bis über beide Ohren in dich verliebt«, raunt Markus und knüpft damit noch einmal an die Zeit der Jugend an. Mathilde blickt überrascht auf. »Und falls du es nicht weißt, ich habe gegen Stefan um dich gekämpft«, gibt Markus nun auch noch preis.

»*Du* hast um mich gekämpft? *Gegen* Stefan?« Mathilde lässt die Karte sinken und tut erstaunt. Innerlich findet allerdings ein Aha-Erlebnis statt.

»Stefan Westroth mit den stechenden Augen und dem

Grübchen im Kinn«, versucht Markus ihr auf die Sprünge zu helfen.

Als ob sie sich nicht an den erinnert. »Stefan war damals *der Angeber* in der Klasse«, weißt Mathilde sofort. »Glaubst du, den vergisst man?«

»Er hatte vor allem einen angesehenen Politiker zum Vater«, fügt Markus an. Seine Stirn zieht sich in unschöne Sorgenfalten. »Der musste später wegen einer Schmiergeldaffäre schmählich aus der Partei ausscheiden. Aber egal. Wer war ich gegen ihn? Mein Vater war Schreiner.« Markus stehen die Emotionen von damals deutlich ins Gesicht geschrieben.

»Von der Rivalität zwischen Stefan und dir habe ich jedenfalls nichts bemerkt. Und einen Schreiner zum Vater zu haben, finde ich cool. Ich mag Holz und ich mag, wenn jemand mit den Händen arbeitet. Für mich hat das was Archaisches«, erfährt Markus von Mathilde.

»Das hättest du mir damals sagen sollen. Ich hätte mich augenblicklich an einem Stück Holz versucht und wäre natürlich ebenfalls Schreiner geworden.« Markus tut gespielt betroffen.

»Ach was!«, sagt Mathilde leichthin. »Vermutlich hätte ich gar nichts von diesem inneren Kräftemessen zweier verrückter Pubertierender mitbekommen sollen, oder?«

»Natürlich nicht. Wäre doch hochgradig peinlich gewesen.« Markus versteckt sein Gesicht kurz in den Händen, tut so, als sei er noch immer empört und blickt dann auf.

»Was Stefan anbelangt, kannst du froh sein, dass ich dazwischengefunkt habe.« Nun ist er wieder ernst. »Hätte ich es nicht getan, wärst du heute vermutlich Frau Westroth und müsstest dir auf langweiligen Wahlveranstaltungen die Beine in den Bauch stehen.«

Mathilde spinnt die Geschichte weiter. »Stefan ist natürlich in die Politik gegangen wie sein Vater?«, vermutet sie.

»War doch nicht anders zu erwarten. Und zweimal geschieden, ganz wie der Herr Papa, ist er inzwischen auch.« »Hast du einen Detektiv auf ihn angesetzt oder nur das Internet bemüht?« Mathilde findet den Abend köstlich. Dass Markus mit ihr flirtet, genießt sie, nimmt es aber nicht allzu ernst. Was sie viel ernster nimmt, ist die Tatsache, dass es plötzlich wieder wie früher zwischen ihnen ist. Sie hecken etwas aus und sind ein Team. Nur bekommen sie diesmal keinen Ärger, denn nun sind sie erwachsen und haben ihr Leben selbst in der Hand.

Mathildes Atem setzt kurz aus. Das euphorische Gefühl von vorhin im Bistro, das sich bis jetzt hartnäckig gehalten hat, löst sich auf. Welche Gedanken gehen ihr nur im Kopf herum? Von wegen sie haben ihr Leben in der Hand. Auf Markus trifft das vielleicht zu. Doch bei ihr stehen die Dinge anders. Sie kann lediglich auf ein bisschen zusätzliche Zeit hoffen. Hat sie noch ein oder zwei Jahre? Oder bleibt ihr weniger Zeit?

»Wie schön ist es zu leben«, flüstert Mathilde plötzlich, und während sie die Worte wehmütig ausspricht, spürt sie, wie ihr Tränen in die Augen schießen.

Sie fährt sich hastig über die Augen, um das Nasse wegzuwischen, bevor Markus es mitbekommt. Ein Schwung Leute kommt herein und durchbricht den Moment der Trauer. Laute Stimmen schlagen ihnen entgegen. Die Stimmung der Gäste ist aufgeladen. Es wird laut gelacht und gescherzt.

Mathilde registriert, dass an den Decken des Lokals Fischernetze hängen. Sie sieht sich um, um sich abzulenken. Sie selbst kommt sich mit einem Mal ebenfalls wie ein Fisch vor. Ein Fisch am Haken des Schicksals. »Komm, dort hinten ist unser Tisch!«, hört sie einen Mann zu seiner Begleiterin sagen.

Olav in seinem original Finkenwerder Buscherrums, dem typischen blau-weiß gestreiften groben Fischerhemd, der ihnen vor wenigen Minuten die Karten gebracht hat, kommt nun erneut auf sie zu. Er hat sein Piratengesicht unter einer üppigen Haarmähne versteckt.

»Haben Sie schon entschieden, was Sie essen wollen?« Olav presst sich die Hand gefühlvoll gegen die Brust, als ginge es um nichts weniger als das Leben selbst. Das perfekte Menü ist ihm offenbar eine Herzensangelegenheit und keine Kleinigkeit, die man nebenbei entscheidet.

Er beginnt eine Flasche Weißwein zu öffnen, die Markus zuvor bestellt hat. Sorgfältig entkorkt er den Wein, gießt einen Probeschluck in ein Glas und stellt es vor Markus auf den Tisch. Markus nimmt das Glas in die Hand, lächelt vorfreudig und kostet. Während er den Wein im Mund hin- und herschiebt, hat er die Augen fest geschlossen. Es ist ein Moment vollkommener Hingabe an ein Getränk.

»Vorzüglich!«, verspricht er, nachdem er hinuntergeschluckt und die Augen wieder geöffnet hat. Olav füllt ihre Gläser.

»Auf uns«, wünscht Markus, als die Gläser erklingen.

»Auf das Leben«, erwidert Mathilde und trinkt. Der

Wein rinnt ihr samtig die Kehle hinunter, und kaum stellt sie ihr Glas zurück auf den Tisch, schlägt Olav bereits die braunen ledergebundenen Karten zu und beginnt darüber zu fachsimpeln, was sie heute essen könnten.

Als klar ist, dass sie mit allem, was Olav vorschlägt, einverstanden sind, nickt Markus ihm zu. »Und hinterher nehmen wir den Obstkuchen«, entscheidet er.

»Eine gute Wahl.« Olav klemmt sich die Speisekarten unter den Arm, wirbelt herum und verschwindet in die Tiefe des Restaurants.

»Die Kuchen sind nirgends besser als hier«, verrät Markus.

Mathilde hebt die Hände. »Ich bin im Grunde mit allem einverstanden. Allerdings weiß ich nicht, ob vier Gänge nicht ein bisschen viel für mich sind? Ich hatte am Nachmittag erst einen Toast in einem Bistro.«

»Eine Frau, die ordentlich zulangt, ist echt heiß, finde ich. Vergiss den Toast und feiere mit mir diesen Abend.« Ein Fischerlied erklingt leise aus den Lautsprechern, und einige Tische weiter beginnen plötzlich zwei Paare mitzusingen.

»Weißt du, weshalb ich so gern hierher komme? Olavs Gäste sind ohne sich zu kennen miteinander verbunden. So eine Art große Familie. Und Olav ist der beste Psychologe der Stadt. Liebeskummer, Heimweh, Trennung oder Karriereknick? Er weiß, was zu tun ist, und es kostet dich nicht mal was. Du musst ihm nur zuhören«, klärt er Mathilde auf.

»Und ordentlich essen und trinken!«, fügt sie hinzu.

Markus ist vom günstigen Verlauf des Abends beflügelt, und die Stimmung im Restaurant tut ihr Übriges. Deshalb wagt er sich einen Schritt weiter vor und legt seine Hand auf Mathildes Arm. Als sie nichts unternimmt, um sie wieder loszuwerden, atmet Markus innerlich auf.

»Ich hatte übrigens während meines Studiums Psychologie als Nebenfach. Kein Witz.« Markus ist langsam, aber sicher aus dem Häuschen. Alles läuft ganz hervorragend. Genau so, wie er es sich vorgestellt hat. »Nach vier Semestern hat mich dieses ständige Kreisen um mich selbst allerdings ermüdet. Ich hab den Glauben daran verloren, dass man mit endlosen Couchstunden die Seele eines Menschen aus den Klauen der Vergangenheit befreien kann.«

»Was zur Folge hatte, dass du den Hut draufgehauen hast«, vermutet Mathilde. »Ich habe hingeschmissen, ja. Und eine ganze Weile wollte ich nichts mehr mit diesen Dingen zu tun haben.«

»Und wie denkst du heute über die Psychoanalyse, Markus? Hältst du noch immer nichts davon?«, will Mathilde wissen.

»Wir haben alle unsere Macken. Damit müssen wir klarkommen. Ich für meinen Teil schaffe das, ohne einen Psychologen nach dem anderen zu verschleißen.«

»So einfach?« Mathilde sieht Markus fragend an und zieht vorsichtig ihren Arm unter seiner Hand weg.

»Klar, in der Realität ist es manchmal verdammt schwierig mit sich selbst, geschweige denn mit einem Partner ohne Konflikte zu leben. Gehört schon 'ne ordentliche Portion Toleranz dazu, das durchzustehen. Trotzdem lohnt es sich, es zu versuchen.« Markus hat seine Hand nun neben sein Weinglas positioniert und tut zumindest so, als mache ihm die Abweisung Mathildes nichts aus.

Sie reden noch eine Weile miteinander, nippen am Wein und schauen einander freundlich an. Markus verkneift es sich, nach dem Mann an Mathildes Seite zu fragen. Obwohl es ihm im Grunde unter den Nägeln brennt.

Als der erste Gang kommt, beginnen sie mit Appetit zu essen. Markus steckt seine Gabel in den frittierten Fisch und kostet. »Und? Schmeckt's?«

Mathilde nickt. »Wundere dich nicht, wenn ich schmatze und mir zwischendurch die Finger ablecke. Es ist köstlich.« Nach und nach leeren sie das erste Glas Wein, während Freddy Quinns schmalziger Song über die Weite des Meeres und die Einsamkeit eines Mannes ein anderes Lied ablöst. Ab und zu balanciert Olav köstlich gegrillte Fische an ihnen vorbei. Sie essen eine Weile still vor sich hin, essen langsam und werfen sich zwischendurch vielsagende Blicke zu.

»Vor sechs Monaten bin ich übrigens geschieden worden«, rutscht Markus schließlich heraus.

»Gutes Essen lockert ohne Zweifel die Zunge. Pass auf, sonst weiß ich bald, welche Unterhosen du trägst«, neckt Mathilde ihn mit halbvollem Mund.

»Zu spät. Ich bin längst Wachs in deinen Händen.« Markus hält ihr sein Weinglas hin. Sie stoßen erneut an und trinken.

»Dann will ich aber unbedingt wissen, wie es deiner Frau ohne dich so geht? Keine Ausflüchte. Sag die Wahrheit«, verlangt sie.

»Sie hat einen Kollegen an der Angel«, gibt er sofort zu »Er ist Tumorchirurg, stammt aus Dresden und arbeitet seit zwei Jahren in Hamburg. Es hat ihn geradewegs in Annas Bett verschlagen. Abends reden sie wohl über kanzerogene Stoffe, freie Radikale und neueste chirurgische Methoden, die der Brusterhaltung dienen, und danach soll's im Bett heiß hergehen. Mir vergeht's schon bei dem Gedanken. Sie hätte besser einen Schauspieler oder Sänger nehmen sollen. Irgendwas Künstlerisches. *Das* ist inspirierend.«

Mathilde rutscht die Gabel aus der Hand. Laut klappernd fällt sie zu Boden.

»Entschuldige! Ich bin ungeschickt«, sagt sie und bückt sich nach dem Besteck. Mit der Gabel in der Hand, kommt sie wieder nach oben. Die Worte ›Tumorchirurg‹ und ›Brusterhaltung‹ haben sie völlig aus dem Konzept gebracht. Es fällt ihr schwer, sich nicht das blanke Entsetzen anmerken zu lassen, das mit einem Mal von ihr Besitz ergreift.

»Alles in Ordnung?« Markus sucht ihr Gesicht nach einer Erklärung für ihre plötzliche Nervosität ab.

»Ja, aber ja!«, sagt sie rasch. Olav eilt herbei und tauscht die Gabel aus. Mathilde reißt sich zusammen. »Dann bist du zurzeit wohl mit einer Schauspielerin oder einer Schlagersängerin liiert?«, versucht sie in lockerem Ton an die Unterhaltung anzuknüpfen.

Markus zögert kurz, spricht dann aber weiter: »Weder noch!«, berichtet er. »Kannst du dir vorstellen, dass ich abends diskret durch den Bühneneingang husche, um meine Flamme zu sehen?« Er schüttelt vehement den Kopf. »Ich bin vogelfrei. Ohne Futterhäuschen. Selbst jetzt, im Winter.« Mathilde spürt, dass der Hinweis aufs fehlende Futterhäuschen eine Aufforderung an sie ist. Sie entgegnet nichts darauf. Wartet einfach ab, bis er weiterspricht.

»Mal abgesehen von unseren privaten Situationen, freue ich mich, dass du bei uns anfängst. Ein bekanntes Gesicht am frühen Morgen kann nicht schaden. Wir werden uns schon zusammenraufen. Nicht wahr, Mathilde?«

»Was ich dir hiermit verspreche«, bekräftigt sie.

## 25.

Bastian kann das Alleinsein nicht länger aushalten. Trotz des fürchterlichen Wetters verlässt er noch mal das Haus, steigt in seinen Wagen und fährt ziellos durch die Gegend. Vor einem Lokal, das er nicht kennt, bringt er seinen Wagen zum Stehen. Der Wind hat inzwischen Orkanstärke erreicht und reißt ihm, als er aussteigt, fast die Autotür aus der Hand. Bastian schafft es mit Mühe, sie zu schließen, und rennt schnellen Schrittes auf den hellen Lichtschein des Lokals zu.

Als er die Tür öffnet, sieht er Männer in dicken Pullovern an der Theke sitzen. Für einen flüchtigen Moment glaubt er, Mathilde neben einem dieser Männer auszumachen. Sie wirkt wie Inka damals, lockt ihn mit ihren Lippen und er folgt ihrem stummen Ruf und tritt endgültig ein. Doch kaum ist er näher gekommen, bemerkt er, dass es nicht sie ist, die dort an der Theke sitzt, sondern eine fremde Frau, die Sekt trinkt und deren Blick ihn kurz streift.

Bastian findet den letzten freien Barhocker und nimmt ihn in Beschlag. Kaum sitzt er, bestellt er Chivas Regal. Das braucht er jetzt, redet er sich selbst gut zu. Der Wirt serviert umgehend und wünscht ihm einen guten Abgang. Bastian trinkt schnell. Der Geschmack ist ihm egal, er will nur das tröstliche Brennen und die Wärme im Magen spüren.

Seit heute früh nimmt sein Leben, fein säuberlich, eine Wendung. Mit einem Mal erscheint ihm alles wie das Meer dort draußen. Selbst eine sich kaum kräuselnde Wasseroberfläche kann sich später zu einer reißenden Brecherwelle aufbauen. Der Tod, das endgültige Ende der Dinge, all das ist jederzeit möglich, wie er durch das Schicksal Hartmut Kielgas' erfahren hat – und das macht ihn nervös. Bastian hält viel von Planung, von Strategie und Problemlösung oder besser gesagt, von Verhinderung.

Lediglich die Worte Regines und sein Status als Mann fürs Leben haben ihm kurzzeitig das Planen vergällt und sind ihm damals sauer aufgestoßen. Doch was zählen inzwischen die Voraussagen seiner Schwiegermutter? Die Sicherheit, die sie ihnen wie ein Geschenk vor die Füße gelegt hat und die ihm wie ein Fluch erschienen ist, löst sich gerade in Nichts auf. Was würde er heute darum geben, noch einmal ihre Worte zu hören und zu glauben, dass sie stimmen.

Sie *waren* das schöne Paar, das in dem netten Haus am

Meer *gewohnt hatte*. Ein Paar fürs Leben, das genau daran gescheitert war – am Leben. Das vermutet er zumindest.

Alle Sätze spielen sich in Bastians Kopf in der Vergangenheitsform ab, und weil ihn die Gedanken quälen, lenkt er sich ab und blickt sich im Lokal um. Es ist klein wie ein Wohnzimmer. Mit Wänden, die lange keine frische Farbe mehr gesehen haben. Doch trotz der offensichtlichen Mängel ist es gut besucht. Stammgäste, vermutet Bastian, denn die meisten verhalten sich auf eine geschmeidige, selbstverständliche Weise, wie man es tut, wenn man etwas kennt und sich zugehörig fühlt.

Neben ihm sitzt ein Mann mit Schlägerkappe, der etliche Kilos zu viel auf den Rippen hat. Der Typ sieht verschlagen und rücksichtslos aus, denkt Bastian bei sich. Himmel noch mal, wo bin ich hier nur gelandet? Er trinkt aus, stellt das Glas auf den Tisch und entscheidet sich, das Lokal rasch zu verlassen.

»Zahlen!« Er ruft mit energischer Stimme nach dem Wirt.

»Komme sofort!«, verspricht der, dreht aber weiter seelenruhig Gläser in ein schmuddeliges Handtuch hinein. Das kann dauern.

Der Mann neben Bastian wird unruhig. Er hat etwas zu Trinken bestellt, doch er bekommt nichts geliefert. »Du bist hackedicht. Geh nach Hause!«, sagt der Wirt zu ihm. In seiner Verzweiflung klopft er seinem Nachbarn auf die Schulter und beginnt mit ihm zu streiten. Ein lautes Wort ergibt das nächste. Bastian rückt vorsorglich von den beiden ab. Er will keinen Ärger. Doch kaum hat er das zu Ende gedacht, da trifft ihn auch schon ein

Schlag von links. Der Wirt schreit laut auf und lässt Gläser und Handtuch fallen. Bastian springt geistesgegenwärtig vom Barhocker, doch zu spät. Er wird herumgerissen und sieht etwas Fleischfarbenes auf sich zukommen. Es ist eine Faust und sie landet mitten in seinem Gesicht. Er spürt einen stechenden Schmerz. Etwas Warmes läuft ihm aus der Nase. Blut. Ein zweiter Schlag folgt augenblicklich und ein Dröhnen in seinem Kopf setzt ein.

»Du elender Dreckstyp. Komm her! Ich mach dich fertig.«

»Gib den Zaster her, du Betrüger. Das hab ich dir letztens schon gesagt.«

Bastian hebt den Arm und drückt jemanden mit aller Kraft von sich weg.

»Hör auf, du Scheißkerl. Ich habe nichts mit dir zu schaffen«, schreit er, völlig außer sich.

Der Hocker, auf dem er eben noch saß, fliegt durch die Luft. Bastian hört Holz zersplittern.

»Hey, sofort aufgehört, sonst rufe ich die Polizei«, brüllt jemand direkt neben ihm.

Er wirbelt erneut herum.

»Verdammte Idioten! Ihr demoliert mir noch die Bude.« Die Stimme des Wirtes überschlägt sich fast, während weitere Gläser zu Bruch gehen. Alkohol spritzt Bastian ins Gesicht. Es brennt auf der Haut. »Komm her, du!«, schreit ihn jemand an.

Er merkt, wie sich alles in ihm anspannt. Er zieht die Hände vors Gesicht, doch seine Augen funkeln bereits. Er beißt sich auf die Zunge, seine Faust rebelliert kurz, doch dann schießt sie zielsicher nach vorn und trifft ein Gesicht.

Bastian weiß mit absoluter Gewissheit, dass er gerade jemandem die Nase gebrochen hat, als seine Beine nachgeben. Er taumelt und sinkt zu Boden, weil ihn jemand nach unten drückt und festhält. Alles um ihn herum wird schwarz wie die Nacht.

## 26.

Jonas steht vor dem kleinen Hotel und ein Gefühl versagt zu haben beschleicht ihn. Wieso hat er Mathilde nicht früher gefunden um ihr ein besseres Hotel zu besorgen und sich ein bisschen um sie zu kümmern? Der schmuddelige Läufer vorm Eingang lässt ihn wahrlich nichts Gutes ahnen. Hadere nicht mit dir, redet er sich gut zu. Es gibt im Leben oft eine zweite Chance. Darauf hofft er auch jetzt. Er zögert nicht länger und betritt das Hotel. Kaum drinnen, peilt er zielstrebig die Rezeption an, und als er vorm Portier steht, sagt er mit fester Stimme: »Den Schlüssel von Frau Meysens Zimmer bitte! Ich bin ihr Mann.« Die Behauptung fällt ihm leicht und er spürt, dass er völlig ruhig bleibt und auch nicht rot wird.

»Entschuldigen Sie. Ihre Frau hat mit keinem Wort

erwähnt, dass Sie nachkommen.« Der Portier ist skeptisch.

»Konnte sie auch nicht, sie weiß nämlich nichts davon. Es ist eine Überraschung.« Jonas spürt die Ausbuchtung in der Tasche seines Jacketts, die von der Schatulle mit den Ohrringen herrührt, und in der Gewissheit, das Richtige zu tun, fällt ihm diese charmante Lüge ganz leicht.

Das Gesicht des Portiers erhellt sich. Die Skepsis weicht aus seinem Blick. Er fragt nicht weiter nach einem Ausweis und händigt Jonas gutgläubig den Zimmerschlüssel aus.

Mein Gott, wie leicht sind Menschen zu beeindrucken. Ein fester Blick und eine Stimme, die keinen Zweifel zulässt, genügen, und man bekommt, was man will.

Den Schlüssel in der Hand geht Jonas Richtung Aufzug, steigt in selbigen ein und drückt auf den Knopf. Er wird im Zimmer auf Mathilde warten. Und zum ersten Mal wird ihm das Warten nichts ausmachen.

Während er nach oben schwebt, glaubt Jonas zu spüren, dass der Aufzug schneller wird. Geradeso, als helfe er ihm bei seinem Vorhaben. Alles Glück ist auf seiner Seite.

Ist es manchmal nicht so, dass das Leben einen aus seiner Enge lockt und man Anlauf nimmt, um ein neues Ziel zu erreichen? Wer Anlauf nimmt, ist gut unterwegs. Und wer gut unterwegs ist, kann durchaus ein Weilchen warten. Welch wunderbare Erkenntnis.

# 27.

»Zwei Gläser Portwein als Dessert habe ich mir schon ewig nicht mehr gegönnt.« Mathilde kichert, während Markus nur einen lauen Satz hervorbringt.

»Freut mich, dass du so guter Stimmung bist.« Er begleicht mit seltsam verkniffenem Mund die Rechnung, steckt seine Geldbörse ein und hält Mathilde halbherzig den Arm hin. Der freundliche Sinn der Worte und sein ernster Gesichtsausdruck wollen nicht recht zusammenpassen. »Lass uns gehen«, sagt er schroff. Alles Flirten ist dahin. Ein anderer Markus kommt zum Vorschein. Einer, den Mathilde noch nicht kennt. »Ich glaube, wir haben genug für heute.« Mathilde hört ihn *wir* sagen, ahnt aber, dass er *du* meint. Sie steht schwerfällig auf und während sie das tut, kommt es ihr vor, dass nur ihre Fußballen den Boden berühren. Die Fersen schweben regelrecht in der Luft. »Wiedersehen!« Olavs Stimme dringt fröhlich an ihr Ohr, tut aber weh.

»Gute Nacht!«, erwidert Mathilde. Sie geht hinter Markus her auf den Ausgang zu. Vorbei an den beschäftigten Menschen mit den lärmenden Stimmen. Auf der ›D.E.S. Bergedorf‹ finden weiter hitzige Feierabend-Debatten und leises Liebesgeflüster statt. Doch für Markus und sie war es das mit der angenehmen Stimmung. Mathilde hastet an ihm vorbei und stürzt hinaus. Ihr ist plötzlich übel. Kaum draußen, fällt sie auf die Knie, reißt sich die Strumpfhose auf und erbricht sich hinter einer Ecke. »Scheiße! Verdammt!«

Mathilde spürt Markus' Atem in ihrem Nacken, heiß und schwer – und seinen Zorn. Sicher vermutete er, sie habe zu viel getrunken. Doch sie ist nicht betrunken. Die Worte ›Tumorchirurg‹ und ›Brusterhaltung‹ und vor allem die Bilder, die dazu in ihrem Kopf entstanden sind, erinnern sie unablässig und mit voller Wucht an das, was sie die ganze Zeit über vergessen will. Sie ist krank. Weiß nicht, wie viel Zeit sie noch hat.

Offenbar rinnt schon jetzt das Leben aus ihr heraus. Säuerlich stinkend nimmt das Ende hier seinen Anfang und Mathilde spürt, wie die Scham ihren Körper einnimmt. Sie kann Markus nicht erzählen, was mit ihr geschieht. Will ihm diese Bürde nicht auflasten. Er ist ein netter Schulkamerad, den sie wieder gefunden hat, aber vor allem ist er ihr neuer Arbeitgeber. Herrgott, wie kommt sie nur dazu, eine neue Arbeitsstelle anzunehmen? In ihrem Zustand? Wo hat sie nur ihren Verstand gelassen und wo ist das Gefühl der Zuversicht von vorhin geblieben? Dieses seltsam gleißende Glück?

Als er sich zu ihr hinabbeugt, winkt sie mit unwirscher Geste ab. Und anstatt einer vernünftigen Antwort, die sie schon auf den Lippen hat, kommt ein letzter Schwall unverdauter Nahrung aus ihr heraus. Markus kramt in seiner Hosentasche nach einem Taschentuch, zerrt es heraus und hält es ihr mit abgewandtem Kopf hin.

Mathilde drückt es sich schützend vor den Mund, schafft es hoch und torkelt mit unsicheren Schritten auf den Volvo zu. »Den Geruch von Erbrochenem kriegt man nie mehr aus den Polstern. Mach mir bitte nicht den Wagen voll«, warnt Markus geradezu. Er öffnet die Beifahrertür und sein verurteilender, abgekühlter Blick verrät, dass sie nun gefährliches Gut ist. Mathilde nickt verschämt, während es in ihrem Magen rumort, als ziehe eine Armee gegen sie in den Krieg. Sie ahnt, dass ihre Schonfrist vorbei ist.

Sie verlassen die Idylle des Museumshafens von Oevelgönne, und die glitzernden Lichter der Straßenlaternen huschen nicht mehr freundlich an ihren Augen vorbei, nette Lichter, die den Feierabend begleiten. Nun sind es Brennstäbe, die ihr ins Gehirn fahren und sie verrückt machen.

In ihrer Verzweiflung fährt sie die Scheibe herunter, lehnt sich etappenweise aus dem Fenster und zählt die dunklen Fensterlöcher der Häuser, um sich abzulenken. Bald darauf hält Markus' Volvo vor dem kleinen Hotel, in dem sie abgestiegen ist. Er stellt den Motor ab und schaut in die finstere Nacht. Mathilde glaubt zu erahnen, dass er damit beschäftigt ist, Herr seines Zorns zu werden. Der Satz, den er als nächstes zu ihr sagt, bestätigt ihre Vermutung.

»Verflixt noch mal. Hättest du nicht weniger trinken können? Du siehst aschfahl aus«, poltert er in die Stille hinein. Mathilde spürt, wie jedes Wort von ihm zu einem Messer wird, das ihr ins Fleisch schneidet. Und als sie die Sonnenblende herunterklappt, um in den integrierten Spiegel zu blicken, sieht sie, dass er recht hat. Ihre Augen sind eingefallen und ihre Haut hat jede Farbe verloren.

Markus' ständig im Kreis laufende Gedanken flüstern ihm ein, dass es nichts Abtörnenderes gibt als eine Frau, deren schönes Gesicht sich von einem Moment auf den anderen in die Fratze einer Betrunkenen verwandelt. Doch obwohl er seine Gefühle diesbezüglich für nachvollziehbar und sogar für richtig hält, fühlt er sich auch unsicher. Es macht dich fertig, mit einer betrunkenen Frau unterwegs zu sein. Was du nicht sagst. Klar, es riecht eklig, wenn sie kotzt, sieht grauenhaft aus und ist vor allem zu vermeiden. Doch egal, wie abstoßend so eine Situation ist, weißt du denn, was hinter der ganzen Sache steckt? Vielleicht leidet Mathilde unter einer Allergie? Oder der Fisch war verdorben? Eben noch hast du sie begehrt und sogar verehrt. Aber jetzt lässt du dich von ein bisschen Erbrochenem erschrecken, obwohl du Hilfe leisten solltest. Du bist ein Weichei. Nein, viel schlimmer, du hast kein Herz und lässt zu, dass sie es mitkriegt. Markus' Kehle schnürt sich zu. Er schämt sich plötzlich auf eine Weise, dass ihm selbst übel werden könnte. Mathilde hatte seinetwegen eine Narbe am Knie riskiert und enorm viel Herz gezeigt. Sie war für ihn da. Damals, vor vielen Jahren, als sie noch zur Schule gingen.

## 28.

Der Nachtportier lächelt ihr auffordernd zu und erinnert sie daran, dass sie noch nicht in der schützenden Anonymität ihres Zimmers ist. »Schönen guten Abend, Frau Meysen!«, sagt er viel zu laut. Mathilde will sich am liebsten vor der ganzen Welt verstecken.

»Meinen Schlüssel«, sagt sie nur. Ihr kalkweißes Gesicht spricht Bände und der Portier wendet sich diskret ab.

»Ihr Mann ist bereits oben und erwartet Sie.« Er seufzt und lässt seine schiefen Zähne sehen. Mathilde wird noch eine Spur weißer im Gesicht. Falls das überhaupt möglich ist.

»Sie haben *meinen* Schlüssel *meinem Mann* ausgehändigt?«, bringt sie heraus. »Ich hoffe, das war in Ordnung? Es sollte eine Überraschung werden«, verteidigt sich der Portier. Plötzlich ist er verunsichert, ob er das richtige getan hat.

»Schon gut«, presst Mathilde hervor, obwohl sie sich nicht sicher ist, dass alles *gut* ist. Bastian wartet oben auf sie, um sie zur Vernunft zu bringen und ihr zu entlocken, was in sie gefahren ist, Sylt von einem auf den anderen Tag zu verlassen. Schon der Anstand gebietet es, ihm ins Gesicht zu blicken und die Wahrheit zu sagen. Oder zumindest den nötigsten Teil davon. Wie kannst du mich und dein Zuhause einfach so verlassen? Sie hört ihn bereits eindringlich auf sich einreden und kann es ihm nicht mal übel nehmen.

Mathilde geht zum Aufzug. Ist es nicht egal, ob sie sich seinen Fragen jetzt stellt oder ein andermal? Egal, in welchem Zustand sie sich befindet.

Als sie vor ihrer Zimmertür ankommt und dabei ist, den Zeigefinger zu krümmen, um zu klopfen, biegt ein Mann um die Ecke. »Mathilde! Warte bitte! Ich muss Abbitte leisen.« Markus, dessen eiskalter Blick und dessen Hinweis auf seine verfluchten Polster sie verletzt haben, kommt auf sie zugerannt. Ehe sie sich's versieht, steht er vor ihr und schaut sie mit einem Dackelblick an, der alles Verurteilende verloren hat. »Verzeih!«, sagt er mit atemloser Stimme. Und zu allem Überfluss umfängt er mit aller Kraft und gegen ihren Willen ihren zitternden Körper. In diesem Augenblick öffnet sich die Tür zu ihrem Hotelzimmer und Jonas erscheint auf der Bühne dieser seltsamen Inszenierung. Er schaut sprachlos auf Mathilde im Arm eines Mannes, der nicht er ist.

## 29.

Bastian lässt die Polizeistation und eine Menge nerviger Fragen hinter sich, als er nach draußen tritt und der Wind ihn schüttelnd umfängt. Dort drinnen, in der Obhut zweier Polizisten, hat ein Arzt sich seiner angenommen, um seine Verletzungen erstzuversorgen.

»Ist nicht gerade angenehm, am Feierabend von der Polizei aufgelesen zu werden, was? Sie sollten in Zukunft einen weiten Bogen um Schlägereien machen«, hat der Mann in den Sechzigern ihm mit grüblerischem Grinsen geraten. »Die Wunde an der Schläfe ist tief und muss im Krankenhaus genäht werden. Der Rest hält sich in Grenzen. Zwar Blut, wohin man schaut, aber es wird schon wieder.«

»Ich hab eben Glück gehabt.« Bastian unterstrich den Satz mit einem trotzigen Lachen, während der Arzt weiter an ihm herumhantierte. Es war die unpassende Umschreibung für einen Tag wie diesen und ein völlig verrückter Satz, wenn man den Zustand seines Gesichts bedachte.

## 30.

Als die Schatten unter Mathildes Augen überdeutlich hervortreten, verfliegt Jonas' Wut und er ist nur noch besorgt. »Soll ich einen Arzt rufen? Du bist blass, Tilda.« Er fasst vorsichtig nach ihrem Arm.

»Nicht nötig, es geht schon!« Mathilde schiebt Markus von sich weg, und dabei rutscht auch Jonas' Hand von ihr herab. »Ich sollte gehen. Schon verstanden.« Markus ist klar, dass er zurzeit nichts tun kann, um sie davon zu überzeugen, dass er sich falsch verhalten hat. Das wird er nachholen müssen.

Als er davontrottet, deutet Jonas mit seinen Augen Richtung Zimmer. »Sicher willst du wissen, weshalb ich hier bin.« Mathilde nickt nur, kommt rein und lässt sich erschöpft auf die Bettkante fallen.

»Der Portier sagte, mein Mann warte oben auf mich. Doch anstatt Bastian hier vorzufinden, treffe ich dich an.«

»Zu behaupten, ich sei dein Mann, war ganz schön gewagt. Ich hoffe, du nimmst es mir nicht übel«, gibt Jonas zu. Gekonnt befreit er sie von ihrem Schuhwerk.

Normalerweise weiß er mit Herausforderungen umzugehen, ist ein Mann mit Sachverstand und Rückgrat. Jemand, der die Misstöne des Lebens herausfiltern und manchmal auch neutralisieren kann.

Das Leben verläuft selten reibungslos, das ist sonnenklar, wenn man die 50 überschritten hat. Aber hier läuft etwas gehörig schief – und das irritiert Jonas.

Um sich abzulenken, beschwört er seinen Status als erfolgreicher Unternehmer herauf. Ruft sich die Fähigkeit Menschen zu führen ins Gedächtnis. Doch all das zählt nicht, angesichts eines Tages, der ihm Mathilde in den Armen eines anderen präsentiert. Während derart widersprüchliche Empfindungen in ihm wüten und seine Muskeln sich verhärten, sagt Mathilde: »Warte kurz!« Sie verschwindet im Bad, putzt sich die Zähne und spült sich den Mund aus. Als sie zurückkommt, setzt sie sich wieder aufs Bett und schaut Jonas erwartungsvoll an.

»Weshalb bist du hier?«, fragt sie.

Er bringt es nicht über sich, alles vor ihr auszubreiten. Ich will mit dir zusammen sein, denn da ist dieses Gefühl, das mir sagt, wir sind gut und wichtig füreinander. Doch obwohl ich so empfinde, kann ich Ellen nicht verlassen. Ich halte eine Ehe aufrecht, aus der die Luft raus ist. Aber die gemeinsamen Jahre wirft man nicht einfach so weg. Man kämpft darum. Das sind wir einander und den Kindern schuldig. Würde sie ihn für einen dieser Typen halten, die sich nie für etwas entscheiden können? Jemanden, der alles will und selbst nie dafür zahlt?

Davon abgesehen, brennen Jonas selbst unzählige Fragen auf der Seele, die er unbedingt loswerden muss. Er wagt kaum, sie zu stellen. Was ist mir dir und dem Mann, den du umarmt hast? Und was ist mit Bastian? Was empfindest du für mich? Noch immer lauert ein mit Mühe aufrechterhaltenes Lächeln in Mathildes Gesicht.

»Weißt du was«, sagt Jonas endlich. »Als ich meinen 40. Geburtstag feierte, haben mir einige Geschäftspartner, die sich zu Freunden gemausert hatten, eine gewisse Strahlkraft zugestanden. Die üblichen netten Komplimente, die einem an solchen Tagen gemacht werden.« Als er Mathilde anblickt und bemerkt, dass sie ihn mit einem müden, aber aufmerksamen Blick bedenkt, der nichts Verurteilendes hat, wird ihm warm ums Herz. »Dabei bin ich nur ein Mann, der am Bett einer Frau sitzt, für die sich sein Herz erwärmt. Alles, was zählt, ist, was du zu mir sagst. Die anderen sind mir nicht wichtig.« Jonas fühlt sich entblößt, ungeschützt, aber er hat das Gefühl, bei Mathilde in guten Händen zu sein. »Ich fühle mich wohl mit dir. Wie in einem schützenden Kokon.« Er sucht nach Vergleichen, um ihr seinen Zustand klarzumachen. »Ich verwandle mich gerade. Wie ein Schmetterling. Ich bin dabei etwas Neues zu werden.« Jonas'

Worte schaffen es, das Lächeln in Mathildes Gesicht zu entspannen. Es erreicht nun ihre Augen und wird zu einem wunderbar lebendigen Lächeln. Während Jonas dieses Wunder in ihren Augen beobachtet, belebt sich alles in ihm. Das Leben draußen zählt nicht länger. Es gibt nichts zu tun, außer da zu sein und das Glück bis in die Haarspitzen zu fühlen. Er legt seine Hand auf Mathildes Wange, spürt die angenehme Wärme ihrer Haut und am Hals ihren Herzschlag, der wie eine beruhigende Melodie klingt.

Am liebsten würde er sie jetzt ausziehen, sie ihres Blazers, der Bluse, des Rockes und der Unterwäsche entledigen, bevor er sich ans sanfte Küssen ihre Halsbeuge und ihres sinnlichen Mundes machen würde. Mit Worten der Liebe und der Zärtlichkeit würde er sie erobern und später gemeinsam mit ihr in einem Rausch der Lust schwelgen, seine Arme schützend um sie geschlungen. Sein Verstand, der ihm eintrichtert – sie hat einen anderen umarmt –, steht auf verlorenem Posten. Er soll sich zum Teufel scheren. Die Liebe fragt nicht nach. Sie verschenkt sich einfach. Auch er will sich verschenken. An Mathilde.

# 31.

Er hat nicht gewusst, dass Liebe so schnell von einem Besitz ergreift. Aber nun liebt er wie nie zuvor.

»Das Leben ist verrückt und unvorhersehbar, Tilda. Heute früh warst du noch meine Nachbarin auf Sylt und nun bist du alles für mich.« Er spürt, wie er bebt. Er sehnt Mathilde zitternd herbei.

»Was sagst du nur, Jonas? Was redest du?« Mathilde spürt, dass seine Worte die Eisschicht in ihrem Herzen zum Schmelzen bringen. Es ist, als hätte er genug Leben für sie beide, und dieses Wissen verringert den Druck, den der Brief in ihr auslöst. Plötzlich wiegt alles weniger schwer.

Braucht es tatsächlich die Wegstrecke eines ganzen Lebens, um glücklich zu sein? Ist nicht ein Tag in Liebe das Größte, was man erfahren darf? Was kann dieser Brief in ihrer Tasche ihr tatsächlich anhaben? Jonas liebt sie und sie liebt ihn ebenfalls. Sie weiß es, seit sie einander zum ersten Mal auf Sylt begegnet sind. Sie hat sich nur nicht getraut, es sich einzugestehen.

Jonas haucht einen zärtlichen Kuss auf Mathildes Mund und seine Augen verschlingen sie geradezu.

»Wenn ich dich anschaue, wird mein Heißhunger aufs Leben gestillt. Weißt du, wie sich das anfühlt? Es ist satt sein, nachdem man Jahre nichts gegessen hat. Es ist wunderbar.« Während er Mathildes Hand in seiner wiegt und jeden ihrer Finger kennenlernt, wird Jonas klar, dass das

Empfinden des Heißhungers immer da gewesen ist. Die Jahre des geschäftlichen Erfolgs, die Geburt der Kinder und sein von Terminen gespicktes Privatleben an Ellens Seite haben seinen Appetit aufs Leben, den er schon immer verspürt hat, nie gesättigt, sondern noch verstärkt. Er hat alles gehabt und sich doch nie ganz gefühlt. Viele Jahre lang hat er geglaubt, andere Frauen könnten ihn von diesem seltsamen Gefühl befreien. Doch es hat nicht funktioniert. Bis er Mathilde in Sylt über den Weg gelaufen ist.

Er hatte sie zum ersten Mal am Strand gesehen. Sie war mit dicken Stiefeln an den Füßen und einem Schal um den Kopf drauflos marschiert und hatte dem Wind getrotzt. Ihn, der sie durchs Fenster seines Hauses voller Interesse beobachtete, hatte sie gar nicht bemerkt. Jonas hatte es plötzlich eilig gehabt, das Haus zu verlassen, um an die frische Luft zu kommen. War in Stiefel und Jacke geschlüpft und hinter ihr her gerannt. Es war ein belebendes Gefühl gewesen, ihr zu folgen. Obwohl nichts Spektakuläres geschah.

Das nächste Mal waren sie sich im Supermarkt in Westerland über den Weg gelaufen. Es war der Tag vor ihrem Einweihungsfest gewesen. Sein Einkaufswagen quoll fast über vor Einkäufen. Sie dagegen hielt nur ein Päckchen Butter, ein Glas Marmelade und ein Brot vor ihrer Brust fest. Ein kurzer Gruß, wenige freundliche Worte, mehr war es nicht gewesen. Doch sie hatte ihn mit einem derart innigen Lächeln bedacht, dass ihm warm ums Herz geworden war.

Und dann das Fest in ihrem Haus. Er sieht sie vor sich, in ihrem schlichten Kleinen Schwarzen, das ihr so gut stand.

Wie sie dort mit vorm Kleid zusammengelegten Händen gestanden hatte, umgab sie eine unerschütterliche Ruhe. Er hatte deutlich gespürt, Mathilde suchte nichts, sie war einfach da. Sie war im Innersten glücklich, auch, wenn sie es vielleicht selbst gar nicht wusste.

»Jonas«, sagt Mathilde und holt ihn aus seiner entrückten Stimmung, zurück in die Gegenwart. »Möchtest du mir sagen, was das alles bedeutet?«

»Ich weiß, es klingt seltsam.« Jonas hält ihre Hand fest in seiner. Auf eine zärtliche, behutsame Weise. »Aber ich möchte dich bitten, mich in dein Leben zu lassen.« Ja, die Liebe bringt das Beste in einem zum Vorschein. »Um ein Teil von dir zu sein«, ergänzt er.

»Du bist verheiratet, Jonas. Und du weißt nichts von mir. Wir kennen uns doch gar nicht.« Mathilde weiß, dass alles, was sie sagt, verrückt klingt. Vor allem der Hinweis auf Jonas' Ehe. Schließlich ist sie selbst gebunden und kann ihm nicht vorwerfen, es ebenfalls zu sein.

»Hast du nicht auch herausgefunden, dass die Liebe nicht nach einem Stück Papier fragt? Sie ergreift zwei Menschen, oft von heute auf morgen, und verbindet sie. Sie verbindet *uns*.« Jonas hat gerade erst damit begonnen, sich über sich selbst und seine Gefühle klar zu werden. Das will er Mathilde verdeutlichen, damit sie begreift, dass es ihm ernst ist. Er erkennt sie, weil er sich selbst erkennt.

Mathilde spürt, wie der zögerliche Ausdruck aus ihrem Gesicht verschwindet. Wenn sie es zulässt, entsteht eine neue Welt voller Romantik und Zärtlichkeit. Sie muss nur Ja zu allem sagen. Ja zu seinen und ihren Gefühlen. »Vielleicht hast du recht. Was bedeutet eine Unterschrift, vor vielen Jahren geleistet, wenn die Liebe dich findet«, gibt sie zu.

Jonas sieht sie mit einem Blick an, der alles besiegelt. Erneut kommen Mathilde die Tränen. Sie bilden einen sanften Schleier vor ihren Augen, und sie unternimmt nichts dagegen. Lässt sie einfach laufen.

# 32.

Am nächsten Morgen wacht sie als Erste auf. Freudig registriert sie, dass es ihr besser geht. Sicher gewährt ihr das Leben noch eine Pause. Sie muss sie nur nutzen.

Das Gefühl der Übelkeit und der Schwere, das sie gestern Abend beherrscht hat, ist verschwunden. Sie fühlt sich leichter und ihr Kopf ist klar. Den Gedanken, dass ihr Unwohlsein mit ihrer Krebserkrankung zu tun haben könnte, erstickt sie erfolgreich im Keim. Vermutlich hat sie sich gestern den Magen verdorben. Sie will positiv nach vorn blicken. So gut es eben geht.

Mathilde registriert Jonas' Körper neben sich, stützt sich auf die Ellbogen, um ihn besser betrachten zu können. Leise hört sie ihn atmen, während seine Brust sich rhythmisch hebt und senkt. Nachdem sie ihn eine Weile angesehen hat, spürt sie, wie ihr Körper reagiert. Ihre Arme, auf die sie sich stützt, ohne sich anzustrengen, erbeben und auch ihre Beine, die unter der Decke liegen, regen sich. Ihr Bauch, nah an Jonas, zuckt, ja sogar ihr Venushügel, der sich längst nach ihm sehnt, pulsiert. Eine Weile liegt sie da und genießt das Entzücken, den geliebten Menschen auf eine achtsame Weise anzusehen. Ohne ihm zu nahe zu kommen.

Und zum ersten Mal spürt sie ein Verlangen aus ihrer Mitte heraus. Es kommt aus ihrem Herzen, aber es entzündet sich an ihrem Körper. Ein Liebesgefühl aus eigener Liebe ist ihr fremd. Aber vor allem ist es überwältigend. Sie wagt es, ihre Hand auf die Stelle zu legen, wo sein Herz unter der Brust schlägt. Seine Haut ist weich und riecht süßlich-herb, als sie daran riecht. Ohne Vorbehalte wandert ihre Hand an seinem Körper hinab. Die Decke wölbt sich leicht, während sie sich ihren köstlichen Weg sucht. Seinen muskulösen Bauch entlang, bis zu seinem Becken und den Oberschenkeln. Es dauert nicht lange, da dreht Jonas den Kopf zu ihr hinüber. Zaghaft öffnet er die Augen.

»Du bist wach«, flüstert Mathilde zärtlich. Sie blickt ihn an. Voller Staunen, weil sein Blick offen ist, bereit und liebevoll. Ein Blick, an dem sie sich berauscht.

Jonas sucht Mathildes Hand, zieht sie langsam an seine Lippen und küsst sie. Dann sucht er ihren Bauch, findet ihn und fährt sachte, schließlich fester über ihr Fleisch. Sein Griff nach ihr hinterlässt Sehnsucht auf ihrem Körper.

»Hast du gut geschlafen?«, flüstert sie. Er nickt und küsst ihr die Gewissheit darüber auf den Mund. »Es ist das erste Mal, dass wir nebeneinander wach werden …«, beginnt sie.

»… und uns zu Tagesbeginn zärtlich küssen«, endet er. »Ein besonderer Moment, den wir noch nicht kennen.« Seine Augen funkeln sie an, wie es nur das Glück der Liebe zustande bringt. Und als ihre Blicke sich nun treffen, überflutet sie die Lust und sie liegen sich sofort in den Armen. Beide darüber staunend, dass es sich so einnehmend und richtig anfühlt, sich zu umfangen.

»Du bist so kostbar für mich, Tilda«, flüstert Jonas. Er fühlt plötzlich eine unbezähmbare Gier nach der Frau neben sich in sich aufsteigen. Ein lebhaftes Drängen seiner Lenden, das nach und nach seinen ganzen Körper ergreift. Seine Füße verfangen sich unter der Decke, als er nach Mathildes Oberkörper langt, um sie von der Zudecke zu befreien und anzusehen. Da liegt sie in ihrer ganzen Pracht, ihrem Wollen, und Jonas spürt, dass diese neu gewonnene Liebe wie eine Verjüngungskur für ihn ist.

Sein Mund tastet sich vorsichtig an ihren Körper, zieht eine feuchte Spur zwischen ihren Armen, ihren vollen Brüsten und ihren wohlig warmen Schenkeln, die sich für ihn spreizen. Seine Lippen gleiten an ihr hinauf und hinab. Er küsst ihr zartes Kinn, die Wölbung ihres Halses, das Schlüsselbein und schließlich die Kuhle zwischen ihren Brüsten, bis ihr Körper weich und willig unter ihm wird.

»Jonas, ach, Jonas«, seufzt Mathilde. Sie empfängt jeden seiner Küsse wie eine Offenbarung, gräbt ihre Hände in die faltigen Laken des Bettes. Wie von selbst legen sich ihre Finger schließlich auf sein pulsierendes

Glied. Und während sie sich leidenschaftlich küssen, Lippen an Lippen, versetzen sie sich gegenseitig in einen Zustand fieberhafter Erregung. Noch nie ist Mathilde so in Ekstase geraten, als sie einen Mann in sich hineingleiten spürt. Der Speichel von Jonas' nassen Küssen rinnt ihr das Kinn hinunter, während er beginnt, in sanftem und bald schnellerem Rhythmus in sie hineinzustoßen. Mathildes geballte Hand fährt an ihre Lippen. Sie versucht ein Stöhnen zu unterdrücken, doch es gelingt ihr nicht. Die Laute wollen aus ihr heraus, wollen Zeuge dieses Augenblicks sein.

Jonas wiegt seinen Körper behutsam auf Mathildes. Da ist nichts Ruckhaftes in seinen Bewegungen, alles ist fließend. Er ist ganz Hingabe an sein Tun. Zufrieden registriert er, dass seine unzählbaren Küsse ihren Körper sanft der Lust entgegen tragen.

»Ich gehöre dir«, raunt er ihr zu, und geschmeidig finden ihre Körper noch inniger zueinander. Mathildes Arme und Beine fließen ihm entgegen und ihre Finger verschränken sich in den seinen, während ihr Unterleib sich fest an seine Lenden presst.

»Willst du mich?« Jonas zieht sich zurück und sieht sie fragend an.

Und Mathilde antwortet: »Ja, aber ja. Ich will alles von dir.« Sie haucht es mehrmals hintereinander. Weil es so schön ist, ihn zu wollen und es laut ausgesprochen zu hören. Und da, endlich, dringt er erneut in sie ein, füllt sie mit seiner pulsierenden Lebendigkeit aus.

Sie lieben sich lange im Schutz der Dämmerung, bis sie es aufgeben, den Gipfel der Lust hinauszögern zu wollen.

Jonas' Hände vergraben sich in ihr Haar wie in den Sand der Dünen. Und während sie einander anblicken, treiben sie dem Finale entgegen.

Mathilde spürt, wie sich alles in ihr auf süße, lustvolle Weise zusammenzieht, um sich dann explosionsartig zu entspannen. Die Muskeln ihrer Schenkel geben nach und ihrem Mund entkommt ein leiser Schrei. Jonas' Hände pressen sie aufs Bett und seine Augen verengen sich, als auch in ihm das Gefühl des Sichverlierens aufwallt. Es überschwemmt ihn. So, als würde er kopfüber in die alles verschlingende Brandung eintauchen.

## 33.

Als Jonas nach einer lustvollen Rast aufwacht, erhellt ein Streifen Wintersonne das Zimmer. Mathilde räkelt sich neben ihm wie ein Kätzchen und gibt sogar passende Geräusche von sich.

»Gleich werde ich Berge von Rührei, Croissants, Joghurt und Müsli verspeisen«, verspricht Jonas. »Was hältst du davon, wenn wir uns alles aufs Zimmer bringen lassen?«

»Ich habe einen Bärenhunger«, raunte Mathilde gähnend. »Und den Verdacht, dass es in meinem Hotel keinen Room-Service gibt. Wir sind nicht in einem Fünf-Sterne-Schuppen, Jonas.«

Jonas beugt sich über sie und blickt sie mit entwaffnenden Augen an. »Dann frühstücken wir später in der Stadt. Irgendwo, wo es uns gefällt. Lassen wir uns davon überraschen, was der Tag für uns bereithält?«

Auf welch wunderbare, zärtliche Weise bin ich von diesem Mann geliebt worden. Jede Sekunde der vergangenen Stunden wird für immer in meinem Bewusstsein bleiben, denkt Mathilde, als Jonas aufsteht und mit federnden Schritten Richtung Bad verschwindet. Er sieht so jung aus, so energiegeladen. Er liebt sein Leben.

Kaum hat er die Badezimmertür hinter sich geschlossen, friert Mathildes Lächeln ein. Hat sie eigentlich den Verstand verloren, dass sie nur noch Lebensfreude und Lust sieht, während das Leben mit Krankheit und vielleicht bald mit dem Tod auf sie wartet? Jonas wähnt sich am Beginn einer wunderbaren Liebe. Einer, die viele Jahre andauert. Die Sätze fressen sich unbarmherzig in ihr Herz. Lassen es schwer pochen. Während das Wasser über Jonas' Körper rinnt, meldet sich Mathildes Gewissen und erinnert sie an den Brief, der ihre Zeit so kostbar macht.

In den letzten Stunden hat sie alles in den Hintergrund gedrängt. Bastian und ihre Verantwortung ihm gegenüber, Markus und ihre neue Arbeitsstelle in der Agentur, aber vor allem ihren Zustand, die Krankheit. Jetzt zwingt sie sich klar zu denken. Erinnert sich daran, dass sie Jonas erzählen muss, was mit ihr los ist. Es ist unverantwortlich, es länger hinauszuzögern. Doch mit welchen Worten bricht man einem Menschen, kaum dass man ihn kennengelernt hat, das Herz?

Etwas in Mathilde hofft, dass Jonas verkraftet, was sie ihm gleich erzählen wird. Nicht auf die Weise, wie Angehörige von Sterbenskranken es tun, die glauben, Hoffnung und Mitleid schuldig zu sein. Vor falschem Mitleid hat Mathilde am meisten Angst. Das ist der Grund, weshalb sie sich entschlossen hat, Bastian ihre Erkrankung vorläufig zu verschweigen.

Doch wie lange darf man schweigen, wenn man sprechen soll?

»Paddy«, flüstert Mathilde unsicher. »Was soll ich tun?« Jonas hat in der Dusche zu singen begonnen. Trifft die Töne des alten Stones-Songs, ›Angie‹, ganz passabel.

Mathilde schluckt und dann steigt eine tröstliche Antwort in ihr hoch. Etwas flüstert ihr zu, bei Jonas könne es anders sein. Vielleicht hört er ihr stumm zu, während sie ihm von dem Brief erzählt, nimmt sie in den Arm und tröstet sie ohne Worte falscher Hoffnung, ohne halbherzige Lügen, während sie ihm ihre Geschichte offenbart.

Sie weiß nicht, weshalb, aber sie traut ihm zu, seine Angst wegen der Schwere der Situation zuzugeben und eben dadurch Stärke zu beweisen. Es sind seine Augen, die sie mit so viel Entschlossenheit, aber auch Zartgefühl anschauen. Seine Augen geben ihr Sicherheit.

Als Jonas wieder ins Zimmer kommt, ist er nackt und eine Menge Wassertropfen balgen darum, ihm am Körper hinunterzurinnen. Während er auf sie zukommt, rubbelt er sich mit einem flauschigen Handtuch ab.

»Jonas«, sagt Mathilde. Sie spricht, ohne ihn anzusehen. »Ich muss dir etwas geben.«

»Apropos geben! Das ist mein Stichwort.« Jonas sucht sein Jackett, findet es und zaubert eine weiß verpackte Schatulle hervor. »Das Wichtigste hätte ich fast vergessen«, meint er, als er Mathilde die Schatulle übergibt. »Hier! Das ist für dich, Tilda. Bitte mach es auf.« Jonas ist freudig erregt, fiebert dem Öffnen der Schatulle entgegen. Mathildes Hand greift zögerlich nach der Schatulle, schiebt sie dann aber weg. Jonas, der vor Übermut strotzt, missversteht die Geste, nimmt das Geschenk zurück, befreit es vom edlen Papier und lässt die Schatulle in seinen Händen aufspringen. Mathildes Augen werden von der Schönheit erlesener Ohrringe angezogen, ohne, dass sie etwas dagegen tun kann. Nun greift sie doch nach der Schatulle, fährt mit der Hand über die funkelnden Smaragde und schluckt ihre Ergriffenheit hinunter.

»Jonas …« Mehr schafft sie nicht zu sagen. Jonas versiegelt ihre Lippen mit seinem Finger.

»Ich möchte dir eine Freude bereiten. Es verpflichtet dich zu nichts, die Ohrringe anzunehmen«, verspricht er mit gerührter Stimme. Mathilde spürt, wie dieses kostbare Geschenk sie noch stärker an ihre Unehrlichkeit erinnert. Die schreckliche Wahrheit, die alles entzweireißen wird, kommt ihr nun unnütz, geradezu entstellend vor. Sie stellt die Schatulle mit einer abrupten Geste auf den Nachttisch und greift nach ihrer Tasche. Mit wütendem Griff zerrt sie den Brief hervor und hält ihn Jonas hin.

»Bring mich nicht dazu, es mir noch mal anders zu überlegen«, sagt sie.

»Anders überlegen? Was denn, Tilda?« Jonas nimmt den Brief entgegen. Er weiß nicht, was plötzlich in sie gefahren ist.

»Lies«, verlangt Mathilde und deutet auf den Brief.

»Also gut, wenn es dir wichtig ist.« Jonas schlüpft in Boxershorts, legt das Handtuch zur Seite und holt den Brief aus dem Kuvert. Langsam beginnt er zu lesen. Und während seine Augen Wort für Wort eine schreckliche Realität zusammensetzen, kann Mathilde nur eins denken: Was tue ich ihm an!

Es dauert nicht lange, bis Jonas den kompletten Inhalt des Briefes gelesen hat. Nun begreift er, was bisher nur Mathilde weiß. Als das geschehen ist, blickt er mit leeren Augen auf. Augen, die stumpf geworden sind. Einen viel zu langen Moment bedenkt er Mathilde mit einem unerklärlich wütenden Blick. Warum schaut er sie so an? Wo sind seine Trauer und sein Mitgefühl?

»Warum gibst du mir das zu lesen und woher hast du das überhaupt?« Etwas in Jonas' Stimme lässt Mathilde aufmerken. Muss sie ihm etwa erklären, dass es dieser Unglücksbote war, der neue Briefträger, der diesen Brief in den Briefkasten geworfen hat?

Jonas beugt sich zu ihr hinüber. Seine Stimme ist brüchig, als er weiterspricht.

»Wir haben uns unsere Liebe gestanden. Und jetzt muss ich das hier lesen …«, Jonas klopft mit den Fingern auf den Brief und spricht dann weiter. »...und weiß nicht, was du damit bezweckst.« Mathilde versteht kein Wort von dem, was er sagt. Mit der Schärfe, die nun in seiner Stimme liegt, hat sie nicht gerechnet, und ihre kindische Sicherheit, mit der sie seine Reaktion versucht hat einzuschätzen, verletzt sie am meisten. Jonas ist wütend auf sie, denn sie hat Krebs und sie beide wissen, was das bedeutet.

Mathilde greift nach dem Brief, den er ihr auf eine Art hinhält, die keinen Zweifel zulässt.

»Glaubst du, ich wüsste nicht, was hier steht?«, fragt sie. Wo ist der Mann hin, der eben noch ihr Leben ausgefüllt hat mit seiner Liebe, Fürsorge und seiner Freude? Mathilde blickt auf das Papier, auf dem die schreckliche Wahrheit geschrieben steht. »Du hast Angst vor der Diagnose Krebs. Davor, dass ich sogar sterbenskrank sein könnte. Das verstehe ich. Aber ich habe trotzdem damit gerechnet, dass du anders reagierst.« Mathildes Stimme gibt nach. Sie kann sich kaum noch halten und blickt auf den Brief in ihren Händen, während sie dagegen ankämpft, weinen zu müssen.

Und plötzlich entdeckt sie etwas, das ihr die Male zuvor entgangen ist. Sie liest Buchstaben, mit denen sie nicht gerechnet hat. Kann das tatsächlich möglich sein? Sie hat die ganze Zeit etwas Entscheidendes übersehen. Weil sie davon ausgegangen ist, dass die Post, die in ihrem Briefkasten liegt, für sie ist. Der Absender stimmt jedenfalls. Das Röntgeninstitut, in dem ihre Mammografie durchgeführt worden ist. Doch was ist mit dem Adressaten? Sie hat vergessen, auf den Adressaten zu achten.

Mathilde hat das Gefühl zu ersticken. Auf dem Papier, das sie in Händen hält, steht nicht ihr Name. »Ellen Hüsch«, liest sie verwirrt. Ihre Stimme klingt plötzlich fremd. Der Brief gilt gar nicht ihr. Er gilt Jonas' Frau.

Mathildes Hand zittert wie Espenlaub. Der Brief, der ihr Leben auf den Kopf stellt, gilt die ganze Zeit über Jonas' Frau. Der Postbote, der erst seit Kurzem für sie zuständig ist, hat den Brief irrtümlich bei ihr eingeworfen, anstatt bei den Hüschs.

»Wie konnte ich das so oft lesen, ohne zu bemerken, dass der Brief für deine Frau ist?« Mathilde blickt betroffen zu Jonas hinüber. In seinen Augen stehen Tränen. Sie schlägt die Hände vors Gesicht und schüttelt sprachlos den Kopf.

»Ich dachte, ich sei gemeint.« Ihre Liebe zu diesem Mann, das weiß sie plötzlich unmissverständlich, ist verloren. Und er weiß es auch.

Jonas steht auf. Mit einer verlorenen Geste streicht er ihr übers Haar. Ein letzter, zärtlicher Moment.

»Ich muss zu Ellen und ihr den Brief geben«, kündigt er an.

»Ja, das musst du«, versteht Mathilde. »Hilf ihr, so gut du kannst.« Sie klingt kleinlaut, verzagt und traurig.

Im Kopf überschlägt sich gerade ein weiteres Mal ihr Leben. Eine Weile weiß sie nicht nicht, was sie tun soll. Bis sich alles langsam entwirrt. Endlich tauchen vernünftige Gedanken auf. Sie muss Markus Bescheid geben und den Studentinnen absagen. Wenn das geschehen ist, wird sie den nächsten Zug nach Sylt nehmen, um mit Bastian zu sprechen.

Sie hat keine Ahnung, was er sagen wird, wenn er ihre Geschichte hört.

Sie wird ehrlich sein. Zu ihm und zu sich selbst. Und sie wird die Notwendigkeit, ihr Leben neu zu ordnen, nicht länger hinausschieben.

# Zweiter Teil: Heimkehr

*Schwelge in Erinnerungen,*
*und vergiss jedes Gefühl von Schuld oder Versagen,*
*dann keimt neues Leben!*

# 34.

Jonas kommt telefonierend ins Haus. Mit einer fahrigen Bewegung hängt er seinen Mantel in die Garderobe.

»Es ist dringend. Ein Notfall«, erklärt er. Er zwingt sich, das Telefonat mit Mareille weiterzuführen, während er drauf und dran ist, nach oben zu gehen, um zu packen. Doch ein Blick in den raumhohen Spiegel, den Ellen unbedingt für einen letzten Blick braucht, bevor sie das Haus verlässt, hält ihn zurück. Was er sieht, erschreckt ihn. Sein Gesicht, das heute früh noch zuversichtlich in die Welt geblickt hat, weist nun eingefallene Wangen und Falten um die Augen auf. Wie kann eine schreckliche Nachricht einen nur in so rascher Zeit verändern?

»Ich kann in zwei Stunden am Flughafen sein. Das ist machbar. Wenn ich mit meiner Frau gesprochen habe, rufe ich noch mal an. Damit Sie die Rückflüge buchen können.« Jonas beendet das Gespräch und stellt sich die Frage, ob ihm überhaupt schon aufgegangen ist, was die Situation, der er sich nun gegenübersieht, für alle Beteiligten bedeutet?

Während er im Entree steht und eine Antwort darauf zu finden hofft, fallen ihm plötzlich die Fische ein. Und im Bewusstsein, dass es einer weiteren Katastrophe gleichkommt, wenn er auch nur einen einzigen tot vorfindet, fühlt er sich noch mehr, als verlöre er den Boden unter den Füßen. Er reißt sich von seinem Spiegelbild los und rennt in die Küche, zum Aquarium, das sich sein Sohn und seine Tochter beim Einzug in dieses Haus gewünscht haben.

Darin, dass sie Fische wollten, waren die beiden sich ausnahmsweise mal einig gewesen. Mit Fischen sähe es bei ihnen wie auf den Malediven unter Wasser aus. Sie wären immer im Urlaub, hatte sein Sohn argumentiert. Er hatte nachgegeben und ein großes Aquarium gekauft. Seitdem kümmerten Ellen und die Kinder sich um das Wohlergehen der Unterwasserbewohner der Familie Hüsch.

Jetzt, wo alle außer Haus sind, ist er dran.

»Versprichst du, dass du dich so gut um unsere Fische kümmerst wie um deine Schuhe?«, hatte Anja mit strengem Blick verlangt, bevor sie und Florian zu ihren Freunden gebracht worden waren. »Heiliges Vaterehrenwort!«, hatte er geschworen und sie liebevoll umarmt.

Doch wie es aussieht, hat er die Fische vergessen und fühlt sich miserabel bei dem Gedanken, versagt zu haben. Hastig greift er nach der Dose, die im Schrank neben den Vorräten steht, öffnet sie und kippt viel zu viel Futter ins Wasser. Wie kleine Piranhas stürzen sich die bunten Schwimmer aufs Fressen. Er steht daneben, sieht die Glubschaugen, die ihn anstarren, und legt seine Hand gegen das Glas. Er sucht jeden einzelnen Fisch mit seinen Augen, fängt sogar an zu zählen. »Eins, zwei, drei, vier, fünf, sechs …« Als er sich sicher ist, dass alle Fische das Aquarium bevölkern – weit weniger aufgeregt als er –, beruhigt er sich wieder. »Ist ja gut! Ist ja gut!«, flüstert er.

Er lässt die Fischfutterdose unverschlossen auf dem Küchentisch stehen und geht ins obere Stockwerk, um das Nötigste für Lanzarote zu packen.

»Du Idiot!«, schimpft er sich, während er wahllos Pullover, Shirts, Socken und Unterwäsche in seinen Koffer wirft. »Du verdammter Idiot!«

Während er packt, sieht er Mathilde vor sich. Ihre rotbraunen Haare und ihr versonnenes Lächeln sorgen für ein erleichterndes Gefühl. Es beruhigt ihn, an sie zu denken. Macht ihn gleich darauf aber auch wütend auf sich selbst. Er darf nicht an sich denken. Er ist kein verliebter Teenager mehr. Er trägt Verantwortung. Doch obwohl er sich der Verantwortung stellen will, weiß er nicht, was jetzt zu tun ist. Das, was er nun erlebt, ist Neuland.

Wie soll ich es Ellen nur sagen? Wie wird sie reagieren, wenn sie von dem Brief erfährt? Wenn sie hört, dass sie Brustkrebs hat.

Als er Mathilde verlassen hat, war sein erster Gedanke im Röntgeninstitut auf Sylt anzurufen, um sich davon zu überzeugen, wie es um seine Frau steht. Dort hat man ihn mit nüchternen Worten an die Schweigepflicht erinnert.

Schließlich hat er sich mit dem Radiologen verbinden lassen. »Ich weiß, Sie dürfen mir nichts über den Zustand meiner Frau sagen. Deshalb frage ich anders: Was würden Sie raten, wenn eine Frau Tumore in ihren Brüsten hätte?«

»Schnellstmöglich OP, Chemo und danach sieht man weiter«, hat er ihm am Telefon abgerungen.

Erst nachdem er aufgelegt hat, hat Jonas sich darüber gewundert, weshalb Ellen die Untersuchung in Sylt vorgenommen hat und nicht in Hamburg. Und wieso sie das mit keinem Wort erwähnt hat. Schließlich ist ihm wieder eingefallen, dass sie nach Sylt hatte fahren wollen, um die Stoffmuster fürs Wohnzimmerfenster, die sie in Hamburg ausgesucht hat, vors Fenster zu halten. Um sicherzugehen, dass sie passen.

Ellen liebt es, Häuser umzugestalten. Sie kann gar nicht genug vom Dekorieren, Stoffe aussuchen und Kaufen von Accessoires bekommen. Und da sie schon mal auf der Insel gewesen ist, hat sie die Gelegenheit wohl genutzt und gleich den lästigen Mammografie-Termin hinter sich gebracht. In der Stadt dauert es immer, einen Termin zu bekommen und Ellen ist bequem, was diese Dinge angeht. Außerdem hält sie nicht viel von Vorsorge. Er schon.

»Du weißt, was ich von zu vielen Untersuchungen halte«, sagt sie, wenn er sie an ihre Checks erinnert. »Schon, wenn man ein Krankenhaus, eine Arztpraxis oder ein Institut betritt, überkommt einen das Gefühl, man befände sich auf dem Weg nach unten. In die Kiste unter der Erde«, lästert sie gern.

»Trotzdem«, verlangt er jedes Mal. »Lass es machen. Vorsorge ist wichtig.«

»Also gut, deinetwegen«, sagt sie meist und schaut ihn dabei tadelnd an. Im Stillen hofft sie jedes Mal darauf, dass er alles wieder vergisst und sie sich den Termin erspart. Doch das tut er nicht.

»Du erinnerst mich mit nervender Regelmäßigkeit daran, dass ich altere.«

»Ich will dich nicht ans Alter erinnern, Ellen. Sondern an deine Gesundheit. Schließlich haben wir noch viel vor, oder?« Er bemüht sich seit Jahren, ihr die Angst vor Falten zu nehmen. Dem Druck, sich irgendwann liften zu lassen, Botox zu spritzen oder sonst etwas zu unternehmen, weil man das in ihren Kreisen und mit einem erfolgreichen Mann an der Seite eben tut. Ob es ihm gelingt, wagt er zu bezweifeln.

Und nun ist Ellen nach Lanzarote geflogen und gibt sich dem süßen Nichtstun hin, ohne sich um das Ergebnis ihrer Mammografie zu kümmern. Das sieht ihr ähnlich. Wo sie nicht hinschauen will, steckt sie lieber den Kopf in den Sand. Hat sie bei ihrem letzten Telefonat nicht davon gesprochen, dass sie sich abgespannt und müde fühlt und sogar abgenommen hat? Sie hatte deshalb neue Kleidung gekauft. Ist der Gewichtsverlust auf ihre Erkrankung zurückzuführen? Jonas schließt den Koffer. Er hat noch immer Mathildes Geruch in der Nase. So sehr er sich auch bemüht, den wird er einfach nicht los.

## 35.

»Sich dem Meer hinzugeben, ist, als würdest du dem eigenen Herzschlag lauschen«, hatte Paddy einmal sehr poetisch über das Tosen des Meeres gesagt, als sie von ihren Insel-Erlebnissen berichtete. Sie sprach von stundenlangen Spaziergängen, die sie in grenzenloses Erstaunen versetzten. »Der Flora und Fauna wegen.« Außerdem hatte sie von dicken Schmökern geschwärmt, die sie vorm prasselnden Kaminfeuer las, und von Labskaus und Hering – ihren bevorzugten Gerichten neben Obstkuchen und Roter Grütze. Kein Wort über heimliche Küsse und eine alles überdauernde Liebe.

Das Geräusch des Meeres sorgt auch bei Mathilde seit jeher dafür, dass sie Gänsehaut bekommt. Seit sie in Sylt lebt, ergeht es ihr wie Paddy damals. Meeresrauschen stimmt sie froh. Als sie vor ihrem Haus angekommen ist und aus dem Taxi steigt, verspürt sie den unbändigen Drang, gleich hinunter zum Strand zu laufen, um Luft zu schnappen und die Vögel zu beobachten. Sie will einen Moment für sich sein, bevor sie sich Bastian stellt. Ihre Koffer hat sie vor der Tür stehen lassen, wo sie auf Einlass warten.

Heute sind die Wellen imposante Schaumkämme auf stahlgrauen Wogen, die der Nordsee ihr ureigenes Muster einschreiben. Sie zu beobachten lässt Probleme klein und unwichtig erscheinen.

Der Wind dreht, als Mathilde vom Strand zurückkommt und zum Eingang des Hauses geht, das sie vor Kurzem verlassen hat. Während sie auf die Messingklingel drückt, strafft sie ihren Körper, um sich zu wappnen. Drinnen hört sie Schritte. Nachdem die Kette des Sicherheitsschlosses entfernt und die Tür geöffnet wird, erscheint Bastians Kopf. Eine Zigarette zwischen die schmalen Lippen gedrückt, schaut er sie zögernd an.

»Du bist also wirklich gekommen«, sagt er mit scharfer Stimme, als er die Zigarette zwischen die Finger nimmt.

Einer Stimme, die von bösen Vorahnungen, sie könne es am Ende doch nicht ernst gemeint haben, kündet.

»Hallo, Bastian!« Mathilde gibt sich Mühe, die zu sein, die Bastian zuletzt gesehen hat. Doch es fällt ihr schwer, so wie immer zu klingen.

»Weshalb klingelst du? Du hast doch einen Schlüssel.«

»Und du legst immer die Sicherheitskette vor«, wendet Mathilde ein.

Bastian drückt die Zigarette auf dem Teller aus, den er in der Hand hält und auf dem schon einige Kippen liegen, und geht zur Seite, um sie einzulassen. Mathilde sieht zwei große Pflaster auf seiner Stirn prangen. Außerdem beginnende Verfärbungen, die sein Gesicht langsam, aber sicher bunt werden lassen.

»Mein Gott. Was ist denn passiert? Hattest du einen Unfall?« Mathilde vergisst ihre Koffer und alles andere und will sich als Erstes um Bastians Gesicht kümmern.

»Lass das! Es ist nichts.« Bevor sie nachprüfen kann, ob alles mit ihm in Ordnung ist, rückt er von ihr ab. »Ich bin in eine Schlägerei geraten«, sagt er immerhin. Wenigstens das.

»Aber wieso denn?«, wundert sich Mathilde.

»Wieso?«, wiederholt er, seufzt theatralisch und zuckt mit der Schulter. »Tja, wieso gerate ich in eine Schlägerei, ohne schuld zu sein? Wieso haut meine Frau ab, obwohl ich ihr nichts getan habe? *Wieso* ist ein interessantes Wort.«

Mathilde hört die Wut in seiner Stimme. Von Sekunde zu Sekunde lässt sie sich deutlicher aus seinem Gesicht ablesen. »Glaubst du, soll ich deine Mutter befragen? Ich könnte sie bitten, mir ein aktuelles Horoskop zu erstellen.« Die Koffer sind schnell in den Flur getragen, und als das getan ist, stehen Mathilde und Bastian sich wie Gegner gegenüber. »Danke, dass du angerufen und gesagt hast, dass du heimkommst. War immerhin ein menschlicher Zug«, sagt Bastian schließlich. Er zieht sich Socken über, die er in den Hosentaschen stecken hat. »Ich habe mir Sorgen gemacht, weißt du«, fährt er fort, als er Richtung Wohnzimmer geht. Einmal mehr begreift Mathilde, wie unmenschlich es gewesen ist, ihn so lange im Ungewissen zu lassen.

»Ich konnte nicht früher anrufen.« Herrje, wie schäbig und verlogen das klingt. »Ich war mit so vielem beschäftigt«, versucht sie zu erklären.

»Beschäftigt? Womit denn, wenn ich fragen darf?« Bastians Augen protestieren. Plötzlich trifft sein eisiger, ablehnender Blick auf ihren, der um Nachsicht heischt. »Glaubst du, ich hab ein Wort von dem verstanden, was du am Telefon gesagt hast? Ich war viel zu aufgeregt, weil du überhaupt angerufen hattest«, beschwert er sich. Mathilde fühlt sich, seit sie den Flur betreten hat, wie im eigenen Haus auf Besuch. »Du hast einen Brief erwähnt, der nicht für dich bestimmt war. Aber ich frage mich die ganze Zeit nur, was mit unserem Leben los ist. Warum du verschwindest, wenn es offenbar Probleme gibt?« Bastian hat auf der Kante des bequemen Ohrensessels vorm Fernseher Platz genommen und Mathilde setzt sich ihm gegenüber. Sie lässt sich Zeit, um ihm die Möglichkeit zu geben, sich zu beruhigen.

»Hast du Lust auf einen Spaziergang? Dann erzähle ich dir alles«, schlägt sie vor. Sie will schon wieder aufstehen, kaum, dass sie sich hingesetzt hat, doch Bastian füllt endlich die Sitzfläche des Sessels aus und gibt ihr mit einer Geste zu verstehen, alles in Ruhe und vor allem in ihren eigenen vier Wänden bereden zu wollen.

»Lass uns zuerst Tee trinken. Ich bin ganz durchgefroren«, meint er.

»Also gut. Trinken wir Tee!«, sagt sie zustimmend und geht mit ihrem Mann in die Küche. Dort angekommen stellt sie den Wasserkocher an und holt die Teedose mit dem Earl Grey hervor während Bastian zwei Tassen auf die Arbeitsfläche stellt, ebenso Milch und Zucker. Eine Weile arbeiten sie schweigend vor sich hin.

»Ich habe dir eine Menge zu sagen«, kündigt Mathilde an, als sie Tee ins Teesieb füllt.

»Fang an«, schlägt Bastian vor. Sein Gesicht hat seine Ausgeglichenheit verloren, seit sie im Haus ist, doch er kämpft tapfer dagegen an. Bald ist der Tee fertig und sie nippen, noch in der Küche stehend, an ihren Tassen.

»Wenn meine Geschichte stimmen soll, muss ich im Grunde viel früher anfangen«, Mathilde beginnt zuerst stockend, dann flüssiger zu erzählen und während sie das tut, hält sie mit zitternder Hand ihre Teetasse. »Weißt du noch, als ich dich um Sicherheit bat?« Bastian nickt stumm. »Versprich mir, mich immer zu lieben, flehte ich dich an. Du hast es getan.« Mathilde nimmt einen Schluck Tee. Das Aufrollen der Vergangenheit fällt ihr schwer, ist jedoch notwendig, um Bastian ihre Sicht der Dinge klarzumachen. »Was man von seinem Partner verlangt, soll man selbst ebenfalls geben, habe ich mir gesagt. Also sei beständig, Mathilde.« Sie blickt Bastian forschend an. Erpicht darauf, in seinem Gesicht zaghafte Zustimmung abzulesen.

»Wir haben versucht, einander *alles* zu geben. Aber vielleicht ist alles zu viel«, seufzt Mathilde. Bastian hört seiner Frau mit verblüfftem Gesichtsaudruck zu. Er hat mit vielem gerechnet, jedoch nicht mit einer Erklärung, die so weit zurückreicht. »Mit den Jahren fühlte ich mich immer leerer und ich vermute, dir ist es nicht besser ergangen«, mutmaßt Mathilde.

»Sprich weiter«, sagt Bastian. Er kann plötzlich nicht genug von ihren Worten bekommen. Steht gerade aufgerichtet in der Küche und widmet ihr seine ganze Aufmerksamkeit.

»Ich wollte einen Mann, der mich nie verlässt. Bloß wusste ich nicht, dass alles Lebendige aufgefressen wird, gerade, wenn man Sicherheit in jeder Lebenslage will.« Plötzlich breitet sich eine spannungsgeladene Stille zwischen ihnen aus. Mathilde hört Holz im Dachboden knacken und draußen das Pfeifen des Windes. Sie bittet Bastian ihren Platz ins Wohnzimmer zu verlagern. »Dort ist es gemütlicher«, findet sie. Als sie es sich in den Sesseln vorm Kamin bequem gemacht haben, fährt Mathilde mit ihrem Bericht fort. Mit viel Emotion erzählt sie von ihren Ängsten, als sie jünger war. Davon, dass sie sicher gewirkt hat, es aber nicht war. »Ich hatte höllische Angst davor, irgendwann geschieden zu werden. Verlassen von dir. Wie meine Mutter von meinem Vater.«

»Ich bin froh, dass du schonungslos ehrlich bist. Ist wohl höchste Zeit dazu«, sagt Bastian. Er stellt seine leergetrunkene Tasse auf den Tisch. Mathilde seufzt und ringt weiter um Worte.

»Weißt du, was seltsam ist?« fragt sie ihren Mann. »Die

Leere, die ich zuletzt verspürt habe, ist ausgerechnet dann verschwunden, als ich erfuhr, dass ich an Krebs erkrankt sein sollte.« Sie schüttelt mehrmals den Kopf, weil sie sich noch immer darüber wundert, was passiert ist. »Als ich diesen verdammten Brief gelesen hatte, flammte so was wie eine Aufforderung in mir auf. Mach's ab jetzt besser, Mathilde! Lebe richtig! Das ist deine Chance. Vielleicht die letzte.« Das Harte in Bastians Gesicht verschwindet. Er beugt sich nach vorn und sieht seine Frau mit einem mitfühlenden Blick an. Seine Finger fahren über den Rand der leeren Teetasse, die auf dem Tisch vor ihm steht.

»Muss schrecklich sein zu erfahren, dass man vielleicht todkrank ist«, sagt er betroffen.

Mathilde räuspert sich leise. »Im ersten Moment konnte ich es einfach nicht glauben. Der Schock kam später.«

»Warum bist du nicht zu mir gekommen? Ich hätte dir geholfen.« Bastian löst seine Finger von der Tasse, lehnt sich zur Seite, zu seiner Frau, und greift vorsichtig nach ihrer Hand. Doch kaum spürt er ihre Finger zwischen seinen, ist er sich nicht mehr sicher, dass die Geste der Annäherung gutgeheißen wird. Er zieht seine Hand zurück und blickt Mathilde auffordernd an. »Erzähl weiter«, verlangt er zum zweiten Mal. Mathilde nickt und fährt fort. »Es ging um meine Angst. Um mein Gefühl, das Leben könnte vorbei sein, ohne, dass ich es richtig ausgekostet hatte. Und davon abgesehen, fühlte ich mich zwischendurch sogar schuldig, an Krebs erkrankt zu sein. Alles, was ich denken konnte, war: Ich muss hier weg! Ich darf niemanden belasten. Ich wollte erst mit mir klarkommen. Und ich wusste nicht, wie ich es dir sagen sollte. In Hamburg bin ich dann zufällig einem ehemaligen Klassenkameraden über den Weg gelaufen. Markus Reimers.«

»Markus Reimers?«, wiederholt Bastian und grübelt kurz. »Ist das nicht der Kerl, für den du dich mal wegen eines Fahrrads geprügelt hast?«

»Stimmt! Ich habe mich, ohne es zu wissen, bei ihm beworben. Bei ›Hansen & Reimers‹, einer PR-Agentur, deren eine Hälfte Markus ist.«

»Du wolltest einen Job, obwohl du dachtest, du hättest Brustkrebs?« Bastian sieht Mathilde ungläubig an. Das Nachsichtige in seinem Blick ist verschwunden. »Ist das nicht völlig meschugge? Und unverantwortlich? Dir und den anderen gegenüber?«

»Ich wollte kein Opfer sein und ein bisschen normales Leben retten«, versucht Mathilde sich zu verteidigen. Was Bastian hört, erschüttert ihn. Und macht ihn hilflos.

»Du erfährst, dass du Krebs hast und läufst weg, anstatt zu mir zu kommen? Ich verstehe dein Vorgehen nicht, auch, wenn es eine Ausnahmesituation war.« Bastian blickt Mathilde ernst an. »Wäre es um mich gegangen, hätte ich auf dein Mitgefühl und deine Liebe gezählt.« Er schluckt laut.

»Siehst du!«, muckt Mathilde auf. »Genau das wollte ich vermeiden. Ich wollte kein Mitleid, und ich wusste, dass du mir in diesem Moment nicht hättest helfen können.« Mathilde versucht sich zu beruhigen und als sie es geschafft hat, bedenkt sie Bastian mit einem um Verständnis heischenden Blick. »Glaub mir«, fügt sie an. Ihre Stimme ist nun fast ehrfürchtig. »Man weiß erst, wie man in solch einer Situation reagiert, wenn man es erlebt hat. Ich wollte dir nicht wehtun, aber ich musste irgendwie mit allem klarkommen. Auf meine Weise.«

Bastian antwortet prompt. »Liebst du mich denn nicht mehr, dass du mich komplett aus deinem Leben ausschließt?« Es bricht ihm fast das Herz, den Worten seiner Frau zuzuhören.

»Natürlich tue ich das. Du bedeutest mir viel«, verspricht Mathilde.

»Weshalb bist du dann abgehauen?« Bastian kann seine Emotionen kaum noch im Zaum halten. Die Finger seiner einen Hand fahren unablässig über die der anderen und sein Blick ist ruhelos. Alles an ihm ist in Bewegung. »In manchen Stunden habe ich dich dafür gehasst, dass du immer alles im Voraus wissen wolltest. Dass du am liebsten eine schriftliche Garantie wolltest, dass ich bei dir bleibe. Bis dass der Tod uns scheidet! Aber als du plötzlich weg warst, ist es mir kalt den Rücken hinuntergelaufen. Ich hatte Angst, es könnte aus sein zwischen uns.« Bastians Hände bleiben einen Moment in seinem Schoß liegen. Ein kostbarer Augenblick der Ruhe. »Ich weiß, ich habe dir wehgetan«, entschuldigt sich Mathilde. Bastian hört einen seltsamen Unterton aus ihrer Stimme heraus und will wissen, was es bedeutet. Deshalb bohrt er nach.

»Und jetzt? Bist du froh, dass du verschont worden bist? Du hast keinen Krebs, Mathilde. Du bist gesund.«

»Dafür hat es Ellen Hüsch getroffen.« Mathilde bläst die Luft aus den Wangen.

»Ja, aber *ich* bin froh, dass meine Frau weiterleben darf. Nimm es mir bitte nicht übel.« Mathilde ergreift Bastians

Hand. Seine Finger auf ihren, das fühlt sich vertraut und doch auch fremd an.

»Das ist noch nicht alles, Bastian.« Mathildes Gesicht ist plötzlich feuerrot. Bastian schluckt. Er ahnt, dass nun etwas kommt, das ihm noch weniger gefallen wird als das, was er bisher gehört hat.

»Spuck's aus. Sag's, was immer es ist, Mathilde. Das bist du mir schuldig.«

»Ich habe mich in Jonas verliebt. Jonas Hüsch.« Mathilde spürt, wie Bastians Hand aus ihrer gleitet. Mit einer abrupten, harten Bewegung. Er greift sich an den Kopf und reißt dabei fast die Pflaster an der Stirn herunter. Sein Ellbogen stößt gegen die Teetasse, die auf dem kleinen Tischchen steht. Mit lautem Scheppern fällt sie zu Boden.

»Scheiße!«, flucht er. Er steht auf und beginnt hektisch die Scherben einzusammeln. Mathilde ist neben ihn gestürzt.

»Lass mich dir helfen.«

»Ich mach das schon!« Seine Hand drängt ihre weg, sucht die letzten Scherben zusammen und entsorgt sie auf die Untertasse. Als der Schaden bereinigt ist, setzt er sich wieder in den Sessel und blickt sich mutlos um. So, als könne er durch das Betrachten der gemeinsam gekauften Möbel eine Antwort auf alles, was er hört, bekommen. »Wirst du mich seinetwegen verlassen? Mit einer krebskranken Frau stehen deine Chancen nicht schlecht«, sagt er nach einer Weile.

»Sei nicht zynisch!« Mathilde schluckt betroffen. Nun ist sie es, die aufgebracht ist. »Dass Ellen Krebs hat, ist eine Tragödie.« Sie sammelt sich, findet die richtigen Worte und will weitersprechen. Doch Bastian unterbricht sie.

»Ist deine Affäre mit Jonas Hüsch die Retourkutsche wegen dieser Sache mit Inka damals? So nach dem Motto: Ich zahl es dir spät, aber doch heim?« Mathilde beugt sich zu Bastian hinüber, will das Pflaster, das sich an einer Stelle gelöst hat, festkleben. Doch er stößt sie barsch von sich, noch ehe sie nah genug an ihn herangekommen ist.

»Ich weiß, es ist schwer für dich.« Mathilde hebt abwehrend die Arme. Darum bemüht, Ruhe zu bewahren. Doch Bastian redet wütend weiter.

»Muss schlimm sein, einen Schuhfabrikanten zu lieben, der Millionen im Rücken hat. Und Schuhe mochtest du ja noch nie.« Seine Worte sind nun Schwerter, die gut kämpfen. Er will nicht schwach erscheinen. Will dieser Geschichte standhalten. Und sich wehren.

»Liebe ist nichts, was man bestellen oder verhindern kann. Das weiß du so gut wie ich. Und ich werde wegen Jonas weder reumütig, noch einsilbig sein, sondern ehrlich. Was im Übrigen der einzige Weg für uns ist, wieder zueinander zu finden.« Bastians Mundwinkel sind nun nach unten zeigende Striche. Er steht auf und beginnt nervös im Raum auf und ab zu gehen.

»Ach, verdammt! Verschon mich mit deinen Sprüchen. Kaum bist du zurück, wirfst du mir ohne mit der Wimper zu zucken an den Kopf, dass du einen anderen hast«, beschwert er sich.

»Ich sage dir auch, dass ich bei dir bleibe«, erwidert Mathilde versöhnlich.

»Aus Mitleid mit einem wie mir, der dich immer noch will?« Mathilde steht auf. Am liebsten würde sie Bastian mit Worten und Gesten trösten, sodass seine Wut verrauchen kann. Doch sie traut sich nicht, ihm näher zu kommen, und lässt es bleiben.

»Was wir uns aufgebaut und miteinander geteilt haben, wirft man nicht einfach so weg«, sagt sie.

»Merkst du eigentlich, was du anrichtest? Du willst alles haben. Aber das geht nicht. Du musst dich entscheiden, Mathilde«, fordert Bastian sie auf. Er, der jetzt nur noch ein Schatten seiner selbst ist, dreht sich um, geht zur Wohnzimmertür und hält kurz inne. »Ist vielleicht vernünftiger, wenn ich für eine Weile zu Philipp und Britta ziehe. Es sind schließlich auch meine Freunde«, kündigt er an. Mit laut polternden Schritten verschwindet er aus Mathildes Blickfeld. Bald darauf hört sie die Tür ins Schloss fallen.

Durch eins der Sprossenfenster in der Küche, das zum Strand hinausgeht, sieht sie Bastian zum Meer hinunterstapfen. Unten angekommen, schlüpft er aus Jacke, Hemd und Hose, springt aus seinem Slip und zerrt sich die Socken von den Füßen. Mathilde ringt um Luft. Beim Anblick ihres Mannes, der sich im Januar seiner Kleidung entledigt, bekommt sie am ganzen Körper Gänsehaut. Seine Sachen sind nun ein Häufchen Farbe im cremefarbenen Sand. Nackt hebt er die Hände zur Seite und stößt einen markerschütternden Schrei aus. Sein Haar flattert im Wind, als er Anlauf nimmt und sich ohne zu zögern in die grauen Wassermassen stürzt. Mathilde sieht seinen Kopf inmitten der Wellen untergehen und wieder auftauchen und während sie jede kleinste Bewegung beobachtet, pocht ihr Herz. Weit und breit ist niemand zu sehen, der ihm helfen könnte, wenn er es nötig hätte.

Das Gefühl von Niedergeschlagenheit, das sie gerade

noch niedergerungen hat, flammt heftiger als zuvor in ihr auf. »Herrgott!«, flucht sie und schlägt mit der Hand gegen den Fensterrahmen. »Was tust du nur?« Mathilde kann sich nicht entschließen, was vernünftiger ist. Ihren Mann weiter zu beobachten oder mit einem Handtuch bepackt zum Meer zu laufen, um ihn vor weiteren Dummheiten zu bewahren. Ein Gefühl tief in ihr drin hält sie in der Küche zurück. Sie starrt weiter gebannt auf den Mann im Meer, dessen Kopf wie ein Tier auf- und abtaucht. Viele Male hintereinander. Nach Sekunden, die sie in höchste Alarmbereitschaft versetzen, kommt Bastian schließlich aus dem Wasser. Er rennt auf das Häufchen, das im Sand liegt, zu, bückt sich, greift nach seiner Kleidung und seinen Schuhen und rennt barfuss aufs Haus zu. Als er im Flur ankommt, sieht Mathilde ihn am ganzen Körper bibbern.

»Großartige Szenerie für Selbstmörder«, sagt sie aufgebracht und hält ihm ein Handtuch hin. Sein Gesicht ist vor Anstrengung blau und eins der Pflaster an der Stirn ist endgültig verschwunden.

»Ich brauche Abstand!«, sagt er nur, ohne das Handtuch anzunehmen. Er verschwindet im Bad und hinterher im Schlafzimmer. Eine Viertelstunde später verlässt er mit einer Reisetasche das Haus. Es dauert nicht lange, da hört Mathilde seinen Wagen davonfahren.

# 36.

Als er fort ist, beginnt Mathilde die Küche aufzuräumen. Seltsamerweise verspürt sie ein Gefühl großer Erleichterung, als sie die Milch in den Kühlschrank stellt, die Zuckerdose wegräumt und das benutzte Geschirr in den Geschirrspüler schichtet. Sie ist nicht an Krebs erkrankt. Sie darf leben. Und sie ist ehrlich zu sich selbst und Bastian gewesen.

Die Angst, die sie die meiste Zeit ihres Lebens verspürt hat, lässt nach. Das wilde Tier faucht zwar noch und reißt drohend sein Maul auf, aber es schnappt nicht mehr nach ihr.

Als in der Küche Ordnung herrscht, geht Mathilde zu dem Sekretär aus Eichenholz, der in einer Ecke des Flurs steht, nimmt Papier und Füllfeder heraus und beginnt an ihren Mann zu schreiben.

Lieber Bastian!

Wenn deine Wut verraucht ist, kannst du das, was passiert ist, vielleicht besser verstehen. Und dann beginnen wir uns vielleicht so zu mögen, wie wir sind. Emotionen sollen nicht nur erzählt werden, sondern erlebt, heißt es. Bitte glaub mir, als ich heute vor unserer Tür stand, hatte ich mich längst entschieden. Für dich. Für uns! Du hast es nur nicht verstanden. Aber ich hoffe darauf, dass du es noch tust.

In Liebe,
Mathilde!

Mathilde haucht einen symbolischen Kuss aufs Papier, steckt es in einen Umschlag und schreibt Bastians Name drauf. Sie wird den Brief, wenn es dunkel ist, in Brittas und Philipps Postkasten werfen. Das ist alles, was sie heute noch tun kann.

Als sie einen zögerlichen Blick auf ihre Koffer wirft, die unausgepackt im Flur stehen, entscheidet sie sich dazu, sie später auszupacken. Jetzt erklimmt sie den Dachboden, sucht und findet die Staffelei, die ihr Vater ihr, als sie ein kleines Mädchen war, geschenkt hatte. Sie stellt sie auf, pustet den Staub weg und blickt sich nach Farben um. Es sind kaum noch welche da. Nur eine verschmutzte Palette und ein Malkasten, dessen Inhalt großteils eingetrocknet ist. Farbdöschen, verschrumpelt wie alte Pflaumen. Mathilde greift nach dem erstbesten Kohlestift, den sie in die Finger bekommt, schlägt den Block auf, den sie auf die Staffelei gestellt hat, und beginnt mit eifrigen Strichen zu zeichnen.

Draußen türmen sich helle Wolkentürme am Himmel und der Wind pfeift ums Haus, während sie Strich um Strich setzt. Schon bald erkennt sie Jonas' Gesicht auf Papier. Es nimmt von Minute zu Minute Kontur an. Zuerst sind nur die Umrisse seines Kopfes zu erkennen. Dann seine Augen, die Brauen, seine Nase, die markanten Lippen, schließlich sein Kinn und das Haar. Als das Bild fertig ist, schreibt Mathilde das Wort ›Abschied‹ an den unteren Rand und schaut auf ihr Werk. »Ich wünsche dir Glück und viel Kraft, Jonas. Wir haben beide unser Leben und wir sollten ihm gerecht werden. Leb wohl!« Mathilde reißt das Blatt herunter, faltet es und verlässt über die Leiter den Dachboden. In ihrem Schlafzimmer holt sie Paddys Abschiedsbrief hervor und legt Jonas' Porträt dazu. »Jede Liebe ist ein Geschenk, auch eine heimliche.« Mathilde hält kurz inne. »Ich werde weiterleben. So, wie du, Paddy!« Sie presst Paddys Brief und das Bild von Jonas fest an ihre Brust. Dann legt sie beides in die Schublade, schließt sie und geht hinunter, um ihre Koffer hinaufzutragen und auszupacken.

# 37.

Jonas' Körper wird durch die immense Kraft, die beim Beschleunigen entsteht, in den Sitz des Flugzeugs gedrückt. Für einen Moment vergisst er, weshalb er auf dem Weg nach Arrecife, der Hauptstadt Lanzarotes, ist. Er blickt aus dem Fenster und stellt sich ein paar freie Tage vor. In der Sonne faulenzen, in Ruhe lesen, Musik hören, gut essen, reden, schweigen. Mehr und mehr Dinge fallen ihm ein, die er gern tun würde.

Als wenig später die Triebwerke hochgefahren werden, die Maschine die Wolkendecke durchstößt und ein endlos blauer Himmel freigegeben wird, entspannt er sich zusehends. In seiner Fantasie hat er bereits den Großteil der Insel erkundet. Ist durch die engen Gassen geschlendert, hat guten Wein getrunken und die spanische Lebensart zu seiner gemacht.

Als er mit Mathilde zusammen gewesen ist, hat er alles um sich herum vergessen. Nur der Augenblick hat gezählt. Und jeder Einzelne hat sich großartig angefühlt.

Jonas konzentriert sich eine Weile darauf, alles Unangenehme auszublenden, vor allem die Tatsache, dass er Ellen eine erschütternde Nachricht überbringen muss. Doch dann holt ihn die Realität doch ein. Wenn er seiner Frau gegenübertritt, muss er stark sein. Bereit, ihre Trauer und vor allem ihre Wut auszuhalten. Er will für sie da sein. Nur, wie ist man stark, wenn man sich schwach fühlt. Wie gelassen, wenn alles in einem in Aufruhr ist.

Später schlägt er die Financial Times auf und beginnt zu lesen, kann sich aber nicht konzentrieren. Also isst und trinkt er eine Kleinigkeit und tauscht sich mit seinem Nachbarn aus – einem Geschäftsmann aus Buenos Aires, der in Hamburg geschäftlich zu tun hatte und nun in Lanzarote einen Freund besucht, der Fincas plant und baut.

Das Aufsetzen auf die Landebahn holt ihn endgültig in die düstere Realität zurück. Sein Puls rast und seine Hände sind nass, als er sich abschnallt und nach seinem Handgepäck greift.

Ellen hatte sich gewundert, weshalb er plötzlich zu ihr kam. »Brauchst du Abstand von deinem Baby – der Firma?«, hatte sie spekuliert. »Unsinn. Ich will dich einfach sehen«, mehr hatte er nicht als Grund seines Besuchs angegeben. »Apropos sehen«, hatte sie erwidert. »Ich hab die Insel nach einer Immobilie abgeklappert. Ein Haus hier wäre doch was, oder?«

»Hast du dich mal wieder festgebissen?«, hatte er wissen wollen.

»Ausspannen im Süden hilft, den Druck der Firma loszuwerden. Wie gesagt, Sylt ist zu nah dran. Wir brauchen etwas, das weiter weg ist. Allerdings ohne zur Belastung zu werden. Und eine Wertanlage ist es außerdem«, hatte Ellen ihn schon am Telefon zu überzeugen versucht.

»Abholen ist nicht nötig«, hatte er gemeint, bevor sie sich verabschiedeten. Er hatte tunlichst vermieden, näher auf Ellens Immobilienpläne einzugehen.

»Mein Mann besucht mich in Spanien. Glaubst du, das lasse ich mir entgehen? Ich komme.« Ellen freute sich darüber, dass er kam. Sehr sogar.

Jonas ist schon durch die Passkontrolle und blickt sich suchend um. Von Ellen keine Spur. Sie ist spät dran. Wie meistens.

Er spürt, wie ihm schon wieder der Schweiß auf die Stirn tritt, während er die vielen Abfertigungsschalter abgeht. Er überlegt, mit Ellen ins Flughafenmuseum zu gehen. Die Geschichte des Airports könnte ihnen eine Verschnaufpause verschaffen, während er im Stillen weiter nach Worten suchen könnte, um ihr ihre Krankheit mitzuteilen. Wie bringt man die Diagnose Krebs schonend bei? Er weiß es nicht.

Jonas hört die Stimme einer Flughafenangestellten, die einen Passagier namens Roel Smeets an den Informationsschalter bittet. Draußen wiegen die Palmen sanft im Wind.

Alles sieht fröhlich und hell aus. Er ist wie im Paradies. Doch das, was vor ihm liegt, ist der schwerste Gang seines Lebens.

## 38.

Mathilde schläft in dieser Nacht tief und traumlos und als sie morgens aufwacht, weiß sie, dass sie zurück ist – zu Hause. Sie steigt aus dem Bett, das ihr so vertraut ist, zieht die Vorhänge zur Seite und blinzelt aufs Meer hinaus. Heute ist ein Tag wie aus dem Bilderbuch. Der Himmel sanftblau und die tiefstehende Sonne ein schillernder Kreis, der die Farbe des Meeres intensiv violett erscheinen lässt. Mathilde kommt es vor, das Meer habe schon lange nicht mehr so fröhlich geglitzert wie heute.

Sie hatte gestern Abend Bastians Brief in Brittas Briefkasten geworfen und danach ein beruhigendes Gefühl in sich verspürt, das bis jetzt anhält. Sie hat alles getan, was in ihrer Macht steht. Jetzt entscheidet das Schicksal über den Fortgang ihres Lebens. Nachdem sie gestern kurz nach 21 Uhr hinunter in die Küche gegangen war, sich ein Käsebrot geschmiert und es mit einer Tasse heiße Milch dazu gegessen hatte, war sie zu Bett gegangen. Fernsehen war keine gute Idee. Sie hätte der Handlung nicht folgen können. Dasselbe galt für ein Buch oder eine der Zeitschriften, die sie abonniert hatte. Im Wohnzimmer lagen mehrere Gartenzeitschriften und das neueste Frauenmagazin, doch Mathilde hatte beides achtlos liegen gelassen. Wenn im Leben so viel passierte, wie in ihren letzten beiden Tagen, änderte sich manches.

Als sie ins Bett stieg und sich mit der Decke mit den Teerosen drauf zudeckte, war ihr kurz der Gedanke gekommen, Regine anzurufen. Seit Wochen hatte sie nichts von ihrer Mutter gehört. Mathilde nahm sich vor, sie gleich morgen anzurufen, und schloss dann müde die Augen. Eine Weile lauschte sie den Geräuschen draußen und schlief dann ein.

Und nun steht sie in T-Shirt und Jogginghose vorm Fenster ihres Schlafzimmers und sieht zum Strand hinunter. Das simple Empfinden, am Leben zu sein, verschafft ihr ein nie gekanntes Hochgefühl. Ein stilles Wissen, das so mächtig ist, weil es tief in ihr seinen Ursprung hat.

Seit sie sich erinnern kann, hat sie achtlos geatmet, Dinge betrachtet, an vielem gerochen. Doch nun ist alles anders. Es ist, als hätte sie eine lebensgefährliche Krankheit oder ein schreckliches Unglück überstanden und wüsste nun, was es bedeutet, zu leben und zu lieben. Sie ist aufgewacht zum Leben, und dieses Gefühl hebt das des leblosen Funktionierens auf, das sie so lange in sich verspürt hat. Da ist nichts Zermürbendes mehr. Das hat sie abgeschüttelt. Was bleibt, ist ein Vorgeschmack auf beständiges Glück, das sie noch nie empfunden hat.

Mathilde geht die Treppe hinunter, den Flur entlang und zur Haustür. Bald wird der Postbote die Post bringen. Jonas, denkt sie. Sie spürt ein nagendes Gefühl des Verlusts, doch sie lächelt tapfer. Paddy hatte stets mit großer Freude und Hingabe gelächelt. Trotz ihres nicht perfekten Lebens. Mathilde empfindet das starke Gefühl, Paddy sei im Haus. Sie sieht ihr Gesicht vor sich. Die schmale Wangenpartie, die helle Haut, die ihr den Spitznamen ›Die englische Lady‹ eingebrockt hatte – und die hochgesteckten, lockigen Haare. Vor allem aber die gütigen Augen. »Ich mach's wie du, Paddy. Lächle zuerst und sei dann glücklich, hast du einmal zu mir gesagt. Jetzt versuche ich es.«

## 39.

Nach dem Frühstück klingelt es an der Tür. Als Mathilde öffnet, sieht sie Britta, dick eingemummelt, vor sich stehen.

»Du sorgst für einen Mordsaufruhr bei uns. Weißt du das?« Während sie hereinkommt, spricht sie schon drauflos. »Bastian spricht von verletzter Sorgfaltspflicht innerhalb einer Ehegemeinschaft. Was natürlich auf dich gemünzt ist.«

»Ach, Britta«, seufzt Mathilde. Sie streift sich die Hände an den Hosen ab und spürt, wie ein Gefühl von Unruhe sich in ihrer Brust ausbreitet. Doch das Gefühl bringt sie nicht mehr aus der Fassung. Sie kann inzwischen damit umgehen. »Früher oder später gibt es für alles eine Lösung. Auch für Bastian und mich«, sagt sie zu ihrer Freundin, während sie sie tiefer in den warmen Flur zieht. »Ich hoffe nur, dass du mich nicht verurteilst. Bastians Version der Geschehnisse kennst du nun. Meine nicht.«

»Deswegen bin ich hier. Vielleicht möchtest du mir deine Sicht erzählen. Und eins steht fest: Jedes Wort bleibt bei mir, Mathilde. Davon kannst du ausgehen.« Britta küsst sie herzhaft auf beide Wangen und zieht sie dann in ihre Arme. »Was hältst du von einer Kutterfahrt? Wir fahren zum Hörnumer Hafen und bitten Henning, uns aufs offene Meer zu bringen. Haben wir doch immer gemacht, wenn's ernste Probleme gab.«

»Ja, haben wir. Und es hat geholfen«, beschwört Mathilde ihre gemeinsamen Stunden herauf. »Dann pack dich mal warm ein und dann los.«

Eine Stunde später befinden sie sich an Deck der ›Sweet Caroline‹, wie Henning, der Fischer, seinen Kutter genannt hatte, nachdem er sich eines Sommers in eine schottische Urlauberin selben Namens verliebt hatte. Ihre Liebe hielt ein paar romantische Wochen lang, hatte sich Henning allerdings für länger ins Herz gebrannt. »Find mal ein Mädel mit Haaren, das die Farbe des Lichts bei untergehender Sonne hat und Sommersprossen, dass du mit dem

Zählen nicht nachkommst. So eine würde jedem den Verstand rauben.« Inzwischen ist er mit Sonja, die auf der Hallig Hooge geboren ist, verheiratet. Sonja ist das genaue Gegenteil einer Schottin mit Sommersprossen. Dunkelhaarig, leicht gebräunt und untersetzt. Aber vor allem ist sie eine praktisch veranlagte Frau, die regelmäßig die staubigen Fenster putzt und dabei summt, Taglilien züchtet und die sich niemals ihre Sommersprossen hätte zählen lassen – selbst wenn sie welche gehabt hätte. Sie ist so klug, den Namen des Kutters ihres Mannes und die Geschichte, die sich darum rankt, zu akzeptieren. Schließlich schwärmen sie und Henning für das wildromantisch aufgepeitschte Wasser des Meeres und das Leben inmitten der Elemente. Das zählt mehr als rote Haare und Sommersprossen. Caroline ist eine nette Erinnerung, mit der Henning von Zeit zu Zeit ein bisschen den Typ Mann, der bei Frauen landen kann, herauskehrt, aber sie hat nichts mit seinem oder ihrem Leben zu tun.

Der Hörnumer Hafen liegt im Süden der Insel. Mathilde und Britta bemerken kaum den Weg, den sie bis dahin zurücklegen. Sie sind zu sehr mit sich beschäftigt, mit reden.

»Bastians Hände lagen in seinem Schoß zu Fäusten geballt, als er uns von deinem Weggang, von dieser Sache mit Jonas und dem verflixten Brief erzählt hat«, versichert Britta, als sie bei den Schiffen ankommen. Der feuchte Sand unter ihren Schuhen knirscht, doch nun gehen sie an Bord. Kaum stehen sie hinter dem Führerhaus, da reden sie schon weiter. Der Wind hat aufgefrischt, doch die Sonne beherrscht den Himmel noch immer. Mathilde und Britta sind in ihr Gespräch versunken, während Henning seinen Kutter, der gut und gern 50 Personen aufnimmt, schweigend hinaus aufs Meer schippert.

»Ich weiß, es ist zermürbend für ihn. Jonas und ich, das kann er nicht zulassen. Dabei will ich mit *ihm* weiterleben«, vertraut Mathilde Britta an.

»Liebst du ihn noch?« Britta hat Mathilde ihr Gesicht zugewandt.

»Ja. Tu ich.«

»Und Jonas? Was empfindest du für ihn?« Der Wind spielt mit Brittas Haaren, während Mathilde sich Zeit mit der Antwort lässt.

»Wenn er hier wäre, würde es mich drängen, ihm die Arme um die Schultern zu legen. Wir sind uns in der kurzen Zeit sehr nahe gekommen.« Britta nickt. Sie sieht nicht so aus, als würde sie ihr jeden Moment den Kopf abreißen.

»Gefühle, Mathilde. Glaubst du, ich wüsste nicht, dass wir ihnen manchmal heillos ausgeliefert sind.«

»Es wird abflauen. Wir brauchen beide nur ein bisschen Zeit, um es für uns abzuschließen. Er muss sich jetzt um seine Frau kümmern. Er tut mir so leid und Ellen natürlich auch«, ist sich Mathilde sicher. Britta spuckt eine Franse ihres Schals aus, die der Wind ihr in den Mund geweht hat.

»Das Ganze ist eine schreckliche Geschichte. Wie hast du das alles nur allein mit dir ausmachen können? Die Sorge um deine Gesundheit. Das Gefühl, du würdest vielleicht deine Brüste verlieren, oder, noch schlimmer, nicht mehr lange leben. Ach, Mathilde! Ich verstehe so gut, dass du ausbrechen wolltest.« Brittas Stimme ist belegt vor Ergriffenheit. Sie nimmt Mathilde fest in die Arme, und einen langen Moment stehen sie so da und spüren, wie die Wellen den Kutter und sie hin und her schaukeln. Hennings Kopf ist starr geradeaus gerichtet. Er reckt sich über das Ruder und schüttelt jeden Anflug von aufkommender Neugierde von sich ab. Er will die beiden Frauen nicht in ihrer Eintracht stören. So neugierig er grundsätzlich auch ist, diesmal hält er sich zurück. »Ich weiß, wann ich die Klappe zu halten habe. Nennt es ruhig ein untrügliches Gespür für die wichtigen Momente«, hat er mit zwinkernden Augen versprochen, als er sie an Bord der ›Sweet Caroline‹ genommen hat.

»Du hast kein Fünkchen Würde im Leibe, Basti! Das hat Philipp zu deinem Mann gesagt, als er meinte, es laufe wohl alles auf eine Trennung hinaus.« Britta schafft es die Bestürzung, die sich kurz in ihr Gesicht geschlichen hat, mit einem zaghaften Lächeln auszugleichen.

»Trennung? Das hat Bastian gesagt?«, Mathilde faltet die Hände und blickt auf die Sonnenstrahlen, die zwischen zwei Wolken hervorblitzen. Wolken, die sich urplötzlich am Himmel gebildet haben. »Klingt dürftig und nach keiner tollen Perspektive für uns«, fasst sie betroffen zusammen.

»Du solltest dir Zeit lassen, um dein Leben wieder zurechtzurücken. Das war mein knapper und wenig aufgewühlter Kommentar dazu«, sagt Britta. »Eure Gefühle füreinander und die gemeinsame Zeit haben oberste Priorität. Erst danach kommt der verletzte Stolz. Wir halten hier bestimmt nicht die Totenwache über eure Ehe. Und apropos, niemand ist unfehlbar. Erinnere dich bitte schön an Inka.«

Die Wellen schwappen laut ans Boot, als Henning ein altes Seemannslied anstimmt. Es handelt von einem Mann, der aufs Meer hinausfährt, um die Liebe zu seiner verstorbenen Frau zu verarbeiten. Kummer, Stolz und ein gebrochenes Herz sind die Hauptthemen. Mathilde nickt Henning zu.

»Er hat ein Gefühl für Stimmungen«, sagt sie. »Lass den Kopf oben, Süße. Bastian kriegt sich schon wieder ein. Er ist ein eitles Mannsbild, das sich schon wieder fängt.« Britta lacht, und nun blitzen ihre Augen vor Humor auf.

»Glaubst du wirklich?« Mathilde sieht sie mit einer Spur berechtigtem Zweifel an.

»Aber ja. Und übrigens …« Britta spricht voller Wärme weiter. »Niemand spricht davon, was du durchgemacht hast. Wie schlimm waren die Tage, an denen du geglaubt hast, du wärst todkrank.« Henning hat sich umgedreht und späht zu ihnen hinüber.

»Schnaps gegen die Kälte?«, ruft er ihnen zu.

Mathilde und Britta rufen einstimmig zurück: »Aber immer!«

Henning stemmt die Hände aufs Armaturenbrett und greift nach einer Flasche, die er hinters Ruder geklemmt hat.

»Findest du nicht auch, dass Henning sich auf seine ganz eigene Weise aus der Durchschnittlichkeit heraushebt? Seit ich ihn kenne, ist er mir aufrichtig ans Herz gewachsen«, sagt Mathilde. Sie steckt ihre Nase der kalten Meeresbrise entgegen, riecht den Geruch der Winterkälte. Sogar Kälte kann etwas Wohltuendes haben.

»Ganz meine Meinung.« Britta reibt die Hände gegeneinander, um sich zu wärmen. »Vielleicht sollten wir es ihm mal sagen.«

»Ja, vielleicht!« In stummer Vertrautheit schauen die beiden Frauen sich an.

»Sonst noch Wünsche?«, fragt Henning, als er ihnen auf wackeligen Beinen zwei Gläser Schnaps bringt.

»Vorläufig nicht«, erwidert Mathilde, als sie ihres entgegennimmt. Sie prosten sich zu und trinken einen großen Schluck.

»Aahh!«, Britta verzieht das Gesicht vor Schärfe und verdeutlicht gestenreich, wie wohltuend die Wärme ist, die sich durch das Trinken des Schnapses in ihr ausbreitet.

»Kommt mal mit in meine gute Stube.« Henning hakt sich bei Mathilde und Britta ein und nimmt sie mit ins Führerhaus. Mit gleich zwei Frauen neben sich, noch dazu hinterm Ruder, fühlt er sich sichtlich wohl. »Ich will mal vorfühlen, ob ihr diesen Juni bei gutem Wetter morgens mal mit hinausfahrt. Baby-Schweinswale schauen.«

»Das ist doch ein Vorwand, oder? Willst du zwei Weiber in leichten Sommerkleidern an Bord haben?«, foppt ihn Britta.

»Blödsinn!« Henning holt tief Luft. »Sag Bastian, wenn du mit mir bist, kann dir nichts passieren.« Er hat sich an Mathilde gewandt. »Und Philipp hat ohnehin ständig Frauen unter sich, ähm, unterm Messer, meine ich. Ist mir also nicht böse, wenn ich dich mal für ein paar Stunden an Bord hab.«

»Wird gemacht!«, Britta lächelt vergnügt.

»Dass es hier so viele Schweinswale gibt, hat meiner Meinung nach damit zu tun, dass der Meeresgrund vor unserer Insel relativ steil abfällt. Habt ihr davon schon gehört?« Britta hat die Handschuhe ausgezogen und pustet sich warme Luft in die zu Schalen geformten Hände.

»Das erzählst du uns jedes Mal, Henning«, erinnert sie ihn.

»Nur damit ihr es nicht vergesst«, meint er mit scheuem Lächeln. »Und die netten Sandaale, die kleinen Schollen, die Heringe und Makrelen dürft ihr auch nicht vergessen. Die haben es Caroline damals übrigens besonders angetan.«

»Lass das mal nicht deine Sonja hören.« Brittas Stimme hat einen mahnenden Unterton angenommen.

»War nicht so gemeint«, stellt Henning richtig. Er sieht ertappt aus.

Mathilde erinnert sich wieder an den Schweinswal, den sie vor Jahren zu Gesicht bekommen hat. Die dreieckige Flosse, die immer wieder auf- und abtauchte, hat sie anfangs erschrocken an einen Hai denken lassen.

»Bei ablandigem Wind und glatter Wasseroberfläche, könnt ihr, wenn ihr im Wasser seid, sogar den weißen Bauch der Walmütter sehen, wenn sie im Juni ihre Kleinen zur Welt bringen«, verspricht Henning. Er spricht mit großer Liebe und Respekt über die Meeressäuger. »Wenn ihr mich fragt, mit ihrer flachen Schnauze wirken Wale sogar ein bisschen elegant«, begeistert er sich weiter für das Thema.

»Schade nur, dass sie oft genug als Beifang in den Stellnetzen landen«, seufzt Britta. Ihre Haut fühlt sich inzwischen ganz klamm an.

»Leben und sterben, so ist das nun mal.« Henning sagt

es mit großer Selbstverständlichkeit. Er hebt noch mal sein Glas und bringt einen Trinkspruch aus. »Auf die Schweinswale«, sagt er. Er stößt mit Mathilde an und rollt zufrieden mit den Augen. »Das mit Caroline nehmt ihr mir doch nicht übel.«

»Ist deine Vergangenheit, Henning«, sagt Britta nüchtern.

»Einer wie ich vergisst nicht, wenn ihn mal eine gemocht hat. Ich lass aber trotzdem nichts über meine Sonja kommen«, erklärt Henning pathetisch.

»Wir verstehen das schon nicht falsch«, wirft Mathilde beruhigend ein. Sie klopft Henning verständnisvoll auf die Schulter. »Ich schon gar nicht.«

## 40.

»Offen gestanden fühle ich mich miserabel.« Bastian hat Arnhild Lauveng zum ersten Mal privat zu sich ins Büro gerufen. Und nun trinken sie Kaffee und essen Kekse, die die Lauveng für besondere Gelegenheiten im Büro aufbewahrt.

»Ich weiß zwar nicht, was los ist, aber wenn einem Mann

wie Ihnen hundeelend zumute ist, geht's gewöhnlich um eine Frau.« Arnhild Lauveng liest die Richtigkeit ihrer Worte in Bastians Gesicht ab.

»Volltreffer!«, sagt er, ohne, dass es nötig gewesen wäre. Arnhild deutet auf die sich gelb-violett verfärbenden Flecken in seinem Gesicht und schüttelt gleichzeitig den Kopf dabei.

»Haben Sie sich mit einem Kerl duelliert? Wegen Ihrer Frau?« Bastian durchzuckt es siedend heiß. Dass seine Assistentin diesen Zusammenhang herstellen würde, hat er nicht in Erwägung gezogen.

»Unsinn!«, sagt er betroffen. »Halten Sie mich etwa für einen Heißsporn?«

»Nicht, dass ich es Ihnen grundsätzlich zutraue«, lenkt Arnhild Lauveng ein. »Aber in besonders emotionalen Situationen kann es schon mal mit einem durchgehen. Außerdem haben Sie mich gebeten, ehrlich zu sein. Und das bin ich.«

»Glauben Sie, ich bin ein Barbar?« Bastian fällt es schwer, sich zu beruhigen. Dass Arnhild Lauveng annimmt, er könne sich wegen einer Frau schlagen, macht ihn zornig. Seiner Meinung nach schlagen sich nur Proleten. Männer, die sich nicht in der Gewalt haben.

»Kein Barbar. Aber nachtragend!« Die Lauveng schlägt ihre Beine übereinander und gönnt sich einen weiteren Schluck Kaffee. »Dass meine Worte nicht von der Hand zu weisen sind, sieht man schon daran, dass Sie mir meine Ehrlichkeit übel nehmen. Nachtragend, wie gesagt.«

»Blödsinn.« Bastian spuckt das Wort wie ungenießbares Essen aus. Doch kaum hat er es getan, tut es ihm bereits leid. Klar, er ist wütend und ja, er nimmt ihr ihre Ehrlichkeit übel. Muss sie ihn denn gleich mit der Nase mitten in die Scheiße drücken? Doch wenn er das nicht von ihr erwartet, weshalb hat er sie dann hereingebeten? Um bemitleidet zu werden? Dann schon lieber die unangenehme Wahrheit. Nur wer die Wahrheit akzeptiert und seine Schlüsse daraus zieht, entwickelt sich weiter. Die Wahrheit haben Britta und Philipp ihm übrigens auch nicht vorenthalten. Sie haben ihn einen Egoisten geschimpft. Einen, der seine Eifersucht pflegt und nur an sich denkt, anstatt das große Ganze im Blick zu haben. Was ist nur los in letzter Zeit? Ist am Ende er derjenige, der etwas richtigstellen muss? Wohl kaum.

»Der Kaffee ist wirklich nicht übel«, sagt Bastian plötzlich. Er streckt seine Beine unterm Schreibtisch aus, darum bemüht, sich zu entspannen. Durch das Fenster hinter ihm, scheint die Sonne ihm in den Nacken. Er spürt die angenehme Wärme auf der Haut und mit einem Mal hat er den ganzen Ärger und die Eifersucht satt. Ist es leid, sich aufzuregen. Es befriedigt zwar seinen Zorn und seine Wut, doch nur für kurze Zeit. Dann setzen Trauer und ein Gefühl des Verlusts ein. »Was kann man, Ihrer Meinung nach, gegen stumpfsinnige, destruktive Gedanken tun, Arnhild? Die habe ich nämlich seit ein paar Tagen«, gesteht Bastian. Zum ersten Mal spricht er sie bei ihrem Vornamen an. Arnhild bemerkt es und lächelt.

»Wollen Sie mir sagen, welcher Art diese Gedanken sind?« Bastian schiebt seinen Stuhl weiter nach hinten, sodass er mit einem unangenehmen Geräusch über den Boden scharrt. »Eifer …sucht!«, bringt er mit Mühe heraus. Er schämt sich plötzlich wegen dieses destruktiven Gefühls. Als er Mathilde damals mit Inka betrogen hat, ist Freiheit sein kostbarstes Gut gewesen. Insgeheim hat er sogar bis heute für seine innere Freiheit gekämpft. Darin, dass man auch mal einer hübschen Frau hinterher schauen darf, sind Kai und er sich einig. Und, dass das nichts mit ihren Gefühlen für ihre Frauen zu tun hat. Doch nun leidet ausgerechnet er darunter, eifersüchtig zu sein.

»Ehrlich gesagt, bin ich kein Profi, was das Thema Eifersucht anbelangt«, gibt Arnhild Lauveng zu.

»Sind Sie nie eifersüchtig? Andere Frauen, die ihr Mann anschaut. Männer, die Ihnen gefallen?« Die Lauveng lacht amüsiert auf.

»Mein Mann und ich sind seit der Schulzeit zusammen. Ein eingespieltes Team. Falls er mal eine andere toll fand, hab ich es zumindest nicht mitbekommen.«

»Ach wirklich?« Bastian seufzt laut. Alles passt zu seinem Bild von einer Frau, die es gern hat, wenn alle sich mögen.

»Ich schätze es nun mal, wenn alle sich verstehen. Wenn andere das spießig oder langweilig finden – ihr Problem.«

Bastian spürt, wie er rot im Gesicht wird und sein Magen sich verkrampft. Er fühlt sich ertappt. Steht es ihm denn zu, zu entscheiden, was richtig oder falsch ist? Für wie klug hält er sich eigentlich? Damit, dass die Lauveng ihn durchschaut und es ihm sogar – wenn auch auf dezente Art – vorhält, hat er nicht gerechnet. Sieht sie ihm seine Gedanken etwa an der Nasenspitze an?

»Also dann«, Arnhild Lauveng steht auf, stellt das Geschirr und die halbleere Keksdose aufs Tablett und geht damit zur Tür. »Meist ist das, was einen in Fahrt bringt, nach ein paar Tagen kalter Kaffee. Hören Sie auf Ihr Herz und seien Sie versöhnlich. Das ist immer noch das Beste«, sagt sie vergnügt.

Sie ist ein kluger Kopf und sie hat Hausverstand, denkt Bastian im Stillen. Laut sagt er nur: »Danke für den Kaffee und die Kekse, Frau Lauveng.« Der Rest bleibt unausgesprochen.

»Ach ja, in zehn Minuten haben Sie eine Telefonkonferenz mit Harald Vonwehr. Wegen des Meeres-Symposiums, das nächstes Frühjahr stattfindet.« Arnhild Lauvengs Stimme ist nun wieder geschäftsmäßig. Dass Bastian Meysen ihr gerade sein Herz ausgeschüttet hat, spielt für sie keine Rolle.

»Danke, Frau Lauveng. Dann schaue ich besser noch mal in meine Aufzeichnungen«, sagt er. Er greift nach einem Ordner, der neben seinem Telefon liegt, und beginnt darin zu blättern, während die Lauveng die Tür öffnet und leise hinter sich schließt.

Ist es nicht blödsinnig, eisern am eigenen Unglück festzuhalten? Bastian lässt von den Papieren ab und greift nach Mathildes Brief, den er in der Innentasche seines Jacketts trägt, seit Philipp ihn ihm gegeben hat. Zum x-ten Mal liest er den Anfang der Zeilen:

›Lieber Bastian!

Wenn deine Wut verraucht ist, kannst du das, was passiert ist, vielleicht besser verstehen. Und dann beginnen wir uns vielleicht so zu mögen, wie wir sind.‹

Als das Telefon auf seinem Schreibtisch klingelt, schreckt er hoch. Er flucht leise, hebt aber ab. Doch es ist nicht Harald Vonwehr, der ihn sprechen will.

»Bastian?«

Er erkennt das leise Perlen ihrer Stimme sofort. »Mathilde!« Bastians Herz macht einen Sprung. Irrt er sich oder spricht er ihren Namen gerade mit neuer Begeisterung aus?

»Hast du meinen Brief bekommen?«, fragt sie.

»Ja, hab ich«, entgegnet er.

»Wie geht es dir?« Bastian holt zu der Antwort aus, dass es ihm den Umständen entsprechend so lala gehe, doch ehe er den Satz mit der Einschränkung ausspricht, überlegt er es sich anders und sagt stattdessen: »Erinnerst du dich daran, dass du mich gebeten hast, im Sommer, wenn die Maler kommen, um die Wände aufzufrischen, eine Nacht im Benen-Diken-Hof zu verbringen? Die Koppeln auf denen die Schafe weiden, und die romantischen Zimmer sind genau das Richtige, wenn zu Hause ein Schlachtfeld ist, hast du gesagt.« Mathilde entsinnt sich an in die empfundene Vorfreude, als sie Bastian den Vorschlag unterbreitet hat. Sie will schon dem Impuls nachgeben und ihn daran erinnern, dass er das Ganze als viel zu luxuriös abgetan hat. Doch sie schluckt den Satz hinunter. Will versöhnlich sein.

»Der Hof war als Alterssitz für einen Kapitän gedacht«, erzählt sie stattdessen. »Er wollte endlich sesshaft werden. Ich finde, das spürt man. Der Benen-Diken-Hof ist ein Ort zum Warmwerden.« Bastian gibt sich einen Ruck.

»Wir sollten es machen«, schlägt er vor. Er hört Mathilde leise ins Telefon atmen.

»Komm nach Hause«, sagt sie. Nur diesen einen, schlichten Satz.

Bastian horcht nach innen, wartet auf ein Gefühl des Zögerns. Doch als ihn nichts zurückhält, sagt er: »Einverstanden.« Und als er durchs Telefon einen unterdrückten Schluchzer seiner Frau hört, kann auch er seine Tränen nicht länger zurückhalten.

# 41.

Als Jonas seine Frau vorm Flughafeneingang abpasst und ihr Urlaubslächeln im gebräunten Gesicht sieht, kommt es ihm geradezu unmenschlich vor, sie gleich bei seiner Ankunft mit der schrecklichen Wahrheit zu konfrontieren. Er entscheidet sich zu warten und lässt den ersten Tag in Lanzarote deshalb mit einer kleinen Wanderung und einem anschließenden großartigen Menü in einem Restaurant in der Nähe des Hafens vergehen. Eine Flasche Champagner, Weißwein, Fisch, Salat und ein Dessert bilden den passenden Rahmen, damit Ellen die Neuigkeiten berichten kann, die ihr auf der Zunge liegen. Sie spricht vor allem über ihre Immobilienpläne, von denen sie annimmt, sie kämen ihnen beiden zugute.

»Du musst öfter mal ausspannen, Jonas. Oder willst du dich bis ans Lebensende in der Firma abrackern?«, schlägt sie nach dem Dessert, beim Kaffee, vor. Lebensende – mein Gott! Als sie das Wort ausspricht, friert ihm das Gesicht ein. Er trinkt rasch einen Schluck vom Dessertwein, und als sie von den horrenden Preisen und dem spärlichen Angebot an Häusern auf der Insel berichtet, ist ihm leichter zumute, weil sie für den Moment energiegeladen und zukunftsorientiert wirkt. Sie ist ganz in ihrem Element. Sie plant, überlegt, hat etwas vor. Das ist seine Frau, wie er sie kennt. Und er ist abgelenkt. Da macht er sich nichts vor.

Jonas ist fest entschlossen, alles, was mit ihm zu tun hat, hintanzustellen, um für seine Frau da zu sein. Es geht um Ellen, nur um sie. Ich muss alles für sie tun!

Am nächsten Morgen schafft er es, zwei Schüsseln mit Müsli und zwei Gläser Orangensaft zu ihrem Tisch am Fenster zu tragen, ohne, dass etwas hinunterfällt. Zufrieden mit seinem Tun setzt er sich neben Ellen, die bereits an ihrem heißen Kaffee nippt.

»Mist, ich habe mir den Mund verbrannt!«, flucht sie. Sie trinkt rasch einen Schluck Mineralwasser hinterher, um sich die Zunge zu kühlen. Er lächelt vorsorglich.

»Wir müssen reden«, kündigt er an, während er den Orangensaft neben den Brotkorb stellt.

»Um mir zu sagen, dass du absolut nichts von einer Finca hier hältst?«, mutmaßt Ellen. Sie gönnt sich einen weiteren Schluck Kaffee, diesmal ohne sich zu verbrennen, und ihm einen maßregelnden Blick. Sie gibt ungern ihre Pläne auf.

»Das ist es nicht«, entgegnet Jonas und beginnt Honig in sein Müsli zu träufeln.

»Dann lass mich in Ruhe frühstücken, ehe du mich mit irgendetwas über die Firma löcherst«, bittet Ellen. Er beginnt sein Müsli zu löffeln, bis der Geruch nach nasser Erde in ihm aufsteigt. Ein Kellner hat das Fenster zur Veranda geöffnet und die Gerüche von draußen hereingeholt. Gestern hatte es geregnet, allerdings erst in der Nacht. Und heute früh, als im Osten die Sonne aufgegangen ist, sah alles wie blankgeputzt aus. Der Himmel ist milchig mit Tendenz zu reinigendem Blau und der Wind hat auflandig aufzufrischen begonnen. Meersalz und Wind, das erinnert ihn an Sylt – an Mathilde. Jonas verwirft den Gedanken an sie, vor allem daran, sie anzurufen und noch einmal mit ihr zu sprechen, und schlägt sich das Schienbein am Tisch an, als er aufsteht, um noch etwas vom Büffet zu holen.

»Jonas guck in die Luft!«, zieht Ellen ihn auf und lacht amüsiert.

»Ja, ich sollte besser aufpassen«, sagt er und grinst halbherzig. Als er mit Obst auf einem Teller zurückkommt und weiter sein Müsli isst, registriert er, dass es ihm gut schmeckt, doch er hat trotzdem keinen Appetit. Vermutlich vor lauter Angst, dass ihm die Zeit davonrennt. Er will Ellen so schnell wie möglich zu einem Arzt bringen, hat bereits recherchiert und Telefonate geführt. In Hamburg gibt es jemanden, bei dem sie in guten Händen wäre.

Als sie mit dem Frühstück fertig sind, führt er sie hinaus, in den paradiesischen Garten des Hotels.

»Komm, setzen wir uns«, schlägt er vor, als sie beim Biotop angekommen sind. Sie nehmen auf einer Bank Platz und blicken auf die Felsen, den Bachlauf und den riesigen Teich. Der Wind weht milde Luft heran und die Palmen wiegen wie famose Tänzer im Wind. »Ich habe das Ergebnis deiner Mammografie«, sagt er ohne Umwege. Jetzt ist es heraus! Ellen löst ihren Blick von einem Salamander, der in einer Steinritze verschwindet, und blickt ihn groß an. »Wie das denn?« Noch hat sie Hoffnung. Noch ist alles gut. Er hört es ihrer Stimme an.

»Ist eine lange Geschichte«, sagt er und winkt ab.

Ellen zögert, zwingt sich, ihre Furcht zu überwinden, und fragt ihn salopp: »Und? Wie sieht's aus?« Ihre Augen wirken aufs erste Hinsehen wie immer, doch das Flackern in ihnen bittet um ein mildes Urteil. So, als läge es an ihm, über Gesundheit oder Krankheit zu entscheiden.

»Wir sollten so schnell wie möglich zurück nach Hamburg fliegen«, sagt er. Sekunden vergehen, in denen Ellen nichts anzumerken ist. Doch plötzlich quält sich ein tierähnlicher, rauer Laut aus ihrem Mund. Sie wirft sich die Hand vors Gesicht, als wolle sie verhindern, dass er mehr von ihrem Schmerz hört. Dann fällt ihr Kopf auf ihn zu, streift hart seine Schulter – und bleibt dort liegen. Er legt den Arm um sie, flüstert beruhigend auf sie ein.

»Wir schaffen das. Wir sind stark, Ellen«, verspricht er.

»Wie schlimm ist es? Sag mir, wie schlimm es ist!«, presst sie mit erstickter Stimme hervor. Sie weint nicht, drückt lediglich ihren Kopf hart an sein Schlüsselbein. Als er weiterspricht und es ihr sagt, beginnt sie mit den Fäusten auf ihn einzuhämmern. Und als er zu Ende gesprochen hat, schreit sie wie ein ungezogenes Kind. Der Schmerz, den er fühlt, als ihre Fäuste ihn treffen, beruhigt ihn. Die Illusion, dass er in der Lage ist, ihr etwas abzunehmen, tröstet ihn wenigstens für den Augenblick.

»Ich bin da, Ellen. Hörst du? Ich bin immer für dich da«, sagt Jonas immer und immer wieder. Er weicht ihr nicht aus, sondern lässt sie gewähren. Viele harte Schläge lang. Als Ellens Fäuste nach einer Weile müde von ihm ablassen und sie ihn anblickt wie ein verletztes Tier, beginnt er ihr tröstend übers Haar zu streicheln. Das hab ich dir zu verdanken, Tilda. Das hast du aus mir gemacht. Er sieht voller Mitgefühl auf seine Frau, schlingt die Arme um sie und wiegt sie wie ein Kind.

## 42.

»Unglück kann einen stärker machen. Wenn man sich bemüht, es in Glück umzuwandeln.« Paddys Worte hatten zuversichtlich geklungen. Gar nicht so, als handelten sie von einem schwierigen Thema. Deshalb griffen sie Mathilde auch an. Schwierige Themen waren nicht unbedingt ihre Sache. Denen wich sie gern aus. Jedenfalls zu jener Zeit, Ende ihrer Zwanziger. »Für mich klingt das wie im

Märchen«, hatte sie abwehrend gemeint. An jenem Tag, als sie das Gespräch mit Paddy in deren Wohnung in Hamburg, in der Nähe der Landungsbrücken, geführt hatte, war es zwischen Bastian und ihr tags zuvor zu einem Streit gekommen. Anlass war ein zufälliges Treffen Inkas in der Stadt gewesen. Bastian hatte sie begrüßt und sich nichts dabei gedacht.

»Was soll ich denn tun?«, hatte er zu seiner Verteidigung vorgebracht, als er Mathildes beleidigten Blick aufgefangen hatte. »An ihr vorbeischauen und vorgeben, sie nicht zu kennen?«

»Keine schlechte Idee!«, hatte sie mit genervter Stimme entgegnet, während sie so schnell wie möglich Raum zwischen sich und Inka zu bringen versuchte.

»Wir sollten uns lieber Gedanken darüber machen, weshalb noch immer eine Diskussion aufflammt, wenn wir Inka zufällig sehen.« Bastian seufzte laut, während er neben ihr her durch die Stadt trottete. Jetzt war auch er verstimmt. »Meiner Meinung nach fühlst du dich noch immer als Betrogene, und ich bin derjenige, der das Büßergewand tragen soll. Keine Situation, in der man sich auf Augenhöhe begegnet«, gab er zu bedenken.

»Nimm das ›Un‹ weg und das Glück bleibt übrig«, hatte Paddy ihr an jenem Tag, als sie in Hamburg bei ihr Hilfe gesucht hatte, geraten.

Mathilde erinnert sich auch heute noch an ihr Unverständnis, weil sie nichts von dem verstanden hatte, worüber Paddy damals sprach. »Wie soll das gehen? Wie bekommt man das ›Un‹ weg?«, hatte sie gefragt und sich in ihrer Starrheit auch noch im Recht gefühlt.

Paddy hatte damals ihre Reisetasche für Sylt im Wohnzimmer bereitstehen und trug ihr Haar offen und nicht zu einem Haarknoten hochgesteckt wie sonst. Sie hatte sogar Lippenstift aufgetragen. Sie war auf dem Weg zum Bahnhof, in ein anderes Leben.

Heute weiß Mathilde, dass sie ihren Liebhaber treffen wollte. Wie immer, wenn sie nach Sylt fuhr. Und für diese Treffen galten offensichtlich andere Gesetze. Auch was Paddys Optik anbelangte.

»Halte die Vorstellung von Glück fest. Stell es dir in all seinen Facetten vor. Ist eine Sache der Übung und des Wollens«, sprach Paddy mit warmer, verständnisvoller Stimme.

»Du meinst, wenn ich krank bin, soll ich mir Gesundheit vorstellen? Wenn ich Liebeskummer habe, denke ich an einen tollen Mann, mit dem ich schöne Stunden verbringe?« Mathilde hatte nach Beispielen gesucht und auch gleich welche gefunden.

»So in der Art, ja. Und im nächsten Schritt lässt du Gedanken der Rache oder der Angst weg, wenn dir diese Dinge wirklich passieren. Realität und Vorstellung sind nämlich immer noch zwei paar Schuhe«, hatte Paddy seufzend erklärt. Mathilde hatte an ihrer Nagelhaut zu kauen begonnen. Was sie oft tat, wenn sie nervös war. »Wenn du dir dein Glück vorstellst, werden Gedanken ans Unglück automatisch schwächer. Man kann ja schlecht beides zugleich, im Glück und im Unglück schwelgen.« Das leuchtete Mathilde ein.

»Und in der Zeit, wo ich Pause vom Visualisieren mache oder völlig erschöpft davon bin? Oder angenervt«, fragte sie und sah Paddy mit großen Augen an.

»Da lenkst du dich ab. Triffst eine Freundin, liest ein Buch, gehst ins Kino. So was hilft immer. Du wirst dich schnell besser fühlen«, versprach Paddy.

Mathilde dachte gern an das Gespräch zurück. Paddy hatte wie immer Zartgefühl bewiesen. Und ihren Pragmatismus unter Beweis gestellt. Auch, wenn Mathilde damals nicht begriffen hatte, dass Paddys Worte wahr waren – sie hatte versucht, sich das Glück vorzustellen und sich bald besser gefühlt. Leichter.

Nun sitzen Bastian und Mathilde im Wintergarten und sehen der Sonne beim Untergehen zu. Vor sich eine Kanne Tee und Sandwichs. Sie sind sich nah, trotz allem, was geschehen ist.

Bastian hat die Tasche, die er zu Britta und Philipp mitgenommen hat, bereits ausgepackt. Seine Hemden und Hosen und seine Unterwäsche liegen nun wieder im Schrank im Schlafzimmer. Wo sie hingehören.

»Wir müssen lernen das ›Un‹ wegzulassen«, sagt Mathilde versöhnlich. »Dann bleibt nur noch das Glück übrig.«

»Sagt wer?«, will Bastian wissen.

»Paddy.« Mathilde unterdrückt den Impuls, an ihren Nägeln zu knabbern.

»Wenn Paddy es gesagt hat, stimmt es wohl«, entgegnet Bastian und lächelt. »Schau mal! Der Himmel ist orangegelb gefärbt. Irgendwie sieht es für mich nach Frühling aus, obwohl erst Januar ist«, schwärmt Mathilde.

Insgeheim wirken in ihr noch immer Ängste nach. Da sind Jonas und ihre Gefühle für ihn und Ellen, in die sie sich immer wieder einzufühlen versucht. Doch zwischendurch schafft sie es, intensiv ans Glück zu denken. Das Erlebnis mit dem verwechselten Brief hilft ihr dabei, dankbar zu sein. Die Gewissheit gesund zu sein, wenn man schon davon ausging, Krebs zu haben, macht vieles leichter.

Mathilde klingt voller Zuversicht, als sie sagt: »Ich habe nicht vergessen, dass das hier ein Liebeshaus ist.« Sie sieht Bastian mit einem intensiven Blick an. Einem, der ihm vertraut ist und den er jetzt viel mehr zu schätzen weiß.

»Es ist ein Haus der Zuversicht«, entgegnet er und ergänzt: »Ich weiß, manchmal bin ich ein sturer Bock. Aber ich hoffe inständig, wir kriegen das mit uns besser hin.« Mathilde beugt sich zu ihm vor, und als Bastian nicht zurückweicht, küsst sie ihn auf den Mund. Es ist ein Kuss, der viele miteinander gelebte Jahre einfängt und der ihr gut tut. »Nur Idioten lassen sich vom Unglück aus der Spur bringen«, brummt er, als seine Lippen sich von ihren lösen. Er greift nach Mathildes Hand und sieht ihr dabei zu, wie sie in seiner verschwindet.

»Du bist kein Idiot, Bastian. Du bist ein kluger Zeitgenosse«, findet Mathilde.

»Sag das noch mal«, verlangt er. Und während er ihren Mund mit seinen Lippen nach Zustimmung absucht, spürt er, wie ein kleiner Moment Glück – der Gischt des Meeres gleich –, hoch in ihm aufschießt.

# 43.

Drei Tage später überhören Bastian und Mathilde den Wecker um kurz vor halb sieben und schlafen seelenruhig weiter. Am Abend zuvor hatten sie Britta und Philipp zum Abendessen eingeladen – und es war spät geworden.

Als Mathilde um kurz vor acht aufwacht, rüttelt sie Bastian energisch an der Schulter. »Wir haben verpennt. Komm, steh auf, Bastian!« Bastian reibt sich die Augen, und nach einem Blick auf den Wecker flucht er und rappelt sich stöhnend auf.

»Katzenwäsche und kein Frühstück!«, murmelt er und sprintet ins Bad.

Eine Viertelstunde später ist er bereits aus der Tür und startet seinen Wagen. Mathilde geht in ihr Büro im Parterre und fährt ihren Computer hoch, um auf zwei Aufträge, die an sie herangetragen worden sind, zu antworten. Den Vormittag über arbeitet sie konzentriert. Mittags isst sie eine Kleinigkeit und trinkt einen Kaffee dazu. Nachmittags macht sie eine Pause und ruft ihre Mutter an.

Regine erzählt über Uranus und Mars. Zusammenhänge, die Mathilde kaum versteht, und als das Wichtigste ausgetauscht ist, beendet sie das Gespräch und setzt sich wieder vor den PC.

Um kurz nach sechs klingelt das Telefon. Arnhild Lauveng ist am Apparat.

»Arnhild! Schön, wieder einmal Ihre Stimme zu hören«, beginnt Mathilde. Sie mag Arnhild, seit sie einander bei einem Empfang in Bastians Büro vorgestellt worden sind. Es ist für beide Sympathie auf den ersten Blick gewesen. Und wenn Bastian, was selten vorkommt, beim Abendessen über sie spricht, hört Mathilde stets interessiert zu.

»Gibt's was Besonderes, weil Sie zu Hause anrufen? Bastian ist noch nicht da. Oder wollen Sie vielleicht mich sprechen?«

»Ja«, presst Arnhild mit Mühe heraus. »Ich brauche Sie.« Ihre Stimme klingt verkatert. Gar nicht wie sonst. Mathilde spannt ihre Muskeln an.

»Ist etwas passiert?«, fragt sie alarmiert. Wie kommt sie plötzlich auf den Gedanken, dass etwas Schlimmes geschehen sein könnte? Der verwechselte Brief, der ihr Leben auf den Kopf gestellt hat – das ist schlimm genug gewesen. Jetzt ist es Zeit, Ruhe einkehren zu lassen. Nun ist alles wieder gut. Bastian und sie haben sich ausgesprochen und sich geschworen, in Zukunft ohne Schuldzuweisungen und falsche Eifersucht zu leben. Ein glücklicheres Leben als zuletzt liegt vor ihnen.

»Können Sie herkommen?« Arnhilds Stimme hat jetzt einen flehenden Ton. Die Antwort kommt wie von selbst über Mathildes Lippen.

»Aber ja, natürlich«, sagt sie sofort. Und dann fragt sie noch: »Geht es um Bastian?«

Arnhild räuspert sich. »Bitte kommen Sie«, sagt sie nur.

»Ich bin schon unterwegs.« Mathilde legt auf. Sie geht sofort in den Flur, zieht eine Jacke über und schlüpft in das erste Paar Stiefel, das ihr unterkommt. Eilig verlässt sie das Haus und steigt in ihren Wagen.

Die Fahrt dauert eine Ewigkeit. Die Dünen, das Gras, das Meer, die Straßen, alles scheint kein Ende zu nehmen. Mathilde spürt ihren Magen und sogar ihren Herzmuskel. Sie hat das Gefühl ihren Körper zu verlieren. Es ist etwas geschehen, das ist klar. Arnhild wollte ihr am Telefon nicht sagen, worum es geht, und sie hatte nicht danach gefragt, weil sie ihr die schwierige Formulierung der Antworten ersparen wollte – und sich selbst die Reaktion darauf.

Als sie ihren Wagen parkt und den Rettungswagen vorm Eingang sieht, schlägt ihr das Herz bis zum Hals. Vielleicht hat ihr Mann einen Schlaganfall erlitten. Oder einen Herzinfarkt. Wie Paddy. Mathildes Lippen formen stumm bittende Worte – »Bitte, ihm darf nichts Schlimmes zugestoßen sein!« –, während ihre Beine wie von selbst die Treppe hinaufstürmen. Als sie Arnhilds Bürotür öffnet, sieht sie ihr die Erschütterung am Gesicht an.

»Bastian?«, stammelt sie. Arnhild Lauveng wankt auf sie zu, und bevor Mathilde sich wehren kann, hat sie sie im Arm liegen. Ihr Gewicht und das rhythmische Schluchzen zwingen sie fast in die Knie, doch sie schafft es durchzuhalten. Über ihren Rücken hinweg erspäht Mathilde die Schultern eines Mannes. Er beugt sich über Bastian. Um was zu tun? Mathilde zögert nicht länger, ruckartig schiebt sie Arnhild von sich weg.

»Ich muss wissen, was los ist. Jetzt, sofort«, stammelt sie. Arnhild wendet sich ab und murmelt unverständliche Worte vor sich hin. Mathilde bekommt nichts von dem, was um sie herum passiert, mit. Sie sieht nur den Fremden, der sich an ihrem Mann zu schaffen macht. Zielstrebig steuert sie ihn an. Im Türrahmen bleibt sie abrupt stehen. Der Mann ist zur Seite getreten und gibt nun den Blick auf Bastian frei.

Beim ersten Hinsehen kommt es Mathilde vor, als sei er friedlich eingeschlafen. Sein Körper schmiegt sich in den Bürostuhl. Der Kopf nach vorn gesunken. Doch üblicherweise hält Bastian seine Arme nie so, wenn er zu Hause entspannt im Ohrensessel vorm Fernseher sitzt. Seine Körperhaltung wirkt verzerrt und sein Kopf hat eine seltsame Neigung eingenommen. Alles wirkt irgendwie verdreht.

Der Mann, in dessen Rücken sie eben geblickt hat, hebt an, um etwas zu sagen. Doch ehe er soweit ist, spricht sie bereits.

»Ich bin seine Frau. Mathilde Meysen«, stellt sie sich vor.

»Das dachte ich mir«, entgegnet der Fremde. »Rüdiger Dubius. Ich bin Notarzt und habe Ihren Mann betreut. Mein Beileid, Frau Meysen.«

»Betreut?«, wiederholt sie. Was redet dieser Mann? Und wieso spricht er ihr sein Beileid aus? »Was ist denn passiert?«, bringt Mathilde heraus. Sie hat zwar die Worte gehört, die man an sie gerichtet hat, doch den Sinn hat sie nicht verstanden.

»Ihr Mann hat einen Herzinfarkt erlitten.«

»Einen Herzinfarkt erlitten?«, wiederholt Mathilde, als könne sie es nur glauben, wenn sie es selbst ausspricht. Irgendwie gelingt es ihr nicht, die Worte ›betreut‹, ›Notarzt‹ und ›Herzinfarkt‹ zusammenzubringen. Rüdiger Dubius fasst sie am Arm und redet leise auf sie ein.

»Haben Sie mich verstanden, Frau Meysen?« Er schaut sie eindringlich an. »Ihr Mann hatte einen Herzinfarkt und war sofort tot. Frau Lauveng hat ihn gefunden. Zwei Minuten zuvor, sagte sie, hat sie noch mit ihm gesprochen, und als sie noch mal zurückkam, weil sie vergessen hatte, sich nach etwas zu erkundigen, lebte er nicht mehr.« Mathilde schluckt, wartet auf den Schmerz, die Trauer. Doch da ist nichts, nur konzentrierte Spannung.

»Darf ich zu ihm?« Sie wartet die Antwort des Arztes nicht ab, sondern geht gleich zu Bastian, beugt sich zu ihm hinunter und streichelt ihm über die Wange.

»Liebster«, flüstert sie.

Der Notarzt nickt dem Sanitäter zu. Sie verständigen sich ohne Worte. »Nehmen Sie in Ruhe Abschied, Frau Meysen.«

Stumm verlassen die beiden Männer das Büro. Mathilde nimmt Bastians Hand ohne Scheu, um sie zärtlich zu küssen. Sie muss plötzlich an die Deutung ihres Horoskops denken.

»Keine Scheidung«, hatte ihre Mutter prognostiziert. Wie es aussah, behielt sie recht. Ihre Ehe hatte gehalten. Doch ihr Glück war damit keinesfalls gesichert. Es ist weit schlimmer gekommen. Sie ist jetzt Witwe. Das ist etwas völlig anderes.

# 44.

Die Beisetzung findet im kleinen Kreis statt. Regine ist gekommen und Mathildes Vater und die Eltern von Bastian, die in Hamburg wohnen und den Tod ihres Sohnes einfach nicht fassen können. »Bastian war immer kerngesund. Wie konnte er nur so plötzlich sterben?«, schluchzt seine Mutter, die sich kaum aufrecht halten kann vor Trauer. Henning tröstet Mathilde mit einem schiefen Lächeln, das er schüchtern hervorbringt. Er nimmt Mathildes Hand in seine schwielige Pranke und drückt sie viel zu fest.

»Dein Mann hat mal zu mir gesagt: Die Mathilde, die ist meine scharfe Kratzbürste. Ohne Übertreibung, das waren seine Worte.« Mathilde schämt sich fast dafür, denn ihr entkommt ein Lächeln, das sie sofort unterdrückt. Höchstens jemand wie Henning ist in der Lage, sie bei der Beerdigung ihres Mannes als scharfe Kratzbürste zu bezeichnen. »Ist unfair, aber wir sind Teil der Natur. Und der Tod gehört dazu«, sagt er oft, wenn es ums Sterben geht. Um den Tod kommt man nicht herum. Er macht das Leben zu der Kostbarkeit, die es ist.

Britta und Philipp kommen zu Mathilde und stützen sie.

»Willst du nicht für eine Weile zu uns ziehen, wenn das hier vorbei ist? Du allein im Haus – das gefällt uns nicht«, schlägt Philipp vor.

»Lieb von euch, aber ich möchte in Paddys Haus bleiben. Dort bin ich Bastian am nächsten«, sagt Mathilde.

Wieso nennt sie ihr Zuhause gerade heute Paddys Haus? Fühlt sie sich weniger allein, wenn sie das Wort Zuhause an Paddy knüpft – jetzt, wo Bastian nicht mehr da ist? Mathilde schafft es, ihre unterschwellige Panik in den Griff zu bekommen. Sie muss diesen Tag irgendwie überstehen. Das ist sie ihrem Mann schuldig.

»Du kannst es dir ja noch mal überlegen. Ich richte das Gästezimmer auf jeden Fall für dich her.« Britta drückt Mathildes Hand und Mathilde schenkt ihr den wärmsten Blick, den sie an einem Tag wie heute hinbekommt. Britta ist eine Freundin, wie man sie sich nur wünschen kann. Zuverlässig, verschwiegen, lustig und vor allem für einen da, wenn man sie braucht. Mit ihren Worten ausgerüstet, wendet Mathilde sich dem Pfarrer zu, der mit getragener Stimme vorn am Grab zu sprechen beginnt.

»Bastian Meysen wurde jäh aus dem Leben gerissen, und dieser Vorgriff auf das ewige Leben war für uns alle, vor allem für seine Frau, nicht abzusehen und trifft uns deshalb umso härter. Seit seinem ersten Tag auf der Insel war Bastian einer von uns. Er liebte das Leben am Meer. Das raue Klima im Winter beruhigte ihn. Je lauter draußen der Wind heult, umso schöner ist es drinnen vorm Kamin, sagte er einmal. Er schätzte die Abwechslung der Natur. Hier, in den Dünen, bin ich dem Herrgott am nächsten, hat er mir nach der Weihnachtsmesse anvertraut. Er wusste nicht, wer Gott ist, war auch kein eifriger Kirchengeher, aber er hat nie aufgehört, nach ihm zu suchen.«

Mathilde lässt die Grabrede des Pfarrers an sich vorbeiziehen. Wie in Zeitlupe läuft ihr Leben mit Bastian vor ihr ab. Beginnend mit dem ersten Treffen in einer Disco, dem unbeschwerte Jahre folgten. Irgendwann hatte sie vorgeschlagen zusammenzuziehen. Bastian hatte sie vor lauter Freude wie eine Puppe herumgewirbelt. Sie waren außer sich vor Glück gewesen, hatten nach einer kleinen Wohnung gesucht und bald eine gefunden. Der spätere Umzug nach Sylt hatte sie, auch räumlich, am Ort ihrer Träume ankommen lassen. Bastian machte Karriere, sie war als Grafikerin gut beschäftigt. Alles perfekt. Doch irgendwann schlich sich das Gefühl innerer Leere in ihr Leben. Und dann kamen der Brief und ihr Weggang. Erst vor ein paar Tagen hatten sie einen Neuanfang gewagt. Und nun der hässliche Riss in ihrem Leben – Bastians Tod.

Jonas! Mathilde reißt sich aus ihren Gedanken und blickt zu einer Kiefer, wenige Meter entfernt. Sie spürt ihr Herz hinter den Rippen laut pochen und ihre Beine schlottern. Es ist kalt heute, da schlottern einem schon mal die Beine, denkt sie. Dort hinten steht ein Mann, halb von der Kiefer verdeckt, und starrt zu ihr hinüber. Er trägt einen dunkelblauen Mantel, einen Schal und eine Mütze, die er tief in die Stirn gezogen hat. Mathilde glaubt ihn zu erkennen. Es ist Jonas. Sie hat nichts von ihm gehört, seit sie nach Sylt zurückgekehrt ist. Wie es aussieht, hat er von Bastians Tod erfahren. Die Nachrichten von Sylt gelangen offenbar innerhalb kürzester Zeit bis zu den Zweithausbesitzern nach Hamburg.

Der Pfarrer hat aufgehört zu sprechen, und während zwei Ministranten Weihrauch schwenken, wird der Sarg mit den Ranunkeln unter Einsatz von Trauermusik in die Grube gelassen. Mathilde tritt nach vorn. Gott sei Dank tun ihre Beine ihren Dienst, als sie nach der Schaufel greift und Erde auf den Sarg wirft. Bastians Eltern treten an ihr vorbei mit wackeligen Schritten vors Grab, werfen nasse Klumpen Erde in die Grube und wenden sich unter Tränen ab. Mathildes Blick schweift in die Ferne. Jonas steht noch immer hinter der Kiefer. Steht einfach nur da und sieht sie an. Als er bemerkt, dass sie wie hypnotisiert ist, nickt er ihr kurz zu, dreht sich um und geht mit eiligen Schritten davon. Jonas, bleib! Dass du hier bist, tröstet mich!, murmelt Mathilde in Gedanken. Britta nimmt ihren Arm, spürt ihr Zittern.

»Brauchst du Hilfe?«, erkundigt sie sich.

»Danke, Britta. Es geht schon.« Mathilde zwingt sich ins Hier und Jetzt zurück. Gleich werden alle kommen, um ihr Beileid auszusprechen. Als Henning vor ihr steht, lenkt er den Blick zu Boden. Sein blankgeputzter Schnürschuh rutscht über den Kies.

»Ich werde ihn nie vergessen«, murmelt er. Es fällt ihm sichtlich schwer, seine Emotionen zu zügeln.

In der Pfütze im Kiesweg spiegelt sich matt der Himmel.

»Niemand wird Bastian vergessen«, erwidert Mathilde.

# 45.

Nach der Beerdigung empfängt Mathilde die Trauergäste in ihrem Haus. Sie hat frühmorgens Kuchen gebacken, einen Eintopf vorbereitet und ist froh, dass Britta ihr hilft, die Gäste zu versorgen. Arnhild, ihre Mutter, Bastians Eltern, ihr Vater mit seiner neuen Frau, Kai, Freunde von Bastian und ihr aus Hamburger Zeiten – alle sind sie gekommen. Henning hat sich in seinen einzigen Anzug gezwängt und Sonja trägt ein Kleid, das sehr ansprechend aussieht. Sicher hat sie es extra für die Beerdigung gekauft. Sie presst ihren weichen Körper an Mathildes, als sie in die Küche kommt, um ihre Hilfe anzubieten.

»Wer weiß, was das Leben dir noch schenkt? Sei trotz allem zuversichtlich, Mathilde«, sagt sie, rückt von ihr ab und schnappt sich ein Messer, um einen Kuchen in Stücke zu schneiden. Es klingt nicht wie eine Phrase, sondern ehrlich gemeint. Voller Zuversicht. Regine kommt mit einer leeren Kanne Kaffee in die Küche, die sie mit heißem Wasser ausspült.

»Wenn du willst, erstelle ich dir morgen dein aktuelles Horoskop. Ich habe extra meine Häusertabellen mitgebracht. Du wirst sehen, im Nu hab ich Aszendent, Sonne und Mond, die drei astrologischen Faktoren, die Wesentliches über einen Menschen aussagen, aktuell interpretiert. Das Glück verschwindet nie für immer«, versucht sie ihrer Tochter Mut zu machen. Sie füllt die ausgespülte Kanne mit frischem Kaffee und blickt Mathilde dabei abwartend an.

»Danke, Mama, aber nein danke«, lehnt Mathilde ab. Sie hat Sahne geschlagen und gibt sie in eine Schale. Regine wendet sich schon wieder zum Gehen. Die Kaffeekanne fest an ihre Brust gedrückt.

»Hat Papa mit dir gesprochen? Er hält leider Gottes noch immer nichts von meiner Arbeit«, beschwert sie sich.

»Es geht nicht um Papa«, antwortet Mathilde wahrheitsgemäß. Sie versucht die Situation klarzustellen. »Ich spreche für mich selbst und möchte meinem Leben unvoreingenommen gegenübertreten. Das verstehst du doch.«

Regine steht noch immer an der Tür. Betroffen über die Ablehnung ihres Hilfsangebots. »Die Astrologie ist nicht determiniert, Kind. Es geht um Neigungen und Möglichkeiten.« Regine hat noch nicht aufgegeben.

Henning tritt an Mathildes Seite. »Nu aber mal halblang«, bittet er Regine. Und zu Mathilde gewandt: »Mund auf, Mathilde.« Er sticht mit seiner Gabel in ein Stück Kuchen und beginnt sie zu füttern. »Womit Ihre Tochter gefüttert gehört, ist jedenfalls nicht dieses astrologische Zeugs«, brummt er ruppig. Gleich darauf tätschelt er Regine die Wange: »Nichts für ungut«, fügt er noch an und verschwindet mit Mathilde ins Wohnzimmer, wo alle sich um den gedeckten Tisch versammelt haben. Philipp unterhält sich angeregt mit Kai. Ihr Vater wiederum redet mit Bastians Mutter, die sich fürs Erste beruhigt hat. Jedenfalls sieht Mathilde keine Tränen in ihren Augen. Wenn es nicht so ein trauriger Anlass wäre, würde sie das heutige Zusammenkommen als gelungen bezeichnen. Alle haben damit zu tun, sich davon zu überzeugen, dass das Leben weitergeht. Sie geben sich zumindest allergrößte Mühe.

# 46.

Als Jonas mit Florian und Anja hinaus in die Sonne tritt, kommt ihm das Wetter wie eine Farce vor. Der Frühling zeigt sich von seiner schönsten Seite, während Ellens Körper abstirbt. Die Bäume treiben aus und der Flieder blüht. Alles gedeiht prächtig. Nur in Jonas ist es kalt, dunkel und trüb – Winterstimmung.

Das Gespräch, das er vorhin mit dem behandelnden Onkologen geführt hatte, machte ihm wenig Hoffnung. »Die nächste Chemo gibt darüber Auskunft, ob wir Anlass zur Hoffnung haben«, hatte der Arzt in nachdenklichem Ton gesagt.

»Und wie definieren Sie Hoffnung? Wie viel Zeit bleibt meiner Frau noch?«, hatte Jonas wissen wollen. Der Chefarzt hatte mit den Schultern gezuckt und dabei zu lächeln versucht – was ihm nicht ganz gelungen war.

»Wir tun alles, was in unserer Macht steht«, hatte er ausweichend geantwortet. Der Satz hatte für Jonas so geklungen, als ginge es um die Reparatur eines Autos. Wenn es ein Problem mit dem Keilriemen oder den Zündkerzen gab, konnte man etwas machen. Aber bei Ellen?

Sie leidet Höllenqualen und er sieht, dass alles, was er tun kann, zu wenig ist.

»Ich muss für die Kinder gesund werden. Und für dich«, hatte sie heute mit schwacher Stimme gesagt, während eines Moments, als sie allein waren und er ihre Hand fest in seiner gehalten hatte. Er hatte nicht gewusst, was er ihr antworten sollte und sie zärtlich auf die Stirn geküsst. Hatte mit dieser Geste versucht, ihr Mut zu machen.

Jonas hält seine Kinder fest an den Händen. Florian links, Anja rechts. Die Situation, in der sie sich befinden, lässt sie noch näher zusammenrücken. Zumindest in den Pausen der Wut und Verzweiflung. »Mama geht es bestimmt besser. Heute hat sie sogar ein paar Mal gelächelt«, plappert Anja drauflos. Sie schaut mit großen Augen zu ihm hoch, während sie die Straße auf der Suche nach einem Taxi abgehen.

»Mama ist beschissen dran. Ich bin doch nicht blöd und lass mich von einem Grinsen ins Bockshorn jagen«, schnaubt Flo. Seit er von der Erkrankung seiner Mutter weiß, hat er sich eine Nüchternheit zugelegt, die Jonas manchmal erschreckt.

Anja boxt ihren Bruder empört in den Magen. »Stimmt gar nicht. Mama wird wieder gesund«, schreit sie.

Jonas fährt dazwischen. »Vertragt euch. Auf der Stelle«, verlangt er rigoros.

In Anjas Augen schimmert es feucht. »Es stimmt doch, oder? Mama wird gesund!«, quengelt sie.

»Was haltet ihr von einem Eis?«, schlägt Jonas vor. Ablenken ist seine erprobte Methode, mit schwierigen Momenten wie diesem umzugehen. Er umgeht eine Lüge und schürt trotzdem Hoffnung. »Der April ist dieses Jahr ungewöhnlich mild, findet ihr nicht auch? Also wenn ihr mich fragt, irgendwie ist es wie im Hochsommer. Und im Hochsommer isst man Eis.«

»Au ja, ich will Vanille, Erdbeere und Mango, Papa«, kräht Anja.

»Und du?« Jonas wendet sich an seinen Sohn, in dessen jungem Gesicht sich eine grimmige Sorgenfalte abzeichnet.

»Ich will, dass Mama überlebt«, verlangt er störrisch.

Jonas legt tröstend den Arm um ihn. »Das wollen wir alle, Flo. Mama am allermeisten.«

»Lüg wen anders an. Ich habe im Netz recherchiert und weiß Bescheid«, murrt Flo und schlägt seinen Arm weg. Seine Stimme klingt dünn. So, als habe er alle Kraft zum Sprechen längst aufgebraucht. Anja boxt schon wieder in seine Richtung. Doch diesmal wehrt Flo sie geschickt ab. Jonas wirft seinem Sohn einen um Verständnis heischenden Blick zu. Lass ihr den Glauben. Sie braucht Zeit, um alles zu begreifen. Sie ist doch noch ein kleines Mädchen. Flo fängt seinen Blick auf. Er kämpft mit sich, gibt sich schließlich einen Ruck.

»Also gut«, sagt er. Der Blick seines Vaters, in dem Sorge und Verzweiflung mitschwingt, macht ihn von einem Moment zum anderen zu einem Verbündeten. Hier kann er sich nicht davonstehlen. Sein Vater braucht ihn, um Anja zu schützen. »Ich will Schokolade und Pistazie«, sagt Flo. »Und zwar jeweils zwei Kugeln davon.« Jonas schenkt ihm ein dankbares Lächeln, als sie in ein Taxi steigen, um die nächste Eisdiele anzusteuern.

»Schade, dass wir dieses Jahr nicht nach Sea-World fliegen können. Das hattest du uns eigentlich versprochen, Papa«, fällt Anja plötzlich ein.

»Ja, hatte ich. Aber findest du nicht auch …« Er kommt nicht dazu, den Satz zu beenden, denn Anja hat bereits einen anderen Vorschlag.

»Ohne Mama macht es natürlich nicht so viel Spaß. Und lange allein lassen dürfen wir sie auch nicht. Deshalb habe ich eine neue Idee.«

»Und die lautet?«, fragt Jonas nach. »Wir fahren im Juni nach Sylt. Schweinswal-Babys schauen. Hat Henning mir mal vorgeschlagen«, erzählt Anja.

»Wer, bitte schön, ist Henning?« Jonas sieht seine Tochter fragend an. Anja lächelt verschmitzt. Sie mag es, wenn sie etwas ganz allein weiß.

»Henning hat einen Kutter und damit fährt er mit allerhand Leuten aufs Meer hinaus. Aber eigentlich ist er stinknormaler Fischer«, gibt sie zu.

»Fischer sind cool«, wirft Flo ein. Er wuschelt Anja durchs Haar. Jetzt sind sie wieder Bruder und Schwester, die ein normales Leben führen. Ohne eine Mutter, die Brustkrebs hat.

»Und wo hast du diesen ominösen Henning kennengelernt?« Jonas lächelt still, weil Anja Flos Hand abschüttelt. Die alltägliche Szene hat in Anbetracht der Umstände etwas Tröstliches.

Meine Güte, wie froh ist er, dass eine ungezwungene Unterhaltung in Gang kommt. Jedes normale Wort lenkt die Kinder von den schweren Stunden im Krankenhaus ab – und ihn auch. Seit Ellens Erkrankung leben sie von Augenblick zu Augenblick. Alles, was er tun kann, ist, seiner Tochter und seinem Sohn manchmal einen kurzen Moment Freude zu schenken. Der Rest liegt nicht in seiner Macht.

»Henning war bei Mathilde. Das ist die mit den Haaren wie ein Eichhörnchen, die gleich nebenan wohnt. Mama und ich waren mal drüben bei ihr. Wir haben Eier ausgeleiht«, sagt Anja.

»Ausgeliehen«, verbessert Flo seine Schwester.

»Ist doch egal, du Besserwisser.« Anja setzt einen finsteren Blick auf. »Mama wollte Kuchen backen. Extra für mich.« Sie verschränkt die Arme vor der Brust. Als Zeichen der Abgrenzung. »Und dafür braucht man Eier.«

»Ihr wart also bei Mathilde?« Ein flüchtiges Lächeln umspielt Jonas' Lippen. Für einen kurzen Moment geht es ihm besser, einfach, weil er laut ihren Namen ausspricht.

Er hat von Freunden, die ebenfalls einen Zweitwohnsitz auf Sylt haben, erfahren, dass Mathildes Mann verstorben ist und es kaum glauben können. Wie ungerecht kann ein Leben sein? Erst muss Mathilde davon ausgehen, sie sei an Krebs erkrankt. Dann erfährt sie, dass es gar nicht um sie, sondern um eine andere Frau geht – um seine. Und dann stirbt völlig unerwartet ihr Mann.

Jonas sträubt sich dagegen, zornig und verbittert zu reagieren. Er will seine Zuversicht nicht verlieren. Aber zurzeit fällt ihm das ungeheuer schwer.

»Fahren wir jetzt im Juni nach Sylt, oder nicht?«, quengelt Anja. Ihre Finger zupfen an seinem Jackett und holen Jonas zurück in die Gegenwart.

»Bestimmt«, verspricht er und versucht optimistisch zu lächeln. Die Lüge kommt ihm glatt über die Lippen. Wer weiß schon, was im Juni sein wird.

# 47.

Die Staffelei ist im überdachten Teil der Terrasse aufgestellt. Dort, wo man den Blick aufs Meer genießt, ohne nass zu werden, wenn es regnet.

Mathilde steht vor einem weißen Blatt und beginnt den Flug der Möwen mit Kohlestift einzufangen. Sie trägt eins von Bastians Hemden. Das Hemd ist die ideale Kleidung für eine Hobbymalerin und erfüllt darüber hinaus noch einen weiteren Zweck. Wenn sie es trägt, fühlt es sich an, als sei Bastian immer noch bei ihr. Mit gezielten Strichen skizziert sie die eleganten Körper der Vögel, malt Schatten und fügt Wolken am Himmel hinzu.

Während Mathilde zeichnet, spricht sie ins Mikrofon ihres Handys. Die Ohrstöpsel stellen die Verbindung zwischen Britta und ihr her. »Obwohl es realistisch gesehen keinen Anlass zur Hoffnung gibt, denn Bastian ist tot und kommt nie mehr zu mir zurück, fühlt es sich trotzdem an, als gäbe es sie. Ich kann mir ein Leben ohne Hoffnung einfach nicht vorstellen«, schüttet Mathilde ihr Herz aus. Seit dem Tod Bastians fühlt sie sich morgens, wenn sie bei gutem Wetter auf der Terrasse frühstückt, manchmal eins mit der Natur. Diese Momente machen ihr Mut, denn sie sind an keine spezielle Vorstellung ihrer Zukunft geknüpft, sondern auftauchende Augenblicke. Es ist wie Sonnenschein, wenn die Wettervorhersage ein Tief mit Sturm und Regenböen angesagt hatte. Die Sonne zwischendurch gibt ihr Kraft, lässt sie durchhalten.

»Was mit Bastian passiert ist, ist schrecklich. Hatte es nicht den Anschein, als müsse *ich* sterben? Und was ist passiert – ich lebe, Bastian dagegen ist tot.« Voller Emotion spricht Mathilde auf Britta ein. Jetzt muss sie sich kurz sammeln, bevor sie weiterspricht. »Keine Ahnung, ob alles Schicksal ist oder Zufall. Fest steht, ich bin hier. Muss weitermachen.« Mathilde führt den Stift fest übers Papier. Die Emotion ihrer Worte findet sich im energischen Flügelschlag der Möwen wieder. Während sie voller Eifer zeichnet und Brittas Erwiderung lauscht, dass es nichts Schöneres als ein Gefühl der Dankbarkeit fürs Leben gibt, treibt das Meer sein Spiel mit den Möwen. Schwerelos segeln sie am Himmel, nur um irgendwann in die Tiefe zu fallen und mit einem Fisch als Beute erneut nach oben zu gleiten. Leben und Tod. Der ewige Kreislauf.

»Was hast du denn jetzt mit deinem Leben vor?«, wird Mathilde von Britta gefragt. Sie hält kurz inne, überlegt, was sie ihr darauf antworten soll. Einen Moment kaut sie am Ende ihres Kohlestifts herum, hört dann aber damit auf.

»Ich plane nicht mehr viel. Ich will versuchen, endlich Vertrauen ins Leben aufzubauen. Das ist alles, was ich vorhabe.« Mathilde beginnt mit kräftigen Strichen die Augen der Möwen zu zeichnen. Nach einem letzten Wortwechsel mit Britta verabschiedet sie sich, legt den Stift beiseite und drückt die Aus-Taste ihres Handys. Sie nimmt die Stöpsel aus den Ohren und atmet die würzige Seeluft ein, während die Möwen am Himmel weiter den Kreislauf des Lebens fortführen.

»Das Fehlen von Erhebungen an der Küste sorgt dafür, dass sich Wolken kaum aufstauen, weshalb das Wetter auf Sylt in der Regel wechselhaft ist. Davon abgesehen hat der Golfstrom Einfluss auf das Wetter unserer Insel.« Mathilde hat das Transistorradio, das noch aus Paddys Zeiten stammte, angestellt, um die Wettervorhersage abzuhören. Henning hat sie heute Morgen angerufen.

»Und, wie sieht's aus?«, hatte er wissen wollen. Mathilde hatte zuerst nicht gewusst, worauf er hinaus wollte. »Juni. Die Schweinswale. Schon vergessen?« Da war es ihr wieder eingefallen. Henning hatte die Einladung ausgesprochen, als Bastian noch lebte.

»Ich komme mit. Klar!«

»Dein Wort drauf?«, hatte Henning wissen wollen.

»Heiliges Ehrenwort«, hatte sie versprochen. »Wir sind übrigens zu sechst.« Das hatte Henning ihr noch mitgeteilt.

»Wen hast du denn noch mit deinem Charme becirct?« Henning hatte laut geschnaubt.

»Zwei Kinder und ihren Vater. Nicht gerade eine reiche Ausbeute. Aber besser, als nichts«, hatte er gemeint.

# 48.

An einem milden Junimorgen, um kurz vor neun, gehen Mathilde und Britta, mit Friesennerz und Decken ausgerüstet, an Bord der ›Sweet Caroline‹. Henning erwartet sie naserümpfend.

»Was wollt ihr denn mit den Decken?«, mault er.

»Falls das Wetter drehen sollte, wollen wir gewappnet sein. Wir verstehen das nicht als Angriff gegen dich«, erwidert Mathilde. Henning nimmt ihnen ihr Zeug ab und geht in die Kombüse, um die Sachen zu verstauen.

»Er meint es keineswegs böse, sondern wundert sich nur, dass wir weniger optimistisch sind als er«, erklärt Britta in Richtung des Mannes, der mit seinen beiden Töchtern gerade an Bord kommt. Als Henning zurückkommt, kratzt er sich umständlich den Kopf.

»Noch einmal zum Mitschreiben«, sagt er. »Heute ist Schönwetter angesagt. Zwar nicht den ganzen Tag. Aber ich behaupte, es hält.« Er hebt die Nase in den Wind und schnüffelt wie ein Hund. »Ein erfahrener Fischer wie ich riecht so was.«

»Umso besser!«, Mathilde und Britta suchen sich ein Plätzchen an Bord des Kutters und machen es sich bequem.

»Wie ihr euch denken könnt, schippern wir die Westseite der Insel ab. Dort finden wir am ehesten ein paar nette Meerschweine oder Braunfische«, tönt es laut aus Hennings Richtung. Er linst zu den beiden Mädchen hinüber, die sich Backbord schüchtern an der Seite ihres Vaters halten. Britta winkt Henning zu sich her und beugt sich nah zu ihm hin, damit er sie auch versteht, wenn sie leise spricht.

»Willst du uns nicht vorstellen?«, fragt sie.

»Nee, macht mal allein. Urlauber aus Bayern machen mich immer maulfaul. Die sprechen so komisch.« Henning lächelt zu den Mädchen hinüber und zwinkert. Kinder stimmen ihn milde. Was nicht bedeutet, dass er ein Blatt vor den Mund nimmt. »Meerschwein oder Braunfisch werden auch Schweinswale genannt«, ruft er. Sein rauer Charme kommt bei Kindern gut an und ist oft der Auftakt für lange Geschichten. Die beiden Mädchen winken Henning zu und tuscheln dann hinter vorgehaltenen Händen. Britta legt den Arm um Mathilde. Zieht sie eng an sich heran.

»Hast du schon mal darüber nachgedacht, Jonas anzurufen?«, fragt sie rundheraus.

Mathilde blickt sie verblüfft an. »Wieso? Sollte ich?« Sie schaut angestrengt aufs Wasser, um sich ihre Unruhe über dieses freudig-irritierende Gefühl, das immer dann auftritt, wenn sie gedanklich mit Jonas beschäftigt ist, nicht anmerken zu lassen.

»Wieso nicht? Du hast dich doch gefreut, ihn bei Bastians Beerdigung zu sehen.« Das hat gesessen. Britta hat also mitbekommen, dass Jonas bei der Beerdigung hinter der Kiefer gestanden hatte, und ihr die ganze Zeit nichts davon gesagt. Mathilde blickt ihre Freundin verwundert an.

»Du hast ihn gesehen?«, forscht sie nach.

»Glaubst du, der attraktive Mann hinter der Kiefer wäre mir entgangen? War ein ziemlich trauriger Tag, Süße. Da freut man sich über jede Abwechslung. Ich war mir nur nicht sicher, ob du darüber sprechen willst.«

»Ich denke die ganze Zeit darüber nach, wie es seiner Frau geht.« Mathilde seufzt und lässt sich von den Wellen durchschütteln. Plötzlich fühlt sie ihre Lebendigkeit fast schmerzlich. Sie bekommt täglich das größte Geschenk überreicht – sie darf leben. Während Bastian tot ist und Jonas' Frau um ihr Leben kämpft. Britta klopft ihr tröstend auf die Schulter. Versteht, wie es in ihr aussieht.

»Ruf ihn an. Vielleicht wartet er nur darauf«, fordert sie ihre Freundin auf.

Die Mädchen haben sich endlich zu Henning hingetraut. Mit Köpfen, die zu ihm nach oben gereckt sind, stehen sie vor ihm.

»Schweinswale haben spatelförmige Zähne. Und stellt euch vor, sie unterhalten sich mit Pfiffen und Quietschtönen, die auch für uns hörbar sind. Also spitzt eure Ohren und sagt mir, wenn ihr welche hört.« Die Mädchen kichern und halten sich die Hände hinter die Ohren.

»Ich glaube, ich habe schon was gehört!«, behauptet die Kleinere der beiden. Sie zieht die Stirn vor lauter Anstrengung in viele lustige Falten.

»Ach was! Wir sind noch gar nicht weit genug draußen. Hört lieber noch ein bisschen zu, was ich euch zu erzählen habe. Um gewappnet zu sein«, fährt Henning fort.

»Okay«, sagt die größere der beiden und zappelt vor Henning herum.

»Ihre Nasenspitze«, Henning fährt zuerst an seine Nase,

dann an die des älteren Mädchens, »ist sensibler als die Fingerspitzen von blinden Menschen.«

»Wieso sprichst du von Blinden? Du kannst uns doch sehen.«

Henning erklärt den Unterschied zwischen Blinden und Sehenden auf eine schnörkellose Art. Die Mädchen begreifen sofort, dass ihm wichtig ist, von ihm verstanden zu werden. Ihr Vater ist zur Randfigur geworden, sie sehen nur noch Henning, das Schiff und das Meer.

»Glaubst du, er wartet auf einen Anruf von mir? Und wenn ja, wozu soll das gut sein?« Britta nimmt Mathildes Hand in ihre.

»Ihr mögt euch. Das reicht aus, um miteinander zu reden. Und es muss nicht für alles eine Etikette geben.« Mathilde lässt Britta reden. Es tut gut zuzuhören.

»Ich lasse lieber das Schicksal entscheiden«, sagt sie nach einer Weile. »Wenn wir einen Schweinswal sehen, rufst du an.« Britta lacht.

»Du spinnst. Aber gut, wieso eigentlich nicht. Lassen wir den Schweinswal entscheiden«, stimmt Mathilde zu.

Henning fährt weit mit ihnen hinaus. Er kümmert sich fürsorglich um die Mädchen, erklärt ihnen alles Mögliche übers Fischen, über die Netze und das Meer. Und später, als sie schon wieder Richtung Hafen unterwegs sind, taucht tatsächlich die dreieckige Flosse eines Wals auf. Britta sieht sie als Erste und stößt einen lauten Schrei aus.

»Da ist einer. Ein Wal! Siehst du ihn Mathilde?« Sie packt die Hand ihrer Freundin, beugt sich über die Reling und deutet mit der Hand aufs Wasser. Geradezu majestätisch ragt eine grausilberne Flosse aus den Wellen hervor. »Flippers Verwandter lässt grüßen. Das ist er, unser Schicksals-Schweinswal.«

»Psscht! Erschreckt mir bloß nicht diese nette Meeresbewohnerin«, befielt Henning. Er steht mit den Mädchen und deren Vater ebenfalls an der Reling, das Fernglas umgehängt, und zeigt den drei Urlaubern eine neue, fremde Welt. Wie hypnotisiert hängen sie an seinen Lippen und werfen, ein ums andere Mal, begeisterte Blicke auf die Flosse des Wals.

»Fantastische Tiere!«, staunt der Vater der Mädchen. Er klopft Henning anerkennend auf die Schulter, als habe er den Wal für sie höchstpersönlich aus dem Meer gefischt – und zwar lebendig. Britta und Mathilde haben sich zu ihnen gesellt. Plötzlich sind sie so etwas wie eine Schicksalsgemeinschaft.

»Man sieht schließlich nicht jeden Tag einen Schweinswal«, stellt Britta klar. Henning hat seine Schnapsflasche geholt und gießt ihnen ein.

»Darauf müssen wir anprosten.«

»Und was kriegen wir? Dürfen wir auch was haben?«, wollen die Mädchen wissen. Henning nimmt eine grüblerische Pose ein und geht in die Kombüse. Als er zurückkommt, stellt er sich vor die Mädchen hin und zieht in einer hochtrabenden Geste zwei Heringe hinter seinem Rücken hervor. Die Fische baumeln vor den Köpfen der Mädchen hin und her. Zwei tote, glitschige Dinger.

»Einen für jede. Zum Einstand«, prahlt er mit ernster Miene. Die Mädchen kreischen verschreckt auf.

»Iiiii«, brüllen sie und rennen mit vors Gesicht geworfenen Händen davon.

»So und jetzt haben wir einen Moment Ruhe und trinken einen ordentlichen Schluck«, lässt Henning verlautbaren.

## 49.

Als Mathilde heimkommt, ist es schon spät. Nach ihrer Tour an Bord der ›Sweet Caroline‹ ist sie noch mit zu Britta gefahren, um mit Philipp und den Kindern zu Abend zu essen.

»Ich will ja keine überschwänglichen Hoffnungen hegen, aber es war ein guter Tag, Bastian«, sinniert Mathilde vor sich hin, als sie im Flur ihre Jacke aufhängt und die Decke verstaut. Sie ist von der Seeluft angenehm erschöpft, duscht und geht dann ins Schlafzimmer. Sie knipst die Nachttischlampe an, schlägt die Rosenzudecke zur Seite und schlüpft ins Bett. Lächelnd schaut sie zu Bastians Seite hinüber. Zu seinem Kissen, das frisch überzogen ist, und seiner Armbanduhr, die auf dem Nachttisch liegt – genauso wie immer. Schließlich fährt sie streichelnd mit der Hand über die Zudecke.

»Britta hat mir vorgeschlagen, Jonas anzurufen. Was

meinst du dazu?« Mathilde seufzt mehrmals hintereinander. »Vermutlich hältst du es für eine unanständige Idee? So kurz nach deinem Weggang …« Mathilde unterdrückt ein Gähnen. Es ist mehr ein Reflex, denn plötzlich ist sie hellwach. Sie setzt sich im Bett auf und spricht weiter ins Blaue. »Ich habe jetzt oft das Gefühl ganz ungezwungen in die Tage zu gehen. Und Worte wie ›unanständig‹ fühlen sich gar nicht passend für mich an. Seltsam, nicht wahr!« Frisch und üppig kommt ihr mancher Moment vor. Wie ein Brot dick mit Marmelade bestrichen und eine gute Tasse heiße Schokolade dazu.

»Britta hat den Anruf davon abhängig gemacht, ob wir einen Schweinswal sehen.« Mathilde beobachtet die Vorhänge am Fenster, die sich spielerisch im Wind bauschen. »Typisch für sie, findest du nicht? Halt dich fest, wir haben tatsächlich einen entdeckt. Mein zweiter Wal, Bastian. Mein Gott, wär das schön gewesen, dich dabei zu haben.« Sie spürt die Tränen, die sich in ihren Augen sammeln – Tränen der Ergriffenheit. Da ist er – dieser Augenblick, den man nicht planen kann. Das ist das Leben, denkt sie. Es schenkt dir jedes Mal etwas anderes. Und nie weißt du, worauf du vorbereitet sein sollst. Also bereite dich nicht vor. Lebe einfach drauflos. »Es war ein guter Tag, trotz allem«, murmelt sie. Sie rutscht nach unten, zurück in ihre Lieblingsposition, knipst das Licht aus und schiebt sich das Kissen zurecht. Bereit, selig einzuschlafen.

# 50.

Ein paar Tage später kommt Regine zu Besuch.

Die letzten Tage hatte Mathilde das Gefühl beschlichen, dass es gut wäre, wieder einmal etwas mit ihrer Mutter zu unternehmen. Also sprach sie eine spontane Einladung aus, der Regine prompt nachkam. Seit sie ihre Mutter bei der Trauerfeier für Bastian dazu angehalten hatte, ihr keinesfalls ein aktuelles Horoskop zu erstellen, fühlte Mathilde sich fast ein bisschen schuldig. Sie hätte weniger nachdrücklich sein sollen. Aber, mein Gott, sie hielt eben nicht allzu viel von Astrologie. Oder besser gesagt, sie war nicht überzeugt, dass es ihr im Alltag nützlich sein könnte. Hatten etwa irgendwelche Planeten den Tod Bastians oder ihre Liebe zu Jonas vorhersehen können? Und selbst wenn, was hätte es ihr gebracht, außer eines Gefühls der Sorge, Schuld und Panik? Aber Regine lebte natürlich für dieses Thema. Sie stellte ihr Leben auch heute noch in den Dienst der Sache, beriet Menschen und nahm noch nicht mal Geld dafür. Sie lebte vom Unterhalt ihres Exmannes. Keine große Summe. Es reichte für ein bescheidenes, nettes Leben. Und das Wichtigste war doch, dass sie sich keine Sorgen machen musste, sagte Regine manchmal. Hier und da steckten ihr Leute, die sie astrologisch beriet, etwas zu. Lebensmittelgeschenkkörbe, Freikarten fürs Theater, Gutscheine für irgendwelche Läden. Es war lustig, was sie sich einfallen ließen. Die Astrologie boomte, denn die Menschen wollten wissen, was sie mit ihrem Leben anfangen sollten.

Seit sie mit Britta über Jonas gesprochen hat, stellt Mathilde sich die Frage, ob sie ihn anrufen soll. Darf sie ein Schweinswal darin bestärken, einen Mann anzurufen, dessen Frau um ihr Leben kämpft?

Als Mathilde Regine vom Keitumer Bahnhof abholt, fällt das Schuldgefühl Gott sei Dank von ihr ab. Regine strahlt übers ganze Gesicht, als sie aus dem Zug steigt.

»Können wir, ehe wir zu dir fahren, einen kurzen Blick in die St. Severin Kirche werfen? Du weißt doch, wie sehr ich Kirchen liebe. Und danach spazieren wir durch die Alleen und schauen uns Friesenhäuser und Wälle an. Vielleicht angle ich mir doch noch einen Kapitän, der hier seinen Ruhestand verbringt.« Lange Jahre hindurch hat ihre Mutter ihrem Status als Ehefrau hinterher getrauert. Die Zeiten sind offenbar endgültig vorbei. Sie blickt nach vorn. Endlich. Mathilde wertet das als gutes Zeichen. »Mein aktuelles Horoskop deutet auf eine glückliche Liebesphase hin. Dem will ich auf keinen Fall aus dem Weg gehen« plaudert Regine frei heraus, während sie zum Wagen gehen.

»Na dann. Auf in die Liebesschlacht« stimmt Mathilde ihr zu.

Als der Kirchenbesuch hinter ihnen liegt, als sie sämtliche sehenswerten Häuser begutachtet haben, in denen alleinstehende Kapitäne wohnen könnten, steht als letzter Tagespunkt das Weingut Ress auf dem Plan. Am nordwestlichen Ortsrand von Keitum gelegen und auf einer Fläche von einem Hektar angelegt, wartet der nördlichste Weinberg Deutschlands darauf, von Regine geplündert zu werden.

»Du weißt, wie gern Maja guten Wein trinkt«, erinnert sie ihre Tochter. Maja ist Regines Freundin, mit der sie seit Jahren in München-Schwabing zusammenlebt. Was beiden Frauen gut bekommt. Die beiden kennen sich, seit Regine Maja astrologisch beraten hat. Daraus ist eine enge Freundschaft entstanden, die sogar hielt, als Maja wegen eines Jobs nach München gezogen ist. »Sie nimmt keine Miete von mir, obwohl ich die Hälfte ihrer Wohnung blockiere. Da ist es doch nur recht und billig, wenn ich sie ein bisschen verwöhne.« Regine kauft etliche Flaschen Solaris und Rivaner ein und luchst dem Weinbauern sogar Prozente ab. Nach einer Stunde ist Mathildes Kofferraum voll beladen mit Weinflaschen und Regines Gepäck.

»Hilf Gott, dass uns niemand von der Polizei aufhält«, stöhnt Mathilde, während sie für ein bisschen Ordnung im Kofferraum sorgt.

»So, das war jetzt aber die letzte Flasche.« Regine zwängt ein letztes Fläschchen, ein Geschenk des Weinbauern, hinter ihren Sitz.

»Deine Koffer und der Wein – das reicht«, fasst Mathilde die Ausbeute zusammen.

»Der Tag heute ist wirklich ein Sommertag vom Feinsten«, schwärmt Regine. Schönwetterwolken tummeln sich am Himmel, und der Wind ist so warm, wie es in Sylt selten vorkommt. Am Meer sitzen Touristen in Strandkörben. Überall treiben sich Menschen herum und genießen den Tag.

»Und jetzt noch auf den Trödelmarkt.« Regine lässt sich ins Auto plumpsen und schaut Mathilde auffordernd an.

»Sei nicht unersättlich, Mama. Morgen ist auch noch ein Tag«, entgegnet Mathilde.

»Papperlapapp. Wir erledigen lieber gleich, was wir zu tun haben.«

»Und wonach suchen wir auf dem Trödelmarkt? Etwa nach noch einem Geschenk für Maja?«

»Ich dachte eher an ein antiquarisches Buch über Astrologie. Das wäre ein Fang nach meinem Geschmack. Denk nur, wie arm die Leute früher waren. Die Astrologie muss hier regelrecht aufgeblüht sein. Man saß am Küchentisch zusammen, um sich in aller Stille so seine Gedanken zu machen«, lässt Regine die Jahre Revue passieren. Das gute Wetter, die unerwartete Einladung ihrer Tochter und die Lebensphase, in der sie sich befindet und die ihr nichts mehr aufbürdet, sondern etwas schenkt – die Freundschaft zu Maja etwa – scheinen Regine zu beflügeln.

Die Stunden, seit sie in Sylt angekommen ist, sind von beiläufiger Schönheit. Nichts Besonderes und dadurch umso kostbarer. Die Schönheit liegt im Alltäglichen. Das Gewöhnliche kann außergewöhnlich sein, wenn man es nicht als Selbstverständlichkeit ansieht. Das versteht auch Mathilde immer mehr.

Hier, zwischen den Ständen, die sie mit Regine durchkämmt, erscheint ihr in Gedanken plötzlich Jonas' Gesicht. Sein Lächeln, das Grübchen in seinem markanten Kinn. Und mit dem Bild beginnt sich eine nagende Sehnsucht in ihr auszubreiten. Vergleichbar mit einem Marathon, den man geschafft hat, der einen allerdings auch Kraft kostet. Der Energieverlust, der sie das Erreichen ihres Ziels kostet – sich nicht in Gedanken an Jonas zu verlieren –, gehört unzweifelhaft dazu. Sie wünschte ihm alles Glück dieser Welt. Und sie empfindet tiefes Mitgefühl mit Ellen, traut sich aber nicht, etwas zu unternehmen, um zu erfahren, wie es ihr geht. Vor allem, weil sie Jonas' nicht zu nahe treten will. Er könnte annehmen, sie sei neugierig. Wolle nur erfahren, was ihr erspart geblieben ist. Das will sie nicht riskieren.

Mit ihrer Mutter wird Mathilde nicht über dieses Thema reden. Mit ihr am allerwenigsten. Sie wird das mit sich allein ausmachen. Sie ist endlich soweit, sich selbst zu vertrauen. Das Leben wird es schon richtig machen.

Mathilde und Regine stöbern durch die engen Gassen, die die Stände bilden, bis Regine etwas findet. Drei historische Romane für je einen Euro, Schafsseife in stabilen Holzkisten und eine Türglocke aus Messing, die sie vorhat, einer weiteren Freundin zum Einzug in ihr neues Haus zu schenken.

»Endlich zufrieden?«, seufzt Mathilde, als der Händler die Türglocke einpackt.

»Mir tun vielleicht die Füße weh, aber aufgeben kommt nicht infrage«, meint Regine und geht weiter.

# 51.

Abends sitzen Mutter und Tochter vorm Kamin. Als das Feuer ausgeht, drückt Regine ihrer Tochter einen schüchternen Kuss auf die Wange und will in ihr Zimmer gehen. Doch Mathilde hält sie mit einem Blick zurück.

»Weißt du, Mama«, beginnt sie. »Früher kam es mir manchmal so vor, als würdest du dich hinter der Astrologie verstecken. Du hattest deine Regeln und deshalb mussten wir uns nicht wirklich nahe kommen, denn die Häuser und Planeten gaben uns alles vor. Wir zeigten uns nicht, wie wir wirklich waren.« Regine steht im Türrahmen, die Schultern gerade aufgerichtet. Sie weicht dem Blick ihrer Tochter nicht aus, überlegt nur.

»Vielleicht hast du recht«, gibt sie schließlich zu. Ihre Finger umklammern fest die Türschnalle. »Ich war immer ein Mensch, der einen Rahmen brauchte. Ich bin der gestickte Gobelin, der nur durch eine nette Einfassung zur Geltung kommt.« Regine nickt energisch, wie um sich ihre eigenen Worte zu bestätigen. »Wir Menschen neigen doch alle dazu, uns zu orientieren. Und meine Orientierung ist nun mal die Astrologie. Für mich ist sie eine Wohltat, lässt mich aufatmen, wo ich Angst habe«, beschreibt sie ihre Empfindungen.

»Ja, ich weiß«, seufzt Mathilde. Regine lässt die Türschnalle los, löst ihre winzigen Finger vom kühlen Metall, wünscht eine gute Nacht und verlässt das Zimmer. Als sie fort ist, bemerkt Mathilde, dass kein Geruch von ihr zurückbleibt, auch kein anderes Zeichen ihrer Existenz.

Nicht mal ein eingedelltes Kissen. Regine hat die ganze Zeit über aufrecht im Sessel gesessen, ohne etwas zu trinken oder zu knabbern. Sie hat ihre Energie bereits während des Tages aufgebraucht. In der Kirche, am Weingut und bei den Trödlern.

Als Mathilde aufsteht, um den Tisch abzuräumen, rutscht ihr ein Kuvert vom Schoß. Regine hat es ihr wohl unbemerkt in den Schoß fallen lassen. Mathilde bückt sich, hebt es auf und stutzt. »Du kannst es nicht lassen«, murmelt sie vor sich hin. Sie legt den Umschlag auf den Kaminsims, trägt Teller und Teetasse in die Küche, gießt das Usambaraveilchen am Fenster und lüftet noch einmal durch, ehe sie sich traut, den Umschlag zu öffnen. Von Briefen, mit denen sie nicht gerechnet hat, hält sie in letzter Zeit nicht sehr viel.

›Mathilde,

ich bin keine unverbesserliche Glucke, auch auf meine alten Tage nicht. Also ist dies hier kein Horoskop, sondern nur ein dezenter Wink Jupiters. Seine Umlaufzeit beträgt, falls du es nicht schon herunterbeten kannst, zwölf Jahre, und sein Prinzip ist das der Entfaltung. Wenn ich an Jupiter denke, stelle ich mir Fragen wie: Wo gebe ich mich nicht zufrieden mit mir selbst, möchte eventuell mehr aus mir machen? Wie und wo kann ich meinen Horizont erweitern? Sicher hast du dich diese Dinge auch schon öfters gefragt. Weißt du eigentlich noch, dass die Tierkreiszeichen den Eigenschaften der Menschen entsprechen, die Häuser dagegen bestimmen die Verwirklichungsebenen und die Planeten wiederum zeigen Handlungspotenziale auf.

Handle, Mathilde! Das darf ich im Namen Jupiters sagen. Vielleicht habe ich doch etwas Gluckenhaftes an mir, fürchte ich.

Gute Nacht, mein Kind.

Regine

P.S. Vielleicht fühlen sich Astrologen wie Leute, die ein Geheimnis hüten? Und vielleicht verschafft uns das ein bisschen Selbstvertrauen? Wer weiß das schon so genau?‹

Mathilde steckt den Brief ein und geht noch mal vor die Tür, um ein bisschen frische Salzluft zu inhalieren.

Das Wogen und Branden des Meeres, das nie aufhört, ist der perfekte Rahmen für ihr Leben. Sie liebt Sylt mehr als alles andere auf der Welt. Hier mit Jonas leben, denkt sie wehmütig. Lange gibt sie sich diesem wundervollen Gedanken hin. »Ich rufe dich nicht an. Keine Sorge«, verspricht sie in die Dunkelheit. »Über einen Anruf zu entscheiden, ist zu viel Verantwortung für einen Schweinswal. Also lasse ich es bleiben und hoffe, dass es dir nichts ausmacht«, spricht sie zu ihm.

Das Grollen der Wellen ist das Letzte, was Mathilde hört, bevor sie wieder ins Haus geht. Sie schließt die Tür hinter sich, schiebt den Riegel vor und gibt sich dem Gefühl hin, das sie im schummrigen Licht des Flurs umfängt. Der Empfindung, dass sie ihr Leben inzwischen ganz gut allein meistert.

# 52.

Am nächsten Morgen nieselt es. Ein gemütlicher Landregen, der dem Meer schmeichelt. Regine hat sich mit großem Appetit über ihr Frühstück hergemacht – Haferflockensuppe, eine Tasse heißen Kaffee und zwei Scheiben Knäckebrot mit reifem Käse. Sie isst morgens gern üppig.

»Ich gehe jetzt spazieren«, sagt sie zu Mathilde, als sie aufsteht. Es klingt wie ein Vorschlag, den Mathilde allerdings ausschlägt.

»Ich muss meine Mail-Post erledigen und dann habe ich im Haus zu tun.«

»Also gut! Dann gehe ich halt allein. Vielleicht treffe ich einen Kapitän.« Regine schlüpft in ihren Friesennerz, schnappt sich einen Schirm und verlässt das Haus.

Mathilde ist gerade mit dem Abwasch fertig, als es klingelt. Sie trocknet sich die Hände am Handtuch ab und geht zur Tür.

»Hast du was vergessen?«, will sie sich schon erkundigen. Doch es ist nicht Regine, die vor ihr steht. Es ist ein kleines Mädchen, auf das Mathilde hinunterblickt. Sie ist das unabänderliche Ebenbild ihres Vaters und bringt Mathildes Herz in Bewegung.

»Hallo, hast du noch mal Eier für mich?«, fragt das Mädchen. Mathilde winkt sie hinein.

»Komm mal mit in die Küche. Ich glaube schon, dass ich genügend Eier da habe. Wie viele brauchst du denn?«

Jonas' Tochter zieht einen knitterigen Zettel aus ihrer Jeans und blickt drauf.

»Sechs für den Rührkuchen«, stellt sie fest. »Kannst du so viele entbehren?« Sie blickt auf. »Na ja …« Mathilde hat bereits die Kühlschranktür geöffnet und späht hinein.

»Kann ich!«, sagt sie und beginnt die Eier aus der Schachtel zu nehmen.

»Und es fehlt dir auch an nichts, wenn du die Eier abgibst?« Meine Güte, welches Kind drückt sich heutzutage so aus?

»Nein, es fehlt mir an nichts. Danke der Nachfrage«, bedankt Mathilde sich.

Draußen ist Regine am von lachsfarbenen Rosen gesäumten Weg stehen geblieben und tauscht sich mit einer Nachbarin aus. Vermutlich hat sie auch hier bald treue Kunden, die nach ihr rufen, um ihr Leben zu regeln. Mathilde kommt die Astrologie plötzlich wie ein nettes Verbindungsglied zwischen den Menschen vor. Was sehr schön ist. Vielleicht sollte sie ihr Urteil über dieses Thema noch einmal überdenken.

»Weißt du noch, wer ich bin?«, fragt Jonas' Tochter, als sie die Tüte mit den Eiern von Mathilde entgegennimmt.

»Klar, du bist die kleine Hüsch«, antwortet Mathilde.

»Anja Hüsch bitte!« Anja hält ihr die Hand hin.

»Angenehm, Mathilde Meysen!«, sagt Mathilde, während sie einschlägt.

»Weiß ich«, sagt Anja. Mathilde bringt sie zur Tür, und dort kann sie die Frage nicht länger zurückhalten.

»Bäckst du mit deiner Mutter Kuchen?«

Anja schaut sie an und sagt dann mit trotziger, unterdrückter Rührseligkeit: »Ich backe ihn allein.« Der Satz kostet sie alle Kraft und Mathilde schimpft sich innerlich aus. Wie kannst du ihr nur diese Frage stellen!

»Meine Mutter lebt nicht mehr, weißt du. Sie ist … sie war … ach, ist auch egal.« Mathilde beeilt sich mit ihrer Antwort, um den schlimmen Moment für Anja abzukürzen.

»Mein Mann ist auch gestorben. Ist noch nicht lange her. Im Frühling«, gibt sie preis. Anjas kleiner Brustkorb hebt und senkt sich. Es sieht aus, als übe sie das Atmen, weil man vergessen hat, es ihr beizubringen. Mathilde weiß einen Moment nicht, was sie tun oder sagen soll.

»Vielleicht treffen die beiden sich im Himmel?«, sagt Anja plötzlich mit kindlicher Naivität.

»Vielleicht.« Mathildes Kopf nickt heftig. Doch Anja ist nicht recht überzeugt.

»Ach, Unsinn. Geht nicht. Ich habe vergessen, dass sie sich gar nicht kennen«, ärgert sie sich.

»Aber natürlich kennen sie sich. Bastian war auf der Einweihungsparty deiner Eltern. Bastian ist mein Mann, musst du wissen. Deine Mama und er haben sich lange und sehr angeregt unterhalten. Ich denke, sie mochten sich gut leiden«, erklärt Mathilde dem Mädchen. Plötzlich entsteht eine Art Schutzwall zwischen Mathilde und Anja.

»Dann geht es ja doch. Ich finde, Mama soll es gut gehen, da, wo sie ist. Sie will bestimmt nicht allein sein. Flo sagt, niemand will immer nur für sich sein.« Anja schnauft erleichtert. Zu allem Glück entdeckt sie nun das Bild des Schweinswals, das Mathilde nach dem Ausflug mit Britta gemalt und an die Wand gehängt hat. »Ey, hast du das gezeichnet?« Sie stellt sich auf die Fußspitzen, um an das Bild heranzukommen.

»Hast du schon mal einen Schweinswal gesehen?« Mathilde nimmt das Bild von der Wand und hält es Anja auf Augenhöhe hin.

»Nö, leider nicht« entkommt es Anja enttäuscht.

»Diesen hier habe ich im Juni gesehen«, sagt Mathilde, und während sie spricht, fährt sie mit der Hand den Körper des Wals ab. »Es war mein zweiter. Den ersten habe ich vor vielen, vielen Jahren irrtümlich für einen Hai gehalten. Ach was, im Grunde habe ich ihn eher erahnt als gesehen. Aber diesen hier«, Mathilde deutet erneut auf den Wal, »den hab ich richtig erlebt.«

»Ich habe noch nie einen Schweinswal entdeckt«, Anja seufzt. »Wir wollten im Juni mit Henning hinausfahren. Aber dann ging es wegen Mama nicht.« Mathilde ahnt, dass dieser verpasste Moment sie ewig an den Tod ihrer Mutter erinnern wird.

»Es gibt jedes Jahr einen Juni. Und bis es soweit ist und du einen Wal siehst, leihe ich dir mein Bild. Wenn du magst, kannst du es auch behalten«, verspricht Mathilde. Anja versucht sich zu sammeln. Mit einem Geschenk am frühen Morgen hat sie nicht gerechnet, und sie weiß auch nicht, ob sie es annehmen darf.

»Boah, das ist echt großzügig von dir. Ich frage Papa, ob das okay ist. Wenn nicht, leihe ich es mir nur aus.« Mathilde öffnet die Haustür und sieht Anja mit der Tasche mit den Eiern und dem Bild unterm Arm davonhüpfen. Als sie am Gartenzaun angekommen ist, bleibt sie noch mal stehen und blickt sich nach Mathilde um. »Papa und der

Arzt und all die Krankenschwestern haben alles versucht, damit Mama weiterleben kann. Papa hat ihr sogar Fotos von Häusern auf Lanzarote ans Bett gebracht. Mama sollte sich eins aussuchen. Das hat sie sich nämlich gewünscht. Ein Haus in Lanzarote. Das hilft ihr, schneller gesund zu werden, hat Papa gesagt. Aber dann hat es doch nicht geklappt.« Anja seufzt so laut, dass Mathilde sie am liebsten in die Arme nehmen und nie mehr loslassen würde. »Bist du sehr traurig, weil dein Mann nicht mehr bei dir ist?«, fragt Anja in überraschend heftigem Ton.

Mathilde nickt. »Sehr, sehr traurig sogar!«, gibt sie zu.

»Ich bin auch traurig und sogar wütend, aber Papa sagt, wir müssen alle weitermachen. Weil, das hätte Mama so gewollt. Deshalb tu ich so, als sei alles wie immer.«

»Weißt du, ich denke, wir machen beide dasselbe. Wir versuchen weiterzumachen.« Mathilde ist zu Anja hingekommen und hält ihr auffordernd die Hand hin. Anja klatscht Mathildes Hand ab.

Dieses Mädchen ist ein kleines, süßes Vögelchen, das mit dem Tod der Mutter aus dem Nest gefallen ist und nun versucht, tapfer zu sein. Eine Weile hantiert Anja mit den Sachen herum, und als alles seinen Platz gefunden hat und nichts aus der Hand rutschen kann, beginnt sie auf das Haus unweit von Mathildes zuzurennen.

»Sicher ist es ein gutes Omen«, sagt Britta später, als Mathilde von Anjas Besuch erzählt. »Jonas und du, ihr seid nun frei. Und du magst Anja und sie mag dich offenbar auch. Hast du dir das schon ins Bewusstsein gerufen?«

»Das traue ich mich nicht«, wehrt Mathilde ab. »Wenn

du jemanden durch den Tod verlierst, weißt du, dass sein Körper nicht mehr da ist, aber du bist deshalb nicht frei. Bastian ist noch immer bei mir. Ich spreche mit ihm. Und Jonas wird es mit Ellen ähnlich ergehen«, vermutet sie.

Britta seufzt laut auf. »Ach, Mathilde, sei mir nicht böse, aber damit bin ich überfordert. Ich weiß ein bisschen was übers Leben, aber ich kenne den Tod nicht. Nicht wirklich, weißt du.«

»Ich bin froh, dass du den Tod nicht so kennst, wie ich es tue«, Mathilde blickt sie voller Wärme an.

»Das Leben geht weiter. Das hast du sinngemäß doch zu Jonas' Tochter gesagt. Ich bitte dich nur, das auch für dich gelten zu lassen und es nie zu vergessen.«

»Rückblickend glaube ich eher, sie hat es zu mir gesagt«, behauptet Mathilde und schmunzelt dabei.

»Egal, wer was zu wem sagt, es ist ein gutes Omen. Und damit hat es sich«, bleibt Britta stur.

»Ich muss oft an Paddy denken. Nach dem Tod ihres Liebsten ist sie hier ganz allein gewesen. Sie hat nie jemandem von ihrem Liebhaber erzählt. Hat kein Wort des Trostes empfangen.«

»Vielleicht hat sie sich selbst trösten können.«

»Ja, genauso werde ich es auch halten. Ich werde mich selbst trösten.«

Britta schaut Mathilde voller Zuversicht an. »Aber nur mit meiner Unterstützung«, verlangt sie.

# 53.

In den ersten Septembertagen ist das Wetter prächtig. Sonnig und weniger windig als sonst. Mathilde steht morgens gegen sechs auf und zeichnet bis mittags, um ein Bild fertigzustellen, in dem die Schrauben eines Bootes das Meer aufwühlen und Wellen hervorstrudeln lassen, die sich immer neu brechen. Gischtwellen. Schaumkronen. Wildes Meer.

In den letzten drei Wochen hat sie mit Feuereifer mehrere Bilder gemalt und heute Nachmittag hat sie sie einer Galeristin in Westerland gezeigt.

Ihre Bilder seien sehr stimmungsvoll, strotzend vor Naturgewalt, hat die Galeristin gelobt und jedes einzelne eingehend betrachtet. Sogar, dass sie sich eine Ausstellung im nächsten Sommer vorstellen könnte, hat sie gesagt. Wenn sie zwölf Bilder habe und sie sich über den Preis einig wären. Mathilde hat innerlich gejubelt wie ein Kind, das ein gutes Zeugnis erhalten hat. Besonders die wunderbare Leichtigkeit ihrer Bilder, andererseits aber auch deren Tiefe werde die Leute ansprechen. Leichtigkeit! Sie drückten bei allem auch Leichtigkeit aus. Ausgerechnet ihre Bilder. Das ist ihr noch gar nicht aufgefallen, denn während sie zeichnet, denkt sie nicht nach. Und hinterher stellt sie die Bilder meist schnell in die Ecke des Dachbodens, weil ihr schon das nächste Motiv ins Auge sticht.

Kaum ist Mathilde von Westerland zurück, eilt sie in ihr Atelier unterm Dach und stellt sich vor eines ihrer Bilder, um es mit fremden Augen zu betrachten. Der schwerelose Flug der Möwen und die kraftvolle Brandung des Meeres ergänzen sich auf wundersame Weise. Ja, es stimmt. Sie hat die ganze Zeit über versucht, die besondere Magie der Insel einzufangen – Sylt, wie sie es sieht. Eine Insel von herber Schönheit, wo man die Gezeiten, das Meer und den Himmel ohne Ende sieht und sich selbst manchmal als unendlich empfindet. Das Leben kann groß sein und weit.

Mathilde steigt zufrieden die Leiter hinunter und geht durchs Haus, um ihre Sachen zusammenzusuchen. Im Flur greift sie nach ihrer Basttasche, die am Kleiderhaken hängt, füllt sie mit Handtüchern, Badesachen, der Tageszeitung und Obst und verlässt noch mal das Haus.

Auf dem Weg zum Strand kauft sie ein Fischbrötchen und isst es, während sie zu einem Strandkorb schlendert. Dort angekommen, richtet sie sich häuslich ein. Sie dreht den Korb so, dass er Richtung Sonne zeigt, legt ein Badetuch in den Sand, und als sie fertig ist, setzt sie sich die Sonnenbrille auf und schmiert sich mit Sonnencreme ein. »So, Mathilde«, sagt sie zu sich selbst. »Bist du bereit dich ein bisschen in der Sonne zu räkeln und später in Ruhe die Tageszeitung zu lesen?« Mathilde schaut sich interessiert um. Links von ihr bauen Kinder an einer Sandburg und rechter Hand spaziert ein Paar engumschlungen am Meer entlang. Der Tag fühlt sich wie Urlaub an. Der Grafikauftrag, den sie vorgestern angenommen hat, ist nicht dringend. Es reicht, wenn sie morgen mit der Arbeit beginnt. Heute hat sie frei.

Am frühen Nachmittag, als sie von Westerland zurückgekommen ist, hat sie schweren Herzens Bastians Uhr von seinem Nachttisch genommen und sie in die Lade gelegt. An die nackte Stelle hat sie eine Vase, üppig mit Teerosen bestückt, gestellt. Die Rosen hat sie sich als Belohnung für die gute Nachricht bezüglich ihrer Bilder geschenkt. »Ich habe einen Artikel über den Tod gelesen. Ich muss dich loslassen, Bastian. Das ist wichtig für uns beide.« Mathilde ist barfuß durchs Haus geschlichen und hat darauf gehorcht, ob Bastian etwas erwidert. Doch da ist keine innere Stimme, die ihr etwas zuflüstert. Kein Zeichen weit und breit. Soll sie das als Einverständnis werten?

Als sie das Haus verlässt, tröstet sie sich. Ich muss nur ein bisschen Geduld haben. Ich werde schon noch erfahren, ob er mit allem einverstanden ist.

Die letzten Wochen sind, was ihre Stimmung anbelangt, durchwachsen gewesen. Oft hat sie der Schmerz über Bastians Verlust fast in die Knie gezwungen. Häufig morgens, wenn sie aufgestanden ist, um den Tag zu beginnen. Sie ist kraftlos unter die Dusche gestiegen, hat kaum etwas gefrühstückt und viel gearbeitet. Abends, bevor sie zu Bett gehen wollte, hat sie an Jonas denken müssen und an Anja, wie sie mit den Eiern davongehüpft ist. Seit Anja bei ihr gewesen ist, hat sie sich zwingen müssen, nicht zum Haus der Hüschs hinüberzuschauen – in der Hoffnung, ihren Vater zu sehen. Sie hat es geschafft, aber es hat ihr viel Kraft abverlangt. In den Momenten dazwischen ist sie zufrieden gewesen. Auf eine stille, bescheidene Art. Das Leben ist immer in Bewegung – wie das Meer. Das will sie akzeptieren. Lebe mit dem Leben, nicht dagegen, Mathilde.

Gestern erst hat sie Regine eine Karte geschrieben, um ihr mitzuteilen, dass sie einen Kapitän ausgekundschaftet hat. Einen Junggesellen, der nichts über Astrologie weiß. Dazu hat er auf seinem Schiff keine Gelegenheit gehabt. Aber er würde gern einmal eine Tasse Tee mit dir trinken. Wenn du wieder hier bist.

Es ist Mathilde wie ein Fingerzeig vorgekommen, ihm während ihres Einkaufs im Fischladen über den Weg zu laufen. Wie lange hält denn deine positive Phase in Liebesdingen, von der du gesprochen hast, noch an?, hat sie auf ihrer Karte angemerkt. Es soll eine ausgestreckte Hand sein. Ich verstehe zwar nichts von Astrologie, aber ich respektiere, dass es wichtig für dich ist und ich weiß, dass du Menschen damit hilfst. Vergiss nicht: du und ich, wir sind uns nah.

Mathilde sucht in ihrer Tasche nach dem Obst, das sie eingepackt hat, findet einen Apfel und beißt hinein. Während sie kaut und aufs Meer blickt, geht es ihr richtig gut. Ob Jonas den ersten Schmerz über den Verlust von Ellen überwunden hat? Und wie es wohl Anja und ihrem Bruder Florian geht? Und der Maus, von der Jonas ihr berichtet und deren beschlossenes Ende er nicht übers Herz gebracht hat.

Mathilde lächelt bei dem Gedanken an die Maus, steckt sich die Apfelputze in den Mund und schluckt sie hinunter. Langsam lässt sie sich in den Sand gleiten, streckt die Arme aus und spürt, wie ihre Finger den pudrigen Sand berühren. Warmer weicher Untergrund unter ihrem Körper und die Sonne über ihr. Ihre Augen schließen sich. Die Helligkeit der Sonne ist auch mit geschlossenen Lidern noch wahrnehmbar. Der Wind fährt zärtlich über ihren Körper. Nach einer Weile spürt sie etwas an ihrer Hand, das sie kitzelt. Sicher eins der Tiere, die im Sand leben. Mathilde öffnet träge die Augen und sieht die trüb-gelbe Sonne am Himmel, dann vermischen sich Blau und Gelb miteinander und zum Schluss verdrängt ein Gesicht die Sonne. Mathilde stützt sich auf die Ellenbogen und blinzelt nach oben.

»Jonas?«, stammelt sie ungläubig. Wenn man jemanden lange herbeisehnt, kann man kaum glauben, wenn derjenige plötzlich vor einem steht.

»Hallo Tilda!« Jonas' Gestalt wirkt durch die Einwirkung der Sonne seltsam unwirklich. Sein Rücken ist in Licht getaucht, wodurch seine Vorderseite scharf hervorkommt. Mathilde sieht das schüchterne Lächeln in seinem Gesicht. Sieht, dass er schmaler geworden ist und die Haare kürzer trägt. Aber seine Augen sind noch dieselben. Sein Blick ist immer noch warm und intensiv und tut gut. Er hält ihr auffordernd seine Hand hin. Mathilde ergreift sie und spürt, wie er sie mit einem kräftigen Ruck hochzieht.

»Jonas«, sagt sie erneut. Der Schweinswal fällt ihr ein. Ihr Schicksalstier. Und während sie an den Wal denkt, sagt sie: »Es ist so traurig, was mit Ellen passiert ist. Es tut mir so leid für dich und die Kinder.« Jonas nickt schweigend und Mathilde spricht weiter. »Anja hat mir von ihrer Mutter erzählt, als sie bei mir war, um sich Eier auszuleihen.«

»Ich weiß«, erwidert er zögerlich. »Die Frau mit den Eichhörnchenhaaren ist genauso wütend über den Tod wie ich, aber wir wollen weitermachen, sagte sie.«

»Ich möchte dir dafür danken, dass du bei Bastians Beerdigung warst. Hinter der Kiefer.«

»Ich wollte wenigstens in deiner Nähe sein. Obwohl ich nichts für dich tun konnte.« Jonas und Mathilde stehen sich wie zwei verwundete Kinder gegenüber, die versuchen, sich zu trösten. Seit dem Tod Bastians weiß Mathilde nicht, wann der richtige Zeitpunkt gekommen sei, an dem sie sich das Glück wieder wünschen dürfe. Vielleicht ging es Jonas, wenn er an Ellen denkt, genauso? Und vielleicht können sie irgendwann darüber sprechen und sich gegenseitig helfen.

»Gehen wir ein Stück am Strand entlang?«, schlägt Jonas vor. Mathilde nickt, schließt die Knöpfe ihrer Bluse, schlüpft in ihre Hose und krempelt sie hoch. Zum Schluss greift sie nach ihrer Jacke. Jonas packt ihre Sachen in die Basttasche. Als Letztes nimmt er ihre Strandschuhe und klopft den Sand aus.

»Fertig?«, fragt er.

»Fertig!«, erwidert Mathilde. Und schon ziehen sie los, der Sonne entgegen, deren Strahlen nun weniger heiß sind, sondern warm und wohlig. Sie sind noch nicht weit gekommen, da beginnt Jonas zu sprechen.

»Ich habe in den letzten Wochen etwas begriffen, worüber ich all die Jahre zuvor nie nachgedacht habe«, sagt er. Mathilde hört ihm zu, und als sie sich kurz umblickt, sieht sie ihre Fußabdrücke im nassen Sand. Zwei Menschen, die nebeneinander her gehen und deren Zehenabdrücke von der versickernden Gischt verwischt werden. »Das Leben ist mehr als die Summe seiner Augenblicke. Es ist ein unerschöpfliches Reservoir an Liebe. Egal, was passiert, du darfst die Liebe nie verlieren.« Mathilde fängt Jonas' Blick auf. Er ist schonungslos ehrlich und dadurch entwaffnend. »Weißt du, Tilda«, sagt er, während sie weitergehen, »als mir das während Ellens Kampf gegen den Krebs klar wurde, wäre ich am liebsten sofort nach Sylt gefahren, um mit dir darüber zu sprechen. Du warst der Mensch, der mir als Erstes einfiel.« Mathilde legt sich ihre Hand auf den Hals, dort, wo sie ihre Rippe spürt. »Aber natürlich konnte ich das nicht tun. Ellen brauchte mich. Sie hat so tapfer gekämpft. Und ich wollte ihr so gut ich konnte zur Seite stehen.« Jonas versagt die Stimme. Eine Weile gehen sie einfach nur den Strand entlang und sagen kein Wort. Spüren die Sonne und den Wind, hören das Kreischen der Möwen und das Lachen der Kinder in der Brandung. »Solange das Wetter schön ist, könnten wir ein Picknick in den Dünen machen«, schlägt Jonas nach langen Minuten des Schweigens vor.

»Was ist mit Anja und Florian? Sind sie einverstanden, wenn wir picknicken?«, erkundigt sich Mathilde fast schüchtern. Jonas' Lächeln, das er ihr schenkt, wärmt mehr, als die Sonnenstrahlen auf der Haut.

»Sie sind noch in Hamburg, kommen aber bald mit ihren Großeltern nach. Aber ja, ich denke, sie sind einverstanden. Anja spricht sehr lieb von dir, und wenn mich nicht alles täuscht, wird Florian dich ebenfalls mögen. Sei ganz beruhigt«, entgegnet Jonas voller Zuversicht.

Plötzlich fällt Mathilde Paddys Liebhaber ein. Der Fremde, den Bastians Tante so innig geliebt hatte, dass alles andere eine Nebenrolle spielte – sogar die Einsamkeit, die sie bereit war für ihn in Kauf zu nehmen.

Vielleicht beginnt an diesem Septembertag wieder eine heimliche Liebe. Eine, die behütet werden muss, bis zwei

Kinder eine neue Frau an der Seite ihres Vaters akzeptieren werden.

»Ich habe dir noch gar nicht erzählt, dass das Haus, in dem ich wohne, eine Geschichte birgt. Es geht um Liebe und Heimlichkeit, um Verständnis und untrennbare Gefühle zweier Menschen füreinander.« Mathildes Füße mischen die schäumende Nässe des Meeres auf, während sie Meter um Meter zurücklegen. Der Wind, der plötzlich auffrischt, löst eine Haarsträhne aus ihrem Zopf. Jonas fängt sie mit seinen Fingern ein und streicht sie ihr liebevoll hinters Ohr.

»Magst du mir davon erzählen? Ich würde so gern wissen, was dir wichtig ist.«

Als sie weitergehen, spürt sie, dass Jonas nach ihrer Hand greift und sie nicht mehr loslässt. Ganz leise flüstert er: »Ich liebe dich nämlich, weißt du!«

Ein Moment wie aus einem Stück gegossen! Das hat Jonas in Hamburg zu ihr gesagt. Kurz vor dem ersten Kuss. Dieser Spaziergang am Meer – es ist ein Moment, wie aus einem Stück gegossen. Mehr, das spürt Mathilde, muss sie nicht wissen.

ENDE

# Anmerkungen & Dank

Ich danke jenem Postboten, der über Wochen hindurch meine Post falsch einwarf und mich dadurch zu einer Wendung in diesem Roman inspirierte.

Ferner danke ich »Bombi« Fiala, der mir bei einem gemeinsamen Abendessen von seinen Ausflügen zu den Seehundbänken erzählte und Sylt so lebendig werden ließ, dass ich dieses Detail ausgeliehen habe.

Beim Schreiben dieses Romans wurde ich immer wieder an meinen Zen-Meister erinnert, der mir in meinen Zwanzigern, oft schweigend, aber auch mit Worten, nahe gebracht hat, was Leiden in einem Menschen bewirken kann und dass es immer einen Ausweg gibt. Dieses Wissen ist in die Figur der Mathilde eingeflossen, vor allem in ihren Umgang mit Krankheit und Tod.

Ich danke ganz besonders Wolfgang, der mein männlicher Probeleser war und mir versicherte, dass diese Geschichte auch coole Typen begeistern kann. Seine Worte waren aufbauend, inspirierend und haben mir gut getan.

Auch dieses Mal möchte ich meiner Lektorin, Claudia Senghaas, danken, die das Beste aus diesem Stoff herausgeholt hat und stets ein Fels in der Brandung war.

Und dir, Franz, dass du ein Lächeln im Gesicht trägst, auch, wenn ich spätabends noch schreibe, anstatt mit dir am Tisch zu sitzen.

Herzlichen Dank auch meinen Lesern und Leserinnen,

die mich auf diese Reise nach Sylt begleiten und mir so ganz nah sind. **Wir sind alle miteinander verbunden!**

*Weitere Romane finden Sie auf den folgenden Seiten und im Internet: www.gmeiner-verlag.de*

GABRIELE DIECHLER
Vom Himmel
das Helle
GMEINER

*Sigrid Hunold-Reime*
*Hab keine Angst, mein Mädchen*
*978-3-8392-1347-6*

»Mit humorvollen Untertönen und authentischen Interviews!«

Michelle kommt nicht über den Tod ihrer Schwester hinweg und überlässt nichts mehr dem Zufall. Sie plant ihr Leben bis hin zur Partnerwahl und der Geburt der zwei Kinder. Um sie zur Besinnung zu bringen, verzaubert sie die Freundin ihrer Mutter: Im Körper einer alten Frau wird sie zur Ruhe gezwungen. Aber der Zauber hat seine Tücken. Michelle landet in einem Pflegeheim für Demenzkranke. Dort lernt sie die 82-jährige Magdalene kennen. Die will den Mörder ihres Mannes stellen. Michelle flüchtet mit ihr …

GMEINER

*Wir machen's spannend*

# Unsere Lesermagazine

**2 x jährlich das Neueste aus der Gmeiner-Bibliothek**

*24 x 35 cm, 32 S., farbig; inkl. Büchermagazin »nicht nur« für Frauen*

*10 x 18 cm, 16 S., farbig*

Alle Lesermagazine erhalten Sie in Ihrer Buchhandlung oder unter www.gmeiner-verlag.de.

# GmeinerNewsletter

**Neues aus der Welt der Gmeiner-Romane**

Haben Sie schon unsere GmeinerNewsletter abonniert?

Monatlich erhalten Sie per E-Mail aktuelle Informationen aus der Welt der Krimis, der historischen Romane und der Frauenromane: Buchtipps, Berichte über Autoren und ihre Arbeit, Veranstaltungshinweise, neue Literaturseiten im Internet und interessante Neuigkeiten.

Die Anmeldung zu den GmeinerNewslettern ist ganz einfach. Direkt auf der Homepage des Gmeiner-Verlags (www.gmeiner-verlag.de) finden Sie das entsprechende Anmeldeformular.

# Ihre Meinung ist gefragt!

**Mitmachen und gewinnen**

Wir möchten Ihnen mit unseren Romanen immer beste Unterhaltung bieten. Sie können uns dabei unterstützen, indem Sie uns Ihre Meinung zu den Gmeiner-Romanen sagen! Senden Sie eine E-Mail an gewinnspiel@gmeiner-verlag.de und teilen Sie uns mit, welches Buch Sie gelesen haben und wie es Ihnen gefallen hat. Alle Einsendungen nehmen automatisch am großen Jahresgewinnspiel mit attraktiven Buchpreisen teil.

GMEINER

*Wir machen's spannend*